KB095084

십이천문

十二天門

십이천문 5

허담 新무협 판타지 소설

초판 1쇄 찍은 날 § 2019년 2월 22일
초판 1쇄 펴낸 날 § 2019년 3월 4일

지은이 § 허담
펴낸이 § 서경석

총괄팀장 § 최하나
편집책임 § 김경민
편집 § 신나라

펴낸곳 § 도서출판 청어람
등록번호 § 제387-1999-000006호
등록일자 § 1999. 5. 31
어람번호 § 제2-2774호

주소 § 경기도 부천시 부일로 483번길 40 서경B/D 3F (우) 14640
전화 § 032-656-4452 팩스 § 032-656-4453
http://www.chungeoram.com
E-mail § chungeorambook@daum.net

ⓒ 허담, 2018

ISBN 979-11-04-91948-0 04810
ISBN 979-11-04-91872-8 (세트)

청어람
도서출판

십이
천
문

十二天門

5

곤륜기행 下

허담 新무협 판타지 소설

FANTASTIC ORIENTAL HEROES

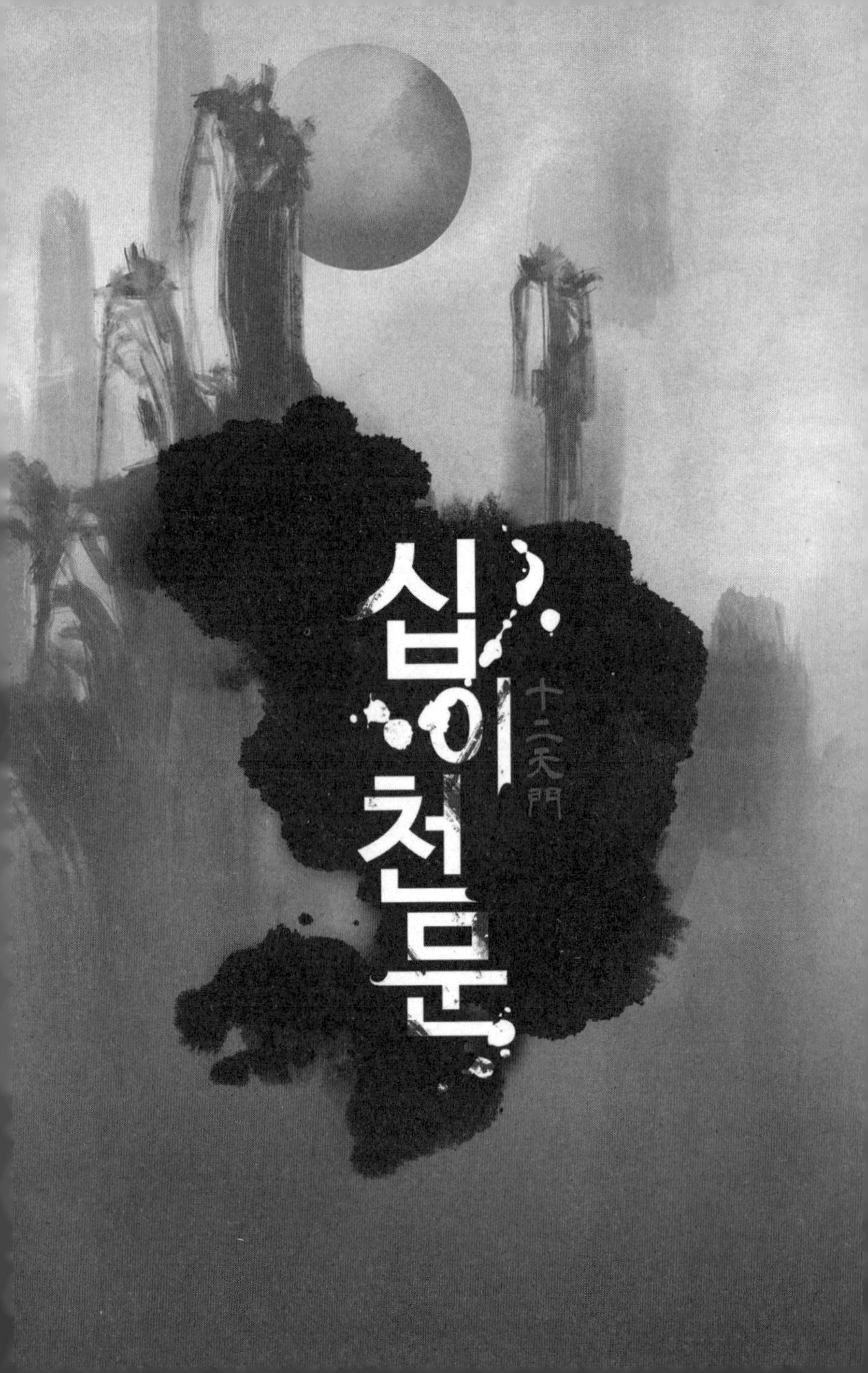

십이천문
十二天門

目次

제1장
천 년의 문파

수월이 불사 나왕 앞에 한쪽 무릎을 꿇었을 때 사람들은 모두 놀랄 수밖에 없었다.

물론 화명과 수월이 십이천문의 고수들에게 처음 청부를 부탁할 때도 간절함이 없었던 것은 아니지만, 그때는 그래도 현월야의 단서가 될 일곱 개의 불꽃 문양 천 조각을 두고 거래를 하던 모양새여서 이렇게까지 절박한 모습은 아니었다.

더군다나 평소 그녀의 성정을 생각하면 불사 나왕에게 한쪽 무릎을 꿇은 것은 자신의 모든 자존심을 내려놓은 것이나 마찬가지라고 할 수 있었다.

"부탁드립니다. 화명을… 구해주십시오. 그리하시면 우리 두 사람, 향후 십이천문을 위해 평생을 살겠습니다."

그녀가 내뱉은 말 역시 사람들을 놀라게 했다.

이유야 어쨌든 그녀들은 이십오 년 동안 북화문의 그늘 속에 매여 있던 사람들이었다.

그것이 비록 그녀들의 생존을 위한 것이었다 해도 한 문파에 얽매여 살수의 삶을 사는 것이 결코 녹록한 삶은 아니었을 것이다.

그런 그녀가 스스로 다시 평생을 누군가에게 저당 잡히겠다고 약속하고 있었다. 그녀가 얼마나 다급한지 고스란히 느껴지는 행동이었다.

하지만 그럼에도 불구하고 불사 나왕의 표정은 냉막했다. 솔직히 그는 더 이상 이 기괴한 문파인 유령문의 내분에 관여하고 싶은 생각이 없었다.

본래 한 문파의 내분에 외인이 관여하는 것이 강호무림에선 금기시되는 일이기도 했고, 유령문이라는 문파가 다른 어떤 문파보다도 위험해 보이기 때문이었다.

그로서는 십이천문 사람들의 안위가 그 무엇보다 먼저였다.

지금까지 한 일로도 수월에게 불꽃 문양의 천 조각을 얻게 된 경위를 듣기에는 충분했다. 수월이 거절한다면 노검객 마누가 있다 해도 그녀를 베어버릴 독심도 있는 불사 나왕이었다.

하지만 그럼에도 불구하고 불사 나왕이 수월의 청을 거절하지 못하는 것은 화명이 유령문의 귀령사 적안에게 납치된 순간부터 안절부절못하고 있는 자왕 사송 때문이었다.

아니라고 부인하지만, 자왕 사송이 이미 화명에게 마음을 주고 있는 것이 분명했다. 그는 불사 나왕이 이 새로운 청부를 거부한다면 혼자서라도 유령문으로 달려갈 기세였다.

"후우……!"

불사 나왕이 자신 앞에 무릎을 꿇은 수월이 아니라, 조금 떨어진 곳에서 불안한 시선으로 자신을 바라보고 있는 자왕 사송의 모습에 한숨을 내쉬었다.

세상일이라는 게 머리가 계산하는 대로 이뤄지지 않는다는 것은 나왕 자신이 누구보다 잘 알고 있었다. 그가 송가장에 매여 살던 십수 년의 삶도 절대 이성적으로는 설명할 수 없는 시간이기 때문이었다.

"어쩌죠?"

적월이 망설이는 나왕 곁으로 다가서며 물었다. 적월 또한 갈등하는 모습이 역력했다. 그러나 갈등 속에서도 적월은 눈빛으로 화명을 구하러 가자고 말하고 있었다.

"이 정 많은 녀석……."

나왕이 적월을 보며 중얼거렸다.

그러자 적월이 빙그레 미소를 지었다.

"결심하셨군요?"

적월은 이미 나왕의 표정과 말투에서 그가 화명을 구하기 위해 유령문의 내분에 관여할 결심을 했다는 것을 눈치챈 듯했다.

"어쩌겠느냐? 네 숙부의 마음 병이 생각보다 깊은 듯하니……."

나왕이 슬쩍 자왕 사송을 보며 다른 사람이 들을 수 없는 낮은 목소리로 말했다.

"그러게요. 저도 좀 의외네요. 저렇게까지 심각한 상태인 줄은 몰랐어요."

적월도 자왕 사송의 반응이 생각보다 심각해서 걱정스러운 모양이었다.

"어쨌든… 가보자."

"예, 사부!"

적월이 시원하게 대답했다.

그러자 나왕이 여전히 무릎을 꿇고 있는 수월에게 말했다.

"그만 일어나시오. 문의 사람들과 상의해 보리다."

"정말이세요?"

수월이 고개를 들어 감격스러운 표정으로 나왕을 보며 물었다.

"아직 승낙한 것은 아니오. 문도들의 동의가 필요하니."

"감사합니다, 대협!"

"글쎄, 아직 승낙한 것은 아니라니까 그러는구려. 모두 이야기 좀 합시다."

나왕이 수월의 행동이 부담스러운지 자왕과 유왕 서리가 있는 곳으로 서둘러 걸음을 옮기며 소리쳤다.

"이제 그만 일어나세요. 사부님이 도와주실 거예요."

적월이 수월의 부축해 일으키며 말했다.

"고마워요, 소협!"

수월이 적월을 보며 말했다.

"고맙긴요. 그동안 든 정이 있는데."

적월이 빙그레 미소를 지었다.

"불사 대협도 불사 대협이지만 제가 적 소협께 큰 기대를 하는 것을 아시나요?"

"제게요?"

"네."

"저야 뭐… 아직 애송이일 뿐인데요."

적월이 머리를 긁적이며 말했다.

그러자 수월이 고개를 저었다.

"아니에요. 지난번에 우연히 불사 대협이 자왕께 말씀하시는 것을 들었어요. 무공만으로 보자면 적 소협의 성취가 이미 자신을 넘어섰을 수도 있다고 하시던데요?"

"에이, 그럴 리가 있나요. 아마 지금 겨루면 전 사부님께 십 초도 견디지 못할 거예요."

"글쎄요. 아무리 경험의 차이가 있다 해도 전 그렇게 쉽게 승부가 나지 않는다는 쪽에 걸겠어요."

"하하, 그렇게 말씀하지 않으셔도 전 화 여협님을 구하러 갑니다. 걱정 마세요."

적월이 짐짓 웃음을 보이고는 훌쩍 몸을 날려 십이천문의 사람들이 있는 곳으로 이동했다.

"난 진심으로 한 말인데… 적 소협 자신은 왜 자기의 능력을 모르는 걸까?"

수월이 멀어지는 적월을 보며 고개를 갸웃했다.

논의랄 것도 없었다. 자왕 사송은 당장에라도 유령문으로 달려갈 기세였고, 불사 나왕도 더 이상 망설이지 않았다. 이런 상황에서는 유왕 서리도 유령문행을 반대할 수 없었다.

하지만 그렇다고 모든 문제가 해결된 것은 아니었다.

"공예는 어떡하죠?"

전설의 문파 유령문으로 화명을 구하러 가기로 결정하자 적월이 유왕 서리를 보며 물었다. 그가 생각하기에는 공예까지 유령문으로 가는 것은 무리였다. 공예가 동행하기에 유령문은 너무 위험한 문파였다.

"무슨 말이에요. 오라버니! 당연히 나도 가야죠. 여기 혼자 남아 있으라고요?"

공예가 화가 난 표정으로 적월을 바라보며 소리쳤다.

"너무 위험한 곳이야."

적월이 정색을 하며 고개를 저었다.

그러자 유왕 서리도 적월의 말에 동의했다.

"맞는 말이야. 유령문이라는 곳에 우리가 예측할 수 없는 위험이 도사리고 있을 수 있어."

"사부님!"

공예가 간절한 표정으로 유왕 서리를 불렀다.

그러나 유왕 서리는 단호했다.

"네가 동행하면 일에 방해가 될 수도 있다."

"걱정 마세요. 제 몸 하나는 지킬 수 있어요."

공예도 전혀 고집을 꺾지 않았다.

그런데 두 사람의 논쟁을 엉뚱한 사람이 종결지었다.

"동생도 남아."

"무슨 말이에요?"

갑작스러운 사송의 말에 유왕 서리가 어리둥절한 표정으로 되물었다.

"동생도 예와 함께 뒤에 남아 있으라고."

"그러니까요. 그게 무슨 말이냐고요? 설마 날 걱정해서 하는 말이에요?"

"내가 왜 동생 걱정을 하겠어. 어딜 가나 자기 한 몸 충분히 지킬 수 있는 사람인데. 다만… 사실 앞으로 어떤 일이 일어날지 예측할 수가 없어서 말이야. 뒤에 남아 있을 사람이 필요해."

그러자 듣고 있던 불사 나왕도 사송의 의견에 동의했다.

"나도 자왕의 말씀이 맞는 것 같소이다. 적어도 십 리 안에서 퇴로를 열어줄 사람이 필요할 듯하오."

나왕까지 그렇게 말하자 처음에는 조금 불쾌한 표정을 짓던 유왕 서리가 잠시 생각에 잠겼다가 고개를 끄떡였다.

"그렇기도 하군요. 하긴 후방이라고 해도 이 아이 혼자 남겨 두는 것은 걱정되는 일이죠. 좋아요. 그렇게 하겠어요."

"그럼 정말 전 못 가는 거예요?"

공예가 울상이 된 얼굴로 물었다.

"이런 일에선 고집을 피워선 안 된다. 항상 최신이라고 생각되는 쪽으로 행동해야 해."

"하지만……."

여전히 공예는 유령문에 가고 싶은 모양이었다.

"일이 잘 끝나면 나중에라도 유령문 구경을 할 수는 있겠지."

자왕 사송이 위로하듯 말했다.

"피, 누가 그 문파를 보고 싶다고 했나요? 그저 이렇게 흥분되는 일을 경험해 보고 싶은 거죠."

"다시 말하지만 위험한 일이다."

유왕 서리가 다시 한번 공예에게 주의를 줬다.

"알았어요. 사부님까지 남으신다니 저도 어쩔 수 없죠."

결국 공예가 두 손을 들고 말았다.

그러자 사송이 시선을 돌려 노검객 마누를 보며 중얼거렸다.

"저쪽은 어찌 결론이 나려나?"

유령문의 전대 무령사인 노검객 마누는 그를 공격하려 했던 유령문 천무위 소속의 다섯 무사들을 앞에 두고 심각한 표정으로 대화를 나누고 있었다.

천무위 소속의 무사들을 이끌고 있는 중년 고수 아무사는 단호한 표정으로 계속해서 노검객 마누를 설득하고 있었다.

"무령사, 부디 저희들을 믿어주십시오. 맹세컨대 저희들은 귀령사의 그 깊은 흉계를 알지 못했습니다. 그러니 기회를 주십시오. 천통문을 위기에 빠뜨린 귀령사 일당을 처단할 기회를 주시기 바랍니다. 이대로라면 문주께서도 위험한 상황 아닙니까?"

"글쎄……."

마누는 아무사의 강한 요구에도 그리 미더운 눈치가 아니다.

"여전히 저희들을 믿지 못하십니까?"

"자네들을 믿는다 해도 자네들의 충성심이 문제지."

"그게 무슨……?"

"솔직히 말하겠네. 내가 천통문으로 돌아가려 했던 것은 두 분 아기씨께서 서른 살이 넘어 더 이상 문주께서 두 분 아기씨를 필요로 하지 않으실 거란 생각 때문이었네. 두 분 아기씨가 안전하다면 나로서는 문주님을 찾아가 과거의 잘잘못을 따져 천통문의 전통을 바로 세우려 했지. 그게 받아들여지지 않을 경우 문주님 손에 죽으면 그뿐이란 생각으로 돌아온 것일세."

"그 일을 저희들이 돕겠다는 것입니다."

아무사가 말했다.

그러자 마누가 고개를 저었다.

"하지만 이제는 목적이 바뀌었네."

"그게 무슨 말씀이십니까? 목적이 바뀌었다니……?"

"이젠 화명 아가씨의 안위가 다시 가장 중요해졌다는 의미네. 그건 곧……."

마누가 더 이상 말을 잇지 않았다. 어쩌면 천통문의 문주에게 검을 겨눌 수도 있다는 의미여서 아무사의 얼굴이 딱딱하게 굳어졌다.

아무사가 한동안 마누를 바라보다가 이해할 수 없다는 듯 물었다.

"왜 그렇게 아가씨들이 중요한 것입니까?"

"무슨 말인가?"

"지금까지 무령사님의 행동을 보면 무령사께는 문주님보다 아가씨들이 더 중요한 분들인 것 같습니다. 귀령사의 음모에 의한 것이라고 해도 문주님을 배신하면서까지 아가씨들을 데리고 문을 탈출하신 것도 그렇고, 또 이렇게 문주께 검을 겨누어서라도 화명 아가씨를 구하려는 것도 그렇고… 그런 행동들이 본 문의 문도들에게 무령사님을 의심케 하는 이유가 되고 있음을 모르십니까?"

"날 의심한다? 그 말은 나와 주모님의 관계에 대한 말인가?"

마누가 직설적으로 물었다. 마누의 질문이 너무 직설적이라 오히려 아무사가 당황할 정도였다.

"그… 렇습니다."

아무사가 어렵게 대답했다.

그러자 마누가 망설이지 않고 대답했다.

"나와 주모님에 대해 어떤 소문이 퍼져도 난 상관없네. 분명한 것은 두 분 아기씨가 천 년 역사의 천통문을 이을 유일한 정통 후손이란 거지. 내가 간혹 문주님보다 두 분 아기씨를 더 중요하게 생각하는 것은 바로 그 이유일세."

"그게 무슨……?"

"지금 천통문에 두 분 아기씨 말고 문주님의 혈통이 있는가? 혹, 내가 떠나 있던 사이 문주께서 후손을 보셨는가?"

"……."

마누의 질문에 아무사가 침묵을 지켰다.

"역시 없군. 내가 걱정했던 그대로야. 그렇다면 결국 이 천통문은 누구에게로 이어져야 하는가?"

마누가 다시 질문을 던졌다.

그러자 아무사가 아무런 대답을 하지 못하고 고개를 숙였다.

그런 아무사를 보며 마누가 길게 한숨을 쉬었다.

"이것이 바로 내가 걱정하는 자네들과 나와의 차이일세. 자네들은 태어나면서부터 문주님을 지키는 것이 평생의 업으로 정해진 사람들일세. 반면, 난 달라. 난 문주님보다도 천통문에 충성하기 위해 태어난 사람이네. 나로선 천통문의 미래를 준비하지 않을 수 없다는 것일세. 난 천통문의 문주 자리가 천 년 성혈이 아닌 다른 피를 가진 자에게 넘어가는 것을 인정할 수 없네. 그럴 바에야 천통문의 역사를 내 스스로 끊고 말겠네. 이런 내 마음을 이해하겠는가?"

마누가 아무사에게 물었다.

아무사는 아무런 대답을 하지 못했다. 그러다가 겨우 질문을 던졌다.

"문주께는… 더 이상 기회가 없는 것입니까?"

"문주께선 스스로 본 문의 율법을 어기셨네. 사실… 정상적인 상황이었다면 벌써 문주의 자리를 내놓았어야 하네. 하지만 역시 유일한 성혈의 존재시니 어쩔 수 없는 일이었던 것이지. 아! 정말 위험하군."

갑자기 마누의 얼굴에 다급함이 서렸다.

"무슨 말씀이십니까?"

"그자가… 문주님으로 하여금 화명 아가씨를 죽이도록 만들 수도 있다는 뜻일세. 아무사, 자네들이 떠날 때 문주님이 상태가 어떠했는가? 솔직하게 말하게."

마누가 급히 아무사에게 물었다.

"문주님의 상태시라면……?"

"몰라서 묻는가?"

마누가 재촉했다.

그러자 아무사가 망설이다가 조용히 입을 열었다.

"그리 좋지는 않으셨습니다. 가끔… 광기를 드러내시기도 하고."

"그렇다면 정말 좋지 않군. 문주께서 만약 아가씨를 자신의 자리를 위협하는 사람으로 생각하시게 된다면······."

마누의 얼굴이 더욱 어두워졌다.

"설마 그렇다고 아가씨를······?"

"확신하지 말게. 천통음양대법을 시행하려 하셨던 분일세."

"그······."

마누의 말에 아무사가 제대로 대답을 하지 못했다.

"어쩔 수 없군. 어쩔 수 없어. 자네들의 도움을 받을 수밖에 없겠군."

"저희들을 믿어주시는 겁니까?"

"지금으로선 어쩔 수 없지 않은가? 자네들만이 알고 있는 천주밀도를 따라가야 시간을 맞출 수 있을 것 같으니 말일세."

마누가 북서쪽 눈 덮인 산맥을 보며 말했다.

*   *   *

하늘 높이 솟은 설산들이 끝없이 북서쪽으로 이어져 있었다. 산과 산의 경계로 매서운 눈보라가 몰아쳤다.

그 눈보라를 뚫고 들어가면 갑자기 세상이 변한 것처럼 고요한 땅이 존재했다. 여전히 눈은 사방을 덮고 있었으나 기후는 곤륜의 다른 설산과 달리 온화한 편이었다.

만년설로 유명한 곤륜에 어울리지 않게 곳곳에 푸른 숲이 존재한다는 것도 신비로운 아름다움을 더해주는 땅이었다.

그리고 그 중심에 기이한 모양을 한 설산이 하나 나직하게 서 있었다.

곤륜의 다른 봉우리들에 비하면 아기처럼 작은 설산이었지만, 찬란하게 빛나는 봉우리를 가진 산이었다.

어찌 보면 설산들의 아기 같기도 하고, 달리 보면 모든 설산들을 잉태한 어미 같은 모습을 한 이 산을, 그 존재를 아는 사람들은 설모봉이라고 불렀다.

설모봉은 먼 거리에 있는 높은 산봉우리에서는 그 눈부신 자태를 간혹 볼 수 있지만, 직접 눈앞에서 보는 것은 거의 불가능한 산이었다.

설모봉 가까이 가기 위해 지나야 하는 고산준령의 설봉들이 절대 길을 내주지 않기 때문이었다. 설모봉을 둘러싼 설봉들 사이로 부는 눈보라가 워낙 강력해서 아무리 노련한 사람조차도 목숨을 잃기 십상이었던 것이다.

더군다나 이 설모봉을 중심으로 떠다니는 귀문, 유령문에 대한 풍문은 보통 사람들이 설모봉에 접근하는 것을 더욱 두렵게 만들었다.

사람의 혼을 취해 실혼인으로 만들어 버린다는 유령문은 그 실체를 확인한 사람은 없지만, 아주 오래전부터 설모봉 인근에 전해지는 두려운 전설이었다.

그래서 아무리 아름다운 자태를 지닌 봉우리라 해도 설모봉까지 여행하려는 여행객은 전무했다.

그런 설모봉의 눈부신 빙벽 아래에 한 무리의 사람들이 다가서고 있었다.

"귀령사님을 뵙습니다."

눈부신 빙벽 아래 어울리지 않게 투박해 보이는 철문이 자리 잡고 있었다.

문 안쪽은 절벽 속으로 이어져 있으니 절벽 안쪽에 동굴과 석실이 있음은 누구라도 알 수 있었다.

그 문을 지키던 자가 날카로운 인상을 가진 초로의 노인을 보고는 급히 인사를 했다.

노인은 노검객 마누를 막기 위해 귀령의 고수들과 야수들을 이끌고 나갔던 귀령사 적안이었다.

"문주님은?"

귀령사 적안이 차가운 표정으로 물었다.

"안에 계십니다."

문을 지키는 유령문의 무사가 공손하게 대답했다.

"열어라!"

"먼저 안에 알리겠습니다."

무사의 대답에 적안의 눈꼬리가 올라갔다.

"언제부터 내가 허락을 받고 천주전에 들었던가?"

"문주님의 특별한 지시가 있었습니다."

무사가 대답했다.

"문주께서?"

"그렇습니다. 누구든 반드시 허락을 구하고 안으로 들이라는… 단 한 명의 예외도 없다 하셨습니다."

"음… 내가 없는 사이 무슨 일이 있었는가?"

적안이 물었다.

"특별한 일은……."

무사가 말꼬리를 흐렸다.

"병세가 깊어지신 것인가?"

적안이 혼잣말로 중얼거리다가 문득 경비 무사를 보며 말했다.

"그럼 어서 알리게."

"예, 귀령사!"

무사가 대답을 하고는 거대한 철문에 난 작은 구멍에 대고 나직하게 말했다.

"귀령사께서 문주님을 뵙기를 청하신다 전하게."

귀령사 적안은 철문을 지키는 무사가 안에 소식을 전하는 동안 설모봉 주변 아름다운 풍경으로 시선을 돌렸다. 그러고는 나직하게 중얼거렸다.

"언제 보아도 참 좋구나. 이 땅은……."

쿵!

귀령사 적안이 문 안으로 들어서자 뒤쪽에서 잠시 열렸던 문이 큰 소리를 내며 닫혔다.

그런데 문이 닫혔음에도 불구하고 실내의 밝기에는 변화가 없었다. 분명 설모봉 안쪽으로 파고들어 간 땅속임에도 불구하고 철문 안쪽은 지하에 있는 공간이라는 느낌이 전혀 들지 않았다.

"참, 신비로운 곳이지."

귀령사 적안이 한순간 탐욕의 눈빛으로 주위를 돌아봤다.

서역의 어느 왕국 궁전보다도 화려한 공간, 이곳이 땅속에 존재하는 공간이라고는 생각할 수 없는 규모의 세계가 그곳에 펼쳐져 있었다.

유령문의 문도들이 천주전이라 부르는 이 거대한 지하 공간은 특히 빛을 관리하는 방법이 특별했다. 사방에서 들어오는 빛은 철문 안쪽을 수놓은 화려한 금은 장식과 벽과 바닥을 가득 채운 청석들에 반사되어 오히려 철문 밖보다도 밝은 느낌이 들었다.

"귀령사를 뵙습니다."

적안이 천주전의 화려함에 취해 잠시 탐욕의 눈빛을 흘리는 사이, 어느새 나타난 젊은 무사 한 명이 그를 향해 고개를 숙여보였다.

생김새가 특이한 자다. 남녀의 구분이 쉽지 않은 외모에, 순백의 무복을 입은 것이 여인이 남장을 한 듯한 모습이다. 하지만 목소리만은 분명한 남자였다.

"음, 문주께선?"

"기다리고 계십니다. 가시지요."

사내가 다시 한번 고개를 숙여 보이고는 앞서서 적안을 안내하기 시작했다. 순간 적안의 눈에 등을 보인 사내에 대한 경멸의 빛이 떠올랐다. 그러나 사내는 그런 적안의 눈빛을 아는지 모르는지 빠르게 걸음을 옮겨 지하 대전 안쪽으로 이동했다.

대전을 따라 이동하는 사이 다시 빛이 변했다.

대전 앞쪽의 화려하고 눈부신 빛이 서서히 사라지고 느리게 어둠이 나타나기 시작했다.

그러다가 어느 순간 아예 칠흑 같은 어둠이 사방을 가득 메운 공간이 나타났다.

탁!

앞서가던 사내가 무엇인가로 가볍게 소리를 냈다. 그러자 희미한 연등이 켜졌다. 등이 켜지자 눈앞에 두어 명이 겨우 어깨를 맞대고 함께 걸어갈 수 있는 회랑이 나타났다.

흰색 무복의 사내가 연등이 켜진 회랑을 조심스럽게 걷기 시작했다. 그리고 그곳부터는 적안 역시 무척 조심스러운 움직임을 보였다.

느려진 두 사람의 걸음 때문에 겨우 십여 장의 회랑을 꽤 오랫동안 걸은 것 같은 느낌이 들 즈음, 그들 앞에 다시 하나의 문이 나타났다.

문 앞에 신장(神將)과 같은 모습을 한 무사 두 명이 석상처럼 서 있었다.

그들은 적안이 문 앞에 이르렀음에도 전혀 미동을 하지 않았다. 적안 역시 그런 그들에게 전혀 관심을 두지 않고 문 앞에 섰다.

"문주님! 귀령사께서 오셨습니다."

적안을 데려온 백색 무복의 사내가 한껏 목소리를 낮춰 문 안쪽에 적안의 도착을 전했다.

"모셔라."

문 안쪽에서 역시 성별이 모호한 목소리가 들렸다. 그러자 백색 무복의 사내가 조심스럽게 문을 열었다.

"들어가시지요."

백색 무복의 사내가 권하자 이번에는 적안이 먼저 문 안으로 들어섰다. 그러자 시야가 밝아지면서, 붉은 기운이 감도는 야명주의 무리가 은하수처럼 박혀 있는 석실의 천장이 가장 먼저 적안을 반겼다.

그리고 석실 가장 깊은 곳에 고급스러운 태사의가 놓여 있고, 그 위에 눕듯이 앉아 있는 청년이 보였다.

적안이 청년을 발견하자 그 자리에서 깊이 허리를 숙여 인사를 했다.

"귀령사 적안, 문주님을 뵙습니다."

그러자 청년이 손을 들어 적안을 불렀다.

"새삼스레 격식은 무슨… 가까이 오시오."

청년의 말에 적안이 조심스러운 걸음으로 청년 앞으로 다가섰다. 그러자 청년의 얼굴이 좀 더 확연하게 드러났다.

투명한 피부, 윤기가 흐르는 검은 머리, 화려한 옷차림까지 누가 봐도 부잣집 귀공자 같은 모습의 청년은, 그러나 그 눈만큼은 노인의 눈을 하고 있었다.

그는 생기를 찾아볼 수 없이 탁한 눈, 세상을 사는 것이 아니라 꿈속을 사는 것 같은 몽롱함을 담은 눈으로 적안을 바라보고 있었다.

이 인물이 바로 천통문의 문주 전궁이다. 외모와 달리 그의 실제 나이는 육십에 이르고 있었다.

천통문, 전설은 유령문이라 부르는 이 신비 문파의 문주 전궁이 초점 없는 눈으로 적안을 바라보며 물었다.

"외출을 하셨다고?"

"그렇습니다."

"그는… 좋아 보이더이까?"

전궁이 다시 물었다.

"그… 렇습니다."

적안이 대답했다.

"매정한 사람이군. 난 그가 떠난 이후 나날이 나약해져 가는데……."

"문주께선 세상 그 누구보다 강하십니다."

"무공? 무공으로야 그렇다고도 할 수 있지. 하지만 사람이 어디 무공으로만 살 수 있소? 이게 중요하지, 이게."

전궁이 손가락으로 자신의 머리를 가리켰다. 자신의 정신 상태가 정상이 아니라는 표현인 듯 보였다.

전궁의 말에 적안이 달리 대답을 하지 못하고 침묵을 지켰다. 그러자 전궁이 화제를 돌렸다.

"그런데 그와 같이 오지도 않고, 그의 머리도 가져오지 않은 것을 보면 그에게 패했소?"

너무도 직설적인 물음에 적안의 얼굴이 한 차례 꿈틀거렸다. 자존심에 상처를 입은 듯 보였다. 하지만 그럼에도 불구하고 전궁의 질문에는 지체하지 않고 대답했다.

"무리가 있었습니다."

"응? 혼자라고 하지 않았소?"

"그렇게 알려졌습니다만 막상 만나고 보니 무리가 있었습니다."

"그래서 패했다? 듣기로 십여 명의 귀령 무사들과 일백의 야수 무리를 데려갔다고 하던데. 그래, 귀령사의 짐승들을 상대한 적의 숫자가 얼마였소?"

흐릿한 눈과 달리 무척 냉철한 질문이 이어졌다.

"십여 명 정도 되었습니다."

"호오……."

전궁이 마치 재미있는 놀이를 발견한 듯 웃음을 지으며 탄성을 흘렸다. 그러자 적안이 재빨리 말을 이었다.

"숫자는 적지만 고수들이었습니다. 특히……."

"특히?"

"불사 나왕이란 자가 함께 있더군요."

"불사 나왕? 불사 나왕이라… 그자가 그렇게 대단한 자인가?"

전궁이 불사 나왕을 모르는 듯한 표정으로 물었다.

"아마… 십수 년 전 들어보셨을 겁니다. 칠마, 십육마문의 난(亂) 당시 무림맹 신응조로 활약했던 인물로, 난이 끝난 후 강호십대고수로 거론되던 인물입니다만……."

"음… 어디 보자……."

전궁이 마치 과거의 기억을 억지로 꺼내려는 듯한 표정을 짓다가 문득 웃으며 말했다.

"하하, 이제 기억났어. 그 강호에서 가장 못생겼다는 작자 말이구려?"

"그렇습니다."

"생긴 것과 달리 절대 죽지 않는다는 자이고?"

"예, 문주!"

적안이 대답했다.

"그렇군. 그런데 그런 자가 어떻게 무령사의 일을 돕고 있지? 더군다나 이곳은 강호의 중심에서 아주 멀리 떨어진 곳인데……?"

전궁이 이해할 수 없다는 듯 물었다.

"그것이……."

적안이 말꼬리를 흐렸다.

그러자 전궁이 흥미로운 표정으로 적안을 보며 말했다.

"신기한 일이군. 귀령사 그대가 하기 어려운 말이 있다니. 그대는 내게 못할 말이 없지 않소? 나에 대해 모든 것을 알고 있는 사람이고, 또……."

전궁이 말을 하다 말고 손을 흔들었다. 어서 말해보라는 뜻이다.

"불사 나왕은 전대 무령사를 따라온 것이 아닙니다."

"그럼? 우연히 개입했소?"

"그것도 아닙니다."

적안이 고개를 저었다.

"답답하군."

그 말로 전궁이 적안의 말을 재촉했다. 그러자 적안이 조심스럽게 입을 열었다.

"그는… 두 분 아가씨와 함께 왔습니다."

순간 유령문주 전궁이 모든 움직임을 멈췄다. 흐릿하던 그의 눈빛도 서서히 서늘한 모습을 되찾았다. 삽시간에 장내가 차가운 얼음 구덩이처럼 변했다.

전궁을 시중들던 자들도 그 냉기에 놀라 몸을 떨 정도였다. 적안도 전궁이 만들어내는 한기에 놀란 듯 보였다.

그렇게 한참 얼어붙은 사람처럼 냉기만 흘리던 전궁이 나직하게 물었다.

"다시 말해보시오. 누가 왔다고?"

"두 분 아가씨께서 돌아오셨습니다."

"평과 안이?"

전궁이 다시 물었다.

"그렇습니다."

"무령사가 데려온 것이오?"

"아닙니다. 보아하니 우연히 만난 것 같습니다."

"우연이라. 그런 우연이 있을 수 있나? 평과 안을 데리고 도망간 당사자가 무령사인데……."

"그동안 떨어져 지냈던 것 같습니다만……."

"후우… 하긴 지금에 와서 그건 아무 상관없는 일이지. 중요한 것은 평과 안이 돌아왔다는 것이니까. 그 아이들… 결국 서른을 넘겼어. 후우… 이젠 아무 소용없지 않소?"

"그렇습니다."

적안이 대답했다.

"그럼 그 아이들도 대법에 대해 알고 있는 모양이군. 서른이 넘자 돌아온 것을 보면……."

"그건 확실치 않습니다만……."

"지금까지는 몰랐다 해도 무령사를 만났으니 이젠 알겠지. 흐흐, 이것 참… 아비 꼴이 말이 아니군. 참 곤란한 방문이야. 기왕 떠났으면 이곳을 잊고 잘 살아갈 일이지 뭐 하러 돌아왔을까?"

전궁이 자괴감이 감도는 얼굴로 실없는 웃음을 흘렸다.

그러자 적안이 잠시 망설이다가 다시 입을 열었다.

"두 분 중… 평 아가씨를 데려왔습니다."

"뭣?"

전궁이 이번에는 아예 자리에서 일어났다. 몸을 일으키자 그의 모습은 더욱 아름다운 청년으로 변했다. 그의 실제 나이가 육십에 이르렀다는 것을 도저히 믿을 수 없는 아름다움이다.

"물러나는 중에 평 아가씨를 데려올 기회가 있어서……."

적안이 차마 납치해 왔다는 말은 하지 못하고 에둘러 말을 했다.

"평을 데려왔다……?"

"그렇습니다."

"지금 어디 있소?"

"일단, 제 처소에 모셨습니다."

"이것 참… 귀령사는 언제나 사람을 곤란하게 만드는 재주가 있구려."

전궁이 적안을 물끄러미 바라보며 말했다.

그러자 적안이 침착한 얼굴로 대답했다.

"두 가지 목적을 위해서입니다."

"하긴 귀령사가 이유 없는 일을 할 리는 없지. 들어봅시다?"

전궁도 어느새 평정심을 되찾은 모양이었다. 그의 눈은 다시 탁해졌고, 몸은 다시 태사의 깊이 파묻히고 있었다.

"첫 번째 이유는 평 아가씨를 데리고 있으면 전대 무령사가 함부로 도발하지 못할 것이기 때문이고……."

"하긴, 무서운 사람이지. 마누는……."

전궁의 입가에 슬쩍 비웃음이 서렸다. 그 비웃음이 마누를 두려워하는 적안 자신을 향한 것임을 모르지 않는 적안이었지만, 그는 표정 하나 변하지 않았다.

대신 침착하게 화명, 그들이 평이라 북화문의 살수 화명을 데려온 두 번째 이유를 설명했다.

"두 번째 이유는 평 아가씨를 내세우면 주모께서 마음을 바꾸지 않으실까 생각하여……."

"하하하!"

적안의 말이 채 끝나기도 전에 전궁이 큰 소리로 웃음을 터뜨렸다.

"문주님……."

적안이 전궁의 뜻밖의 반응에 당혹한 표정을 지었다. 그러자 전궁이 적안을 보며 말했다.

"그대의 관심은 여전히 무천귀동뿐이구려."

"문주, 무천귀동을 열어야만 문주께서……."

"그만!"

전궁이 손을 들어 적안의 말을 막았다. 그리고 눈을 감으며 말했다.

"좋아, 좋아. 무천귀동에 나의 이 기괴한 병을 고칠 방도와 천하를 제패할 무공들이 있다면 가야겠지. 그러나… 만약 그곳에 그런 무공들이 없다면? 그럼 난 천통문의 천 년 율법을 두 가지나 어기게 되는 것인데? 과연 시도할 가치가 있겠소?"

"반드시 무천귀동에는 그런 무공들이 있을 것입니다. 천통음양대법의 원비결도 그곳에서 나온 것이므로……."

"후후, 어디 그뿐인가? 본 문의 모든 무공이 그곳에 뿌리를 두고 있지. 그 파훼법까지 말이오. 특히 세상에 나타나면 안 되는 사악한 무공들도 아주 많고 말이오."

"오직 문주님께 필요한 무공만 찾고 무천귀동을 닫으면 됩니다."

적안이 말했다.

그러자 전궁이 적안을 빤히 바라보며 물었다.

"귀령사, 과연 그대와 내가 정말 그럴 수 있겠소?"

"무슨 말씀이시온지……?"

"우리가 과연 그 정도 선에서 만족할 수 있을 것이냔 말이오. 정말 그대와 내가 그곳에 쌓여 있는 절대마공들을 놓아두고 무천귀동을 닫을 수 있겠소?"

"그… 그것은……."

"대답할 수 없을 거요? 우린 말이오. 대법을 완성하기 위해 천륜까지 어기려고 했던 사람들이오. 그런데 하물며 그따위 가문의 율법 따위? 후후후, 내가 장담하건대 무천귀동에 들어가면 우린 절대 그냥 나오지 않을 것이오. 아마도… 고금제일의 마인이 되어서 나오겠지. 그리고 그때가 되면 귀령사 그대의 꿈도 이뤄지려나?"

"그게 무슨…?"

"천통문의 주인이 되어 천하를 수중에 넣고자 하는 그대의 꿈 말이오."

"문주, 제가 어찌 감히……."

귀령사 적안이 당황한 표정으로 급히 머리를 조아렸다.

그러자 전궁이 고개를 끄떡이며 말했다.

"좋소, 좋아. 최후의 순간까지 그대는 나의 충실한 수하이자 조언자로 남아 있는 것으로 해둡시다. 일단, 내가 한번 그 사람을 만나보겠소."

"잘 생각하셨습니다, 문주님!"

적안이 기쁜 표정으로 말했다.

그러자 전궁이 손을 내저으며 말했다.

"그만 돌아가 보시오. 평은… 그 사람의 답을 들은 이후에 만나도록 하겠소."

"알겠습니다, 문주님!"

귀령사 적안이 고개를 숙여 대답하고는 희미한 미소를 띤 얼굴로 유령문주 전궁의 앞에서 물러났다.

제2장
전설의 가문

설모봉 북벽은 빙벽으로 이뤄져 있어서 사람이든 짐승이든 쉽게 오를 수 없는 험지였다.

더군다나 동남서쪽 산비탈은 곤륜의 산봉우리라고 믿을 수 없을 만큼 온화한 기후를 가지고 있었지만, 사시사철 빛이 들지 않는 북벽은 곤륜의 그 어떤 장소보다 차가운 땅이었다.

그래서 사람이 살기는커녕 오고 가는 것조차도 불가능하다고 알려진 그 땅을 유령문의 문주 전궁이 걷고 있었다.

눈표범의 털로 만든 두툼한 털옷을 입은 그는 서 있기조차 힘든 빙벽을 평지 걷듯 여유 있게 오르고 있었다.

그의 뒤에는 흰머리가 가득한 노인이 따르고 있었는데, 나이가 들었음에도 불구하고 온몸에서 흘러나오는 기운이 무척 강렬해서 마치 그 기운으로 앞서가는 전궁을 보호하는 듯한 느낌을 주고 있었다.

"후우……"

한참 위태로운 길을 걷던 전궁이 갑자기 걸음을 멈추며 길게 한숨을 쉬었다. 빙벽을 오르는 것이 힘든 표정은 아니었다. 단지 그는 하기 싫은 일을 하는 사람처럼 불편한 표정을 짓고 있었다.

"피곤하십니까?"

등 뒤에서 노인이 물었다.

그러자 전궁이 대답했다.

"아니오."

"하면… 마음에 내키지 않으십니까?"

노인이 다시 물었다.

그러자 전궁이 노인을 돌아보며 말했다.

"천무위장 같으면 이 길이 편하겠소?"

"……"

전궁의 신경질적인 반응에 노인의 말문이 막혔다.

"제길… 이 꼬락서니하고는!"

전궁이 연신 투덜거렸다.

"그럼 그냥 돌아가시는 것이 어떻겠습니까?"

노인이 조심스럽게 다시 물었다.

"그럴까?"

전궁이 기다렸다는 듯이 되물었다. 그러다가 이내 고개를 저으며 중얼거렸다.

"아니, 그럴 수는 없지. 얼마 만에 나온 바깥나들이인데. 이대로 돌아갈 순 없어. 더군다나… 평이 왔다니까."

"조심하십시오."

노인이 말했다.

"무슨 말이오?"

"귀령사는 믿을 수 없는 사람입니다."

"크크크… 천무위장 그대는 믿을 수 있고?"

"문주님……!"

노인의 얼굴에 당혹감이 떠올랐다.

"뭘 그렇게 당황하시오. 서로 모르는 것도 아니고."

"문주님, 그때의 일은 오직 문주님을 위해서……."

"그만… 물론 날 위해서였다는 말을 아예 믿지 않는 것은 아니오. 하지만 그게 전부는 아니잖소?"

"……."

천무위장이라고 불린 노인이 입을 닫았다. 전궁의 말에 시인도 부인도 하지 않는 노인이다.

전궁이 실실거리며 다시 말을 이었다.

"후후, 당시 날 위해서 천무위장 그대가 할 수 있는 일은 두 가지가 있었소. 하나는 그대가 선택한 바로 그 길, 귀령사의 계획에 호응하는 일이었고, 다른 하나는 무령사와 함께 귀령사의 계획을 막는 것이었지. 그런데 그대는 귀령사 쪽에 섰소. 그게… 꼭 날 위해서였다고 할 수 있소?"

전궁이 다시 물었다.

"당시 저로선 문주님의 결정에 따랐을 뿐입니다. 본 문의 행보에 대해 언급하지 않는 것이 천무위장의 본분이니까요."

"하하하, 이보시오. 천무위장, 나이 육십이 넘으면 사람이 좀 솔직해집시다. 난 육십이 되지도 않았지만, 이미 오래전부터 솔직했다고. 당시 그대가 나와 귀령사의 행동을 막지 않은 것은 무령사에 대한 시기심 때문이었잖소?"

"문주님……."

노인이 볼살을 꿈틀거리며 전궁을 바라봤다.

"이렇게 흥분하는 것을 보니 그래도 솔직한 면이 있구려."

"절 모욕하시는 겁니까?"

노인이 물었다. 문주를 대하는 수하의 모습으로는 어울리지 않는 모습이다.

"모욕? 이보시오, 천무위장. 비참한 말이지만, 젠장… 우리에게 모욕당하고 말고 할 자존심 같은 게 남아는 있소?"

전궁의 질문에 노인의 얼굴이 돌처럼 굳었다.

그런 노인을 보며 전궁이 다시 말했다.

"천통문의 천 년 율법을 어기고 천륜까지 저버린 나와 그 길을 권한 당신들에게나 자존심 따위가 남아 있소? 솔직해집시다. 우린 그저 욕망에 물든 짐승들일 뿐이오. 그리고 지금은 그 짐승들 무리 속에서 사람으로 살기를 원하는 사람을 만나러 가는 것이고. 물론… 또 한 번 천륜을 빌미로 협박을 하러 말이오. 갑시다."

전궁이 차갑게 말하고는 잠시 멈췄던 걸음을 다시 옮기기 시작했다.

그런 전궁의 뒷모습을 바라보는 노인의 시선은 복잡했다. 스스로에 대한 모멸, 전궁에 대한 동정… 혹은 누군가에 대한 분노 같은 것이 동시에 느껴졌다.

그러는 사이 조금 거리가 멀어진 전궁이 다시 말했다.

"그렇다고 날 너무 무시하진 마시오. 귀령사의 유혹에 넘어가 내 자신을 이 지경으로 만든 사람이지만, 마음만 먹으면 언제든 그 누구라도 죽일 수 있는 힘은 여전히 있으니까. 아니, 그 전에 우린 이미 한배를 탄 사람들 아니오. 내가 죽으면 그대도 죽고, 그대가 없으면 나 역시 쉽지 않겠지."

느리게 걸음을 옮기며 내뱉는 전궁의 말에 노인이 씁쓸한 표정을 짓다가 서둘러 걸음을 옮기기 시작했다.

사람이 절대 살 수 없는 장소로 보였다. 무엇보다 옷을 뚫고 들어와 살을 에는 한기가 견디기 어려웠다.

물론 작은 오두막이 그 한기를 막아준다 해도 사람이 오두막 안에서만 살 수는 없었다.

그런데 이런 곳에서 수십 년을 살아온 여인이 있었다.

덜컹.

문이 요란한 소리를 내며 열렸다. 그리고 그 문을 통해 오두막 안으로 유령문의 문주 전궁이 들어왔다.

여인은 고개도 돌리지 않았다. 그녀는 작은 화로를 옆에 놓고 허름한 나무 의자에 앉아 작은 창을 통해 보이는 곤륜의 설봉들을 응시하고 있었다.

어찌 보면 혼이 없는 사람 같기도 하고, 또 어찌 보면 강렬한 살기를 품은 것 같기도 한 모습이다.

전궁은 그런 여인을 우울한 시선으로 바라봤다. 두 사람 사이에 흐르는 어색한 침묵이 오두막 안을 더 춥게 만들었다. 그나마도 전궁을 호위해 함께 온 천무위장이라 불린 노인은 오두막 안으로 들어오지도 못하고 문 밖에서 한파를 견디며 서 있었다.

"춥군."

얼마간의 침묵 끝에 전궁이 입을 열었다.

"문 닫아요."

여인이 메마른 음성으로 말했다. 그러자 전궁이 고개를 돌려 천무위장 노인을 보며 고개를 끄떡였다. 그러자 노인이 조심스럽게 오두막의 문을 닫았다.

문이 닫히자 오두막 안이 급격히 어두워졌다. 빛이라고는 여인이 시선을 두고 있는 작은 창을 통해 들어오는 것이 전부였다.

낮에도 이 정도니 밤에는 아마도 완벽한 어둠의 세상이 될 공간이었다.

"무슨 일이에요?"

문이 닫히자 여인이 물었다.

그러자 전궁이 걸음을 옮겨 화로 옆으로 가 쭈그리고 앉았다. 그가 자신의 거처인 천주전에서 보이던 모습과는 전혀 다른 모습이다. 마치 세상일에 지친 패배자 같은 초라함이 그에게서 묻어났다.

하지만 여인은 그런 전궁에게 여전히 눈길을 주지 않았다.

"후우… 아직도 날 용서하지 못하는 건가?"

"영원히 그럴 일 없어요."

"그래. 그렇겠지. 나로 말할 것 같으면 짐승보다 못한 인간이니까."

전궁이 스스로를 비하했으나 여인은 전궁의 말에 어떤 반응도 보이지 않았다. 그러자 전궁이 비난을 받은 것보다 더 비참한 표정을 지었다. 그러다가 문득 조금 생기가 돌아온 말투로 말했다.

"좋은 소식과… 뭐, 썩 달갑지 않은 소식이 있는데 뭐부터 듣겠어?"

"……."

자신과는 아무 상관없다는 듯 여인이 대답을 하지 않았다.

그러자 전궁이 다시 입을 열었다.

"그럼 좋은 소식부터 전하지. 음… 아이들이 살아 있어."

순간 여인의 몸이 격렬하게 떨렸다. 마치 학질에 걸린 사람처럼 부들거리는 여인의 얼굴에선 기쁨과 두려움이 동시에 느껴졌다.

"그리고 무령사도 살아 있더군."

"무령사께서도… 아……."

여인의 입에서 나직한 탄식이 흘러나왔다. 그 순간 전궁의 눈에서 감출 수 없는 질투의 빛이 내비쳤다.

"그가 살아 있어 기쁜 모양이군."

전궁이 빈정거리듯 말했다.

그러자 여인이 차갑게 대답했다.

"내 아이들을 지켜준 사람이니까요."

"후후후… 그래? 정말 그것뿐인가?"

전궁이 되물었다.

그러자 여인이 대답했다.

"좋을 대로 생각하세요. 당신은 당신이 믿고 싶은 것만 믿는 사람이니까. 아니… 변명거리가 필요한 건가요?"

여인의 추궁에 전궁이 쩝쩝거리며 입맛을 다셨다. 아마도 여인의 추궁에 대꾸할 말이 없는 모양이었다.

그러자 여인이 다시 입을 열었다.

"그래서 그 아이들과 무령사님을 죽일 생각인가요?"

"아니, 그 반대야."

"무슨 말이죠?"

"아이들과 무령사가 날 만나러 오고 있다는 뜻이지. 뭐, 날 죽이려 할지는 모르겠지만. 어쨌든 난 무령사에게 돌아갈 것을 권했는데, 그는 말을 듣지 않더군. 벌써 죽은 사람이 여럿이야."

전궁이 불편한 기색을 보이며 말했다.

"아이들의 나이가… 서른이 넘었으니."

여인이 중얼거렸다.

"그러게 말이야. 그래서 이젠 내가 아이들의 목숨을 위협하지 않을 거라 생각한 거지. 그리고 이젠 과거의 일에 대한 책임을 물으려 하는 모양이야. 아니면 책임을 지려 하든지."

"그분이 책임질 일은 없지요."

여인이 단호하게 말했다.

그러자 전궁의 얼굴에 다시금 질투의 빛이 떠올랐다.

"이러니 내가 의심하지 않을 수 있나. 이렇게 매번 무령사 편을 들으니 말이야."

"이건 단지 옳고 그름의 문제일 뿐이에요."

여인이 단호하게 말했다.

"하… 좋아. 어쨌든 이제 나쁜 소식을 전하지. 나쁜 소식도 두 가지야. 내게 나쁜 소식과 당신에게 나쁜 소식. 먼저 내게 나쁜 소식은 두 아이가 데려온 사람들이 있어. 그런데 그 사람들이 보통 사람들이 아니더라고. 불사 나왕이라고… 아! 당신은 모르려나? 그자는 칠마, 십육마문의 난 때 명성을 얻었으니까. 그때 당신은 벌써 이곳에서 살고 있었으니 그의 소문을 듣지 못했을 수도 있겠군. 아니면… 강호의 소식은 듣고 있었나?"

전궁이 의심 어린 표정으로 물었다.

그러자 여인이 대답했다.

"모르는 사람이군요."

"그래, 몰라야 정상이지. 알고 있다면 당신과 내통하는 자가 있다는 뜻이니까. 그건 모두를 위해 불행한 일이지. 아무튼 그 불사 나왕이란 자와 무령사가 힘을 합쳤어. 그래서 내가 아주 곤란해졌지. 그자들이 귀령사와 야수 무리들을 쉽게 물리친 모양이더라고. 귀령사가 꽁지를 말고 도주해 왔어."

"그자는 절대 무령사님의 상대가 되지 못해요."

"아아, 물론 무공으로는 그렇지. 하지만 귀령사에게도 장점이 많잖아?"

"장점이 아니라 간악한 간계지요."

"후후, 어쨌든. 그런데 그자가 이번에도 그 간악한 잔꾀를 부려보려는 것 같더라고."

"무슨 뜻이죠?"

여인이 걱정스러운 표정으로 물었다.

"무령사와의 싸움에서 패하고 돌아오면서 평을 데려왔어."

순간 여인이 지금껏 바라보지 않던 전궁에게 시선을 돌렸다. 그녀의 시선이 마치 괴물을 보는 것 같다.

"아아, 그런 눈으로 보지 마. 나도 내키지 않는 일이니까."

"하지만 지금 이곳에 왔잖아요?"

여인이 더 이상 차가울 수 없는 말투로 말했다.

그러자 전궁이 힘없이 고개를 끄떡였다.

"그러게. 결국 이곳에 오고야 말았지. 난… 너무 나약한 존재인가 봐. 그자의 감언을 거부하기 힘들더라고."

"그래서 지금 평의 목숨을 담보로 내게 뭘 요구하려는 거죠?"

여인이 물었다.

"알면서 뭘 물어?"

전궁이 화롯불을 뒤적이면서 퉁명스레 대답했다.

"내가 무천귀동을 열 것 같은가요? 그렇게 협박하면?"

"물론, 쉽지 않은 일이겠지. 하지만 한번 생각해 보라고. 음… 시간이 별로 없어. 무령사가 곧 들이닥칠 것 같으니까. 돌아가는 낌새를 보니 그자가 오면 문내에 그자에게 동조하는 자들이 여럿 생길 것 같기도 하더군. 얼마 전 그자를 막기 위해 출문한 아무사가 돌아오지 않았어. 죽었다는 소식도 없고……."

전궁이 의기소침한 표정으로 말했다. 마치 어머니에게 떼를 쓰는 아이 같은 모습이다.

그런 전궁을 보며 여인이 가볍게 한숨을 내쉬었다. 그러고는 차갑게 말했다.

"그만 돌아가요."

그러자 전궁이 순순히 몸을 일으켰다.

"내일까지야. 내일까지 답을 줘야 해."

"아니면 펑을 죽일 건가요?"

"글쎄… 그건 나도 잘 모르겠어. 그래도 내가 아빈데 펑을 죽일 수 있을까? 아니, 아니지. 벌써 한 번 죽이려 했었는데 두 번을 못할까 싶기도 하고……."

전궁이 고개를 갸웃하고는 몸을 돌려 오두막을 나갔다.

탁!

전궁이 오두막 문을 거칠게 닫고 사라지자 여인이 닫힌 문을 보며 불안한 기색으로 말했다.

"무서운 사람… 너무 겁이 많아서 세상에서 가장 무서운 사람이지. 마음이 약한 사람은 그걸 숨기기 위해 무슨 일이든 하게 마련이니까. 설혹 그것이 혈육을 죽이라는 일이라도. 아… 너희들은 대체 왜 돌아온 거니."

여인이 깊게 탄식을 흘렸다.

여인의 이름은 서유화, 유령문주 전궁의 부인이자 화명과 수월의 친모가 바로 그녀였다.

*   *   *

신비로운 길이었다.

도저히 길이 없을 것 같은 설산과 가파른 절벽 사이로 길은 이어졌다. 가끔은 사오 리 정도 길이의 동굴도 통과했다.

무령사 마누는 십이천문의 사람들에게 이 길을 천주밀도라고 말해줬다. 오직 천통문의 문주와 그 호위 무사들만이 아는 길.

은거한 문파의 수장일지라도 가끔은 세상이 그리울 때가 있는 법이다. 이 길은 천통문의 문주들이 문도들 몰래 은밀히 세상과 왕래하는 길이었고, 또 만약의 경우 문주가 몸을 피할 수 있는 구명의 길이라고도 했다.

천통문이 있는 설모봉에서 사방으로 천주밀도가 나 있는데, 이 길은 그중 동남쪽 길이었다.

천통문 문주를 위해 만들어놓은 길을 따라 이동하니 피곤함도 없었고, 중간중간 기경이 펼쳐져 지루함도 없었다.

그렇게 삼 일을 이동한 끝에, 일행의 눈앞에 묘한 아름다움을 지닌 설산 하나가 나타났다.

설모봉이었다.

"세상에… 이런 곳도 있군요?"

설모봉 자체도 신비롭고, 주변에 형성된 푸른 숲도 신비롭다. 적월의 입에서 탄성이 나오는 것은 당연한 일이었다.

"이런 곳이니 수백 년 동안 은거해 살아올 수 있는 거였겠지."

자왕 사송이 말했다.

"수백 년이 아니라 천 년이오."

무령사 마누가 사송의 말을 정정했다.

"그렇구려. 천 년! 그런데 그게 중요하오?"

사송이 퉁명스럽게 물었다. 아마도 문파가 이 지경이 되었는데 천통문의 전통에 자부심을 드러내는 마누의 태도가 못마땅한 모양이었다.

"다른 사람들에게는 몰라도 내겐 중요하오."

마누가 고집스럽게 대답했다.

그러자 사송이 수월에게도 같은 질문을 했다.

"수 여협에게도 중요하오?"

그러자 수월이 즉시 고개를 저었다.

"아뇨. 제겐 전혀 중요치 않아요. 그리고 이 풍경이 아름답다고 하지만 제겐 그렇게 보이지 않는군요."

"그럼 어떻게 보이시오?"

"글쎄… 무공을 얻기 위해 자식을 죽일 수도 있는 괴상한 사람들이 모여 사는 귀곡이라고나 할까요?"

"아가씨!"

수월의 말에 마누가 당혹한 표정으로 수월을 불렀다.

그러자 수월이 손을 저으며 말했다.

"제게 유령문을 위해 변명하려 하지 마세요. 사람이나 문파나 자신들이 한 행동으로 평가되는 법이에요."

그동안 수월은 마누에게 무척 공손한 편이었지만, 유령문에 대한 평가에 있어서만은 냉정하기 이를 데 없었다.

"천 년의 역사에서 극히 일부의 시간만이 혼란스러웠을 뿐입니다."

마누가 변명하듯 말했다.

"다른 사람들의 시간은 모르겠어요. 난 나의 시간을 살고 있으니까요. 그리고 제 시간에서 유령문은 괴상한 사람들의 사는 곳이에요."

수월이 더 이상 언쟁하고 싶지 않다는 듯 단호하게 대답하고는 그들을 안내해 온 유령문 천무위의 고수 아무사에게 물었다.

"어머님은 어디 계시죠?"

그러자 아무사가 잠시 망설이다가 손을 들어 설모봉 뒤편 그 늘진 곳을 가리켰다.

"북벽에 보면 작은 오두막이 있습니다. 그곳에……."

"강제로 거기 계신 건가요? 아니면 원하신 건가요?"

수월이 다시 물었다.

그러자 아무사가 대답을 하지 못하고 우물거린다. 유령문에서 손꼽히는 고수로 인정받는 사람에게 어울리지 않는 행동이다.

"강제로 그곳에 계시는군요."

"계실 곳을 선택하실 수는 있었습니다."

아무사가 힘겹게 대답했다.

"어쨌든 한곳에 갇혀 지냈어야 한다는 거잖아요? 단지 어머님 이 그 오두막을 선택하신 것이고."

"그… 렇습니다."

그러자 수월의 표정에 분노가 드러났다.

"왜 그렇게까지 해야 하는 거죠? 자식들을 죽음으로부터 탈출 시켰다고 그런 고난을 겪어야 하나요?"

수월이 따지듯 물었다.

그러나 그 문제는 아무사가 대답할 수 있는 것이 아니었다.

"아마도 그건 아기씨들의 탈출 때문이 아니라, 무천귀동 때문 일 겁니다."

수월과 천통문의 평가에 대한 논쟁으로 잠시 침묵하고 있던 마누가 입을 열었다.

"무천귀동은 또 뭐죠?"

수월이 물었다.

"…여러 무공이 보관된 곳이지요."

마누가 대답했다.

"그게 어머니와 무슨 상관이 있다는 거죠?"

"천통문은… 결코 평범한 문파가 아닙니다. 아, 이 말은 제가 천통문에 대해 가지고 있는 자부심과는 다른 문제입니다."

"어떻게 다른가요?"

수월이 물었다.

그러자 마누가 무거운 목소리로 입을 열었다.

"천통문의 시조는 무천제 전위공이란 분이지요. 그분께서는 정사마의 모든 무공에 능통했던 무학의 대천재였다고 합니다. 공전절후란 말이 가장 잘 어울리는 분이라고나 할까요. 물론 세상에는 그 존재가 알려지지 않았습니다만. 속세를 떠나 곤륜 깊은 곳에 은거해 평생을 무도에 심취해 사셨기 때문이지요."

천통문의 시조 전위공이라는 사람에 대해 언급할 때의 마누는 경건하기조차 했다.

"그래서요?"

반면 수월은 여전히 차가운 모습이다.

"그분께서 무도(武道)로서 하늘의 뜻을 깨우치겠다는 의미로 천통문을 개파하신 이후 천통문은 오로지 무(武)의 수련을 통해 도(道)를 추구하는 것을 문파의 유일한 목적으로 삼았습니다. 그런 이유로 조사께서는 도의 추구에 방해가 될 만한 무공들을 당신의 절기들과 함께 무천귀동이라는 비밀스러운 장소를 만들어 그 안에 보관해 두었습니다. 그리고 후대의 문주들도 사람의 인성을 파괴할 수 있는 사악한 마공을 얻게 될 경우, 그 무공을 무천귀동에 넣어 누구도 익히지 못하게 하라는 유명을 내리셨지요."

"차라리 그냥 없애는 게 낫지 않았을까요?"

적월이 물었다.

그러자 마누가 신중한 표정으로 대답했다.

"가끔은… 무도의 수련에 있어서 사마공의 원리도 필요할 때가 있는 법이라서… 수련은 금하되 꼭 필요한 경우 그 비결을 살피는 것은 허락하셨다네."

"그런데요? 그래서 그게 어머니와 무슨 상관이 있지요?"

수월이 처음 했던 질문을 다시 했다.

"무천귀동은 시조님의 유언에 따라 천통문의 문주조차도 그 위치를 알지 못합니다."

"그럼 그걸 누가 관리한단 말이오?"

자왕 사송이 의아한 표정으로 물었다.

"무천귀동의 비밀은 대대로 오직 문주의 부인에게 전해져 왔소. 대신 문주 부인은 천통문의 율법에 의해 무공을 수련하지 못하게 되어 있소이다. 어찌 보면 문주의 대척점에 서서 문주를 견제하는 역할을 하는 것인데, 일반적인 부부 관계로 보자면 설명하기 어려운 일이긴 하오."

"허허, 이해할 수 없는 일이군. 그래도 서로 사랑해서 혼인을 한 사이일 텐데……."

"그것도 사실……."

"서로 사랑해서 혼인하는 것이 아니란 뜻이오?"

"음… 대대로 천통문 문주의 혼사는 곤륜 깊은 곳에서 살고 있는 서씨 일족과 이뤄져 왔소. 이 또한 시조님의 유훈인데, 그건 아마도 서씨 일족의 본성과 연관이 있는 듯하오. 서씨 일족은 세상과 동떨어져 살아서인지 혹은 천성이 그런지 모르겠지만, 그 일족 중에 사특한 마음을 품은 사람이 단 한 명도 없다고 알려질 정도로 순후한 사람들이오. 천통문의 문주나 그 후계자는 혼기가 차면 서씨 일족을 방문해 그중 마음에 드는 여인을 자신의 정혼자로 지목하여 혼례를 치러왔소. 그리고 그렇게 선택된 문주 부인들을 통해 무천귀동의 비밀이 대대로 이어질 수 있었던 것이오."

"참으로 이상한 문파구려. 천통문은……."

사송은 천통문의 이 비밀스럽고 괴상하기까지 한 전통을 이해할 수 없다는 듯 고개를 저으며 말했다.

"아무튼 지금 아버지, 아니, 문주라는 사람이 그 무천귀동에 있는 마공들에 욕심낸다는 건가요? 그래서 어머니를 가두어두었고요?"

수월이 화가 난 표정으로 물었다.

"아마도… 대법이 실패로 돌아간 이후 그와 견줄 수 있는 힘을 얻을 수 있는 방법은 그뿐이니……."

마누가 말꼬리를 흐렸다.

"정말… 미친 사람이군요."

수월이 분노를 참기 어려운 듯 두 손을 꽉 말아 쥐며 말했다. 이번에는 마누도 아무런 대꾸를 하지 못했다.

"화명 여협을 데려간 이유도 그것이겠군요."

적월이 말했다.

그러자 마누가 고개를 끄떡였다.

"귀령사 스스로 그렇게 말했으니까 그럴 것이오. 아마도 평 아가씨를 앞세워 주모님을 협박할 것이오."

마누가 말했다.

"그럼 얼른 가요."

수월이 한시가 급한 표정으로 말했다.

그러자 마누가 고개를 저었다.

"아직은 해가 있으니 날이 어두워지면 그때 가시지요. 이대로 설모봉에 접근했다가는 수백 명의 문도들과 싸워야 할 겁니다."

"그들에게 설명을 하면 되잖아요? 그럼 이분들처럼 우리 편에 서지 않을까요?"

수월이 아무사 등 천무위 소속 무사들을 가리켰다.

그러자 이번에는 아무사가 고개를 저었다.

"그게… 그렇게 단순하지가 않습니다. 아가씨."

"뭐가 단순하지 않다는 건가요? 천통문의 문도들이 이런 내용을 모두 알고도 문주라는 사람에게 충성한다는 건가요?"

"모두는 아니어도 절반 이상은 그럴 겁니다."

"대체 왜……?"

수월로서는 이해가 가지 않았다. 천통문의 율법을 어기고 패륜의 대법을 시행하려 했으며, 이젠 무천귀동의 사악한 무공까지 끄집어내려는 문주에게 충성을 하는 문도들의 마음을 이해할 수 없었다.

"여러 가지 이유가 있지요. 누구는 본능적인 충성심을 가지고 있고, 또 누구는 귀령사의 유혹에 넘어가 야망에 물들었으며, 또 누군가는 지켜야 할 사람이 있기에……."

"누가 누굴 지켜야 한다는 거죠?"

"법령의 경우가 그렇습니다. 법령사께서 뇌옥에 감금당하신 후로 법령은 거의 유명무실한 조직이 되었지요. 법령의 사람들은 법령사님의 안위를 위해 문주께 복종할 수밖에 없지요."

그러자 지금껏 침묵을 지키던 불사 나왕이 물었다.

"그럼 그 법령사란 사람은 문주의 뜻에 반대하는 거요?"

"그렇습니다. 본래 본 문에서 법령의 사람들은 율법에 대한 완고함이 가장 강한 사람들이지요."

아무사가 대답했다.

"나쁘지 않군."

불사 나왕이 중얼거렸다.

"그를 구할 수 있다면 그렇겠소이다."

사송도 고개를 끄떡였다.

그러자 아무사가 고개를 저었다.

"법령사께서 감금되신 뇌옥은 절대 뚫을 수 없습니다. 사람의 힘으로 강제로 열 수 없는 금옥이니까요."

"깰 수 없소?"

사송이 묻자 아무사 대신 마누가 대답했다.

"불가능하오."

"대체 어떤 곳이기에……?"

"무저갱같이 깊은 굴속에 만근의 철문이 뇌옥을 막고 있소. 빛도 들지 않고… 그런데 법령사께서 그곳에 갇힌 줄은 나도 몰랐군. 난 법령사께서도 변심을 하신 줄 알았는데… 그분께 미안하군."

마누가 아무사를 보며 우울한 표정으로 말했다.

"그런 소문도 한동안 돌았지요. 하지만 결국 법령사께서는 뇌옥에 갇혀 계셨었지요."

"후우… 불행 중 다행이군."

마누가 중얼거렸다.

그러자 불사 나왕이 사송을 보며 물었다.

"자왕께서 출구를 낼 수 없겠소?"

"음… 가봐야 알 것 같소이다. 땅의 성질을 모르니."

사송이 고개를 갸웃했다.

마누와 아무사는 뇌옥에 출구를 낼 수도 있다는 사송을 이상한 눈으로 바라봤다. 천통문의 뇌옥은 그 누구도 열지 못할 거라는 확신을 가지고 있기 때문이었다.

아마 불사 나왕도 자신이 북두산문의 지하 연공실에서 사송의 구원을 받지 않았다면 그들과 같은 생각이었을 것이다.

"당장은 어렵겠구려. 시간이 필요하다면."

불사 나왕이 아쉬운 표정으로 말했다.

"일단은 문주 부인을 만나는 일부터 합시다."

사송이 말했다.

"그럴 수밖에 없겠구려. 지금은 날이 저물 때까지 휴식을 취합시다."

말을 하고는 나왕이 나무 아래 눈이 닿지 않는 곳의 바위 위에 걸터앉았다.

그러자 일행이 저마다 쉴 곳을 찾아 자리를 옮기는데 오직 마누만이 그 자리에 선 채 잠시 생각에 잠겼다가 입을 열었다.

"자네는 어떻게 할 생각인가?"

참으로 뜬금없는 질문이었다.

허공에 대고 한 말 같기도 하고, 혼잣말을 중얼거리는 것 같기도 했다. 그러나 마누의 질문은 결코 허황된 것이 아니었다. 그의 질문에 대한 반응이 즉시 나타났기 때문이다.

"글쎄요."

대답은 일행이 휴식을 취하고 있는 산 중턱 위쪽에서 들려왔다.

사람들이 화들짝 놀라 고개를 돌려 목소리가 들린 곳을 바라봤다. 놀라지 않은 사람들은 오직 셋, 자왕 사송과 불사 나왕, 그리고 적월만이 갑자기 들려온 목소리에도 놀라지 않았다.

그들은 아마도 목소리의 주인공이 근처에 있다는 것을 이미 알고 있었던 모양이었다.

"무령사!"

천무위의 고수 아무사의 입에서 놀란 목소리가 흘러나왔다. 그렇다고 그가 무령사라 부른 대상이 마누는 아니었다. 그의 시선은 산 위쪽에 모습을 드러낸 중년 사내를 향해 있었다.

사내는 사람들이 시선을 받으며 천천히 일행의 십 장 안쪽까지 내려섰다.

그는 바로 마누의 회향 길을 가장 먼저 막아섰던 종산이란 사내였다.

"아무사, 그대가 문주님을 배신할 줄은 몰랐군."

종산이란 사내가 자신을 두려운 눈으로 바라보고 있는 천무 위의 고수 아무사를 보며 말했다.

그러자 아무사가 고개를 저었다.

"이건 배신이 아닙니다."

"그럼?"

"천통문에 대한 충성심으로 결정한 일입니다."

"문주님이 아니라?"

종산이 물었다.

그러자 아무사가 침착함을 되찾으며 물었다.

"묻겠습니다. 무령사께서는 천통문이 중요합니까, 문주님이 중요합니까? 문주께서 본 문의 천 년 율법을 어기시고, 문도들을 사악한 마도의 길로 이끌어가신다 해도 여전히 문주님에 대한 충성심이 먼저입니까?"

"……."

도발적인 아무사의 질문에 종산이란 사내가 대답을 하는 대신 아무사로부터 시선을 돌렸다.

이 중년의 고수 종산은 마누가 화명과 수월을 데리고 천통문을 탈출한 이후 그의 뒤를 이어 천통문의 무령사가 된 인물이었다.

무령사는 천통문에서 문주를 제외하면, 혹은 아주 드물게 문주를 넘어선 제일고수로 인정받는다. 그만큼 뛰어난 무공을 가진 인물이어서 천통문의 모든 문도들이 두려워하고 존경하는 존재였다.

"아무사의 질문에 대한 답은 나도 듣고 싶군."

자신의 뒤를 이어 천통문의 무령사가 된 종산에게 마누가 물었다.

"다른 방법이… 있지 않겠습니까?"

종산이 마누를 보며 물었다.

"다른 방법? 어떤 방법 말인가?"

"귀령사만 제거하고 문주님의 뜻을 받아들여서 무천귀동에 있는 무공의 일부를 얻어 강호로 나가는 것입니다."

"그게… 가능하다고 보는가?"

마누가 종산에게 되물었다.

그러자 종산의 입이 다시 닫혔다.

그런 종산을 보며 마누가 차분하게 말했다.

"문주님께선 결코 귀령사를 버리지 않으실 걸세. 문주께서 그를 총애하신다는 것은 아니야. 단지… 그를 버린다는 것은 당신의 잘못을 인정하는 것이 되니까. 겉으로 보기에 문주님은 만사에 관심이 없는 듯 무심해 보이시지만, 사실은 그 누구보다 강한 자존감을 가진 분이네. 그런 분이 자신의 과거를 증명하는 귀령사를 포기하실 것 같은가?"

"……."

마누의 질문에 종산이 대답을 하지 못했다. 그 역시 문주의 허술한 모습 속에 감춰진 야망과 패도적인 성정을 누구보다 잘 알고 있기 때문이었다.

"나서기 힘들면 물러나 있게."

마누가 말 없는 종산에게 말했다.

"내가 아니더라도 무령의 형제들이 나설 겁니다."

"무령은 자네의 통제하에 있지 않는가?"

마누가 물었다.

그러자 종산이 이번만큼은 자신 있게 대답했다.

"그렇긴 합니다만……."

"그럼 무령의 형제들에게 금검령을 내리게."

"……."

마누의 말에 종산이 대답을 회피했다. 그러자 마누가 다시 강권했다.

"그것만이 형제들이 피를 흘리지 않는 유일한 방법이네. 무령의 형제들 내에서도 문주님에 대한 충성심은 여러 부류로 갈릴 걸세. 금검령을 내리지 않으면 자칫 무령 내부에서 먼저 싸움이 벌어질 수 있다는 뜻이네. 그럼 천통문은 끝장이지. 그러니 아예 금검령을 내려 무령이 움직이지 못하게 하게."

"그럼 무령사께선 어찌하시겠습니까? 설마 문주님을… 베실 수도 있습니까?"

종산이 물었다.

"그럴 수야 없지."

"하면……?"

"단지 본 문에서 문주님의 역사는 끝내겠네."

"후우… 가능할까요? 겨우……."

종산이 불사 나왕 등 일행의 숫자가 적음을 걱정하며 말했다.

"자네가 도와준다면 더 수월하겠지."

마누가 말했다.

"죄송합니다."

종산이 끝내 도움을 주는 것까지는 거부했다.

"알겠네. 그럼 일의 성패에 대해선 신경 쓰지 마시게. 단지 무령에 금검령만 내리게."

"좋습니다. 그리하지요."

"고맙네. 잘 생각했네."

마누가 안도의 한숨을 쉬며 말했다.

"아닙니다. 오히려 무령사께 죄송할 뿐입니다. 나약한 저를 용서하십시오."

"무령이 건재하다면 결국 천통문은 건재할 것이네. 무령을 손실 없이 유지하는 것도 본 문을 위해선 무척 중요한 일일세."

마누가 위로하듯 말했다.

"알겠습니다. 그럼 전 이만 가보겠습니다."

종산이 정중하게 고개를 숙여 보이고는 홀쩍 그 자리에서 모습을 감췄다. 과연 천통문의 새로운 무령사다운 움직임이다.

종산이 사라지자 장내는 침묵에 빠져들었다.

마누는 여전히 그 자리에 서 있었고, 일행은 어둠이 깃드는 설모봉을 우울한 시선으로 바라보고 있었다.

어둠이 충분히 깊어지자 일행이 움직였다.

앞장을 서는 사람들은 아무사 등 천무위 소속의 무인들이었다. 그들은 설모봉 주변에 은밀히 형성된 유령문의 건물들 사이를 교묘하게 빠져나가 일행을 설모봉 북벽의 차가운 절벽 아래까지 이끌었다.

"정말 험하군요."

설모봉 북벽에 이르자 적월이 손을 들어 괴물 같은 설모봉의 북쪽 면을 보며 말했다. 남쪽에서 보던 설모봉과는 확연히 다른 모습이다.

"길을 따라 올라가면 지키는 자들에게 들킬 염려가 있습니다만."

아무사가 마누를 보며 말했다.

그러자 자왕 사송이 앞으로 나섰다.

"있는 길이 위험하면 새 길을 내면 되지 않겠소?"

"......?"

아무사가 무슨 말이냐는 듯 자왕 사송을 바라봤다. 지금 이 험한 설모봉 북벽에 새로 길을 만든다는 것은 불가능한 일이기 때문이었다.

그러나 자왕 사송은 아무사의 반응에 신경 쓰지 않고 절벽으로 다가서며 말했다.

"따라올 수 있는 사람만 따라오시오. 따라오다 떨어져도 책임지지 않소."

자왕 사송이 그 말을 남기고 갈고리 모양의 애병을 끄집어낸 후, 절벽을 찍으며 위로 올라가기 시작했다.

제3장
주인 없는 집

어두운 밤, 빙벽에 가까운 절벽을 사송은 평지처럼 올랐다. 그의 능력을 알고 있는 적월과 나왕조차도 새삼 감탄할 만한 능력이었다. 그러니 그를 제대로 알지 못했던 마누 등 유령문 고수들의 놀람은 언급할 필요가 없었다.

사송은 절벽을 오르며 뒤따르는 사람들이 의지할 수 있게 기병을 이용해 중간중간 크고 작은 홈을 파내는 여유까지 보여주었다.

그렇게 모든 사람들의 경탄 속에 드디어 사송이 드디어 절벽 중간에 위치한 작은 평지에 도착했다.

유령문의 문주 전궁의 부인 서유화가 감금 아닌 감금을 당한 채 이십 년이 넘게 머물렀던 낡고 작은 오두막이 어둠 속에서 무덤 같은 모습으로 사송을 맞이했다.

턱!

사송은 일단 두 손을 절벽 위쪽에 살짝 걸친 채 조심스럽게 머리를 들어 올려 오두막 주변을 살폈다.

"셋이라……."

사송이 나직이 중얼거렸다.

어둠 속에서 느껴지는 인기척으로는 세 명이 오두막 주변을 지키고 있는 듯했다.

셋 정도면 사송 혼자서도 충분히 감당할 수 있는 숫자다. 무공을 모른다는 문주 부인의 처소를 지키기 위해 유령문의 절정 고수들이 나와 있을 리는 없었기 때문이다.

그런데 사송이 몸을 날려 경비 무사들을 제압하려다 말고 다시 절벽 아래로 머리를 내렸다.

"그래도 자기 식구들인데 남한테 당하면 기분 나쁘겠지."

사송이 중얼거리며 자신의 뒤를 따라 절벽을 오르고 있는 마누 등 유령문의 고수들을 바라봤다.

그들이 있는 이상 굳이 자신이 유령문의 문도들과 칼부림을 할 필요가 없었다. 자칫하다가는 그들과의 관계가 불편해질 수 있었다.

사송이 그렇게 마누 등을 기다리기로 결심한 이후에도 한참이 지난 후에야 사람들이 절벽 위쪽까지 올라왔다.

"어떻소?"

가장 먼저 사송 곁에 이른 불사 나왕이 물었다.

그러자 사송이 한 손을 절벽 위에 걸친 채 다른 손으로 손가락 셋을 펴 보였다.

"그 정도면… 왜?"

겨우 세 명 정도의 경비 무사를 두고 절벽 아래 몸을 숨기고 있는 사송이 이상하다는 듯 나왕이 물었다.

그러자 사송이 조용히 대답했다.

"같은 문도들끼리 해결하는 게 좋지 않겠소?"

사송의 말에 나왕이 금세 사송의 의도를 알아챘다.

"하긴 그렇구려. 괜한 오해를 살 필요는 없겠지."

나왕도 사송의 생각에 동의했다.

그러는 사이 마누도 두 사람이 있는 곳에 도착했다. 그는 도착하자마자 사송을 보며 말했다.

"정말 놀라운 능력을 가지고 계셨구려."

절벽을 오르면서 길을 만드는 사송의 능력이 여전히 감탄스러운 모양이었다.

"그저 잔재주일 뿐이지요. 노사의 검술만 하겠습니까? 그나저나 세 명이 오두막을 지키고 있는 모양인데……."

그들의 처리를 마누에게 맡긴다는 말이다.

그러자 마누가 고개를 끄떡였다.

"내가 맡겠소."

대답을 한 마누가 망설이지 않고 절벽 위로 몸을 날렸다.

"생각보다 성미가 급하시군."

어느새 절벽 위로 올라서 오두막에 은밀하게 다가서는 마누를 보며 사송이 중얼거렸다.

본래 문주 부인의 처소를 지키는 일은 유령문도들에게 그리

즐거운 일이 아니었다.

설모봉 남쪽과 달리 북쪽은 곤륜의 한파를 그대로 감당해야 하는 곳이라 춥기도 할뿐더러, 감금 아닌 감금을 당한 문주 부인을 지키는 건지 감시하는 건지 애매한 역할이 문도들의 마음을 심란하게 만들기 때문이었다.

그래서 하루 세 번 교대로 경비를 서는 무사들은 조금이라도 빨리 그 시간이 지나기를 바라지만, 본래 그럴수록 오히려 시간은 더디게 흐르게 마련이었다.

오늘도 마찬가지였다.

천무위 소속의 세 경비 무사는 다른 때와 달리 추위를 피하려는 듯 오두막 입구 쪽에 모여 두런두런 이야기를 나누고 있다.

"주모께 무슨 일이 생기는 것은 아니겠지?"

무사 중 한 명이 걱정스러운 표정으로 말했다.

"설마 무슨 일이야 있을려고. 스스로 내려가신 건데……."

"그래도 요즘 문내의 사정이 영 좋지 않아서……."

"그러게 말이야. 지난 수십 년 동안 조금씩 상황이 나빠져 왔다지만 요즘 들어서는 급격하게 분위기가 안 좋아지는 것 같아. 이러다가 정말 무슨 일이라도 나는 건 아닌지……."

경비 무사들의 목소리가 어둠처럼 우울했다.

"아무래도 외부에 무슨 일이 있는 것 같아."

셋 중 하나가 조심스럽게 말했다.

"그런 것 같지? 몇몇 고수들이 문외로 나갔다고 하더라고. 그런데 그들이 돌아왔다는 소리를 아직 듣지 못했어."

"후우… 지금 같은 상황에서 외적의 침입까지 받으면 정말 곤란한데……."

유령문 문도들의 한숨 소리가 깊었다.

그런데 한순간 그들의 대화가 뚝 끊겼다. 대화가 끊긴 것만이 아니었다. 어느새 세 사람은 자리를 박차고 일어나 어둠 속을 향해 검을 뽑아 들고 있었다.

"누구냐?"

셋 중 한 명이 날카롭게 외쳤다.

이곳은 유령문 내에서도 철저하게 출입이 금지된 장소였다. 그러니 이 어두운 밤에 오두막을 찾아온 자가 결코 평범한 사람일 리 없었다.

"주모께서는 안에 계시느냐?"

어둠 속에서 불청객이 물었다.

"누구냐?"

경비 무사가 다시 물었다.

그들은 본능적으로 느끼고 있었다. 어둠 속에 서 있는 불청객이 결코 평범한 방문객이 아니라는 사실을. 흐릿한 모습 속에서 느껴지는 기운은 설산을 지배하는 대호(大虎)의 기운이었다.

그들이 도저히 감당할 수 없는 기운. 하늘의 무공을 이어받았다고 자부하는 자신들의 문파 내에서도 이런 기운을 가진 자는 없었다. 그러니 경비 무사들로서는 두렵지 않을 수 없었다.

그런데 그런 경비 무사들의 두려움을 의혹으로 바꾸는 다른 목소리가 들렸다.

"주모께서 안 계시느냐? 주모께서 계시는데 너희들이 이곳에 모여 잡담이나 하고 있을 리는 없을 텐데?"

또 다른 불청객의 목소리를 듣는 순간 경비 무사들이 당혹스러운 표정을 지으며 눈을 부릅뜨고 어둠 속의 인물, 아니, 이젠 인물들이 된 서너 명의 사람을 뚫어지게 바라봤다. 그러다가 그 중 한 명이 조심스럽게 물었다.

"혹… 이위장(二衛將) 님이십니까?"

그러자 불청객이 망설이지 않고 대답했다.

"그렇다."

"헛!"

불청객의 대답을 들은 경비 무사들이 놀란 듯 탄성을 흘렸다.

그러는 사이 불청객들이 좀 더 앞으로 다가왔다. 그러자 어둠 속에서도 확연하게 불청객의 얼굴이 드러났다. 노검객 마누의 회향을 막기 위해 유령문을 나갔던 천무위의 고수 아무사였다.

"이위장 님!"

경비 무사들이 믿을 수 없다는 표정으로 아무사를 바라봤다.

"주모께서는 안 계시느냐?"

아무사가 다시 물었다.

"그, 그렇습니다. 그런데 대체 이게 어찌 된 일입니까? 언제 돌아오셨습니까?"

경비 무사의 입에서 연이어 질문이 터져 나왔다.

그러나 아무사는 경비 무사들의 질문에 답을 주는 대신 또 다른 질문을 던졌다.

"주모께선 어디로 가셨느냐?"

"그게… 문주님을 만나러 가셨습니다."

"문주께? 대체 무슨 일이냐? 본래 두 분이 만나실 일이 있으면 문주께서 이곳으로 오시지 않느냐?"

"그건 저희들도 잘… 다만 어제 낮에 문주께서 다녀가시기는 했습니다만……."

"그럼 벌써……."

아무사가 심각한 표정을 지으며 마누를 돌아봤다.

그러자 마누가 무거운 음성을 말했다.

"그럼 이제는 문주께 가야겠군."

"대체 일이 어떻게 되어가는 것입니까?"

경비를 서던 무사가 답답하다는 듯 물었다.

그러자 아무사가 말했다.

"인사드려라. 전대 무령사시다."

아무사의 말에 경비 무사들이 선뜻 그의 말을 이해하지 못해 어리둥절한 표정으로 어둠 속의 불청객을 바라봤다.

그러자 아무사가 다시 입을 열었다.

"전대 무령사께서 돌아오셨다. 최근 우리 천통문이 큰 위기에 빠져 있다는 것을 너희들도 알고 있을 것이다. 전대 무령사께서 본 문의 위기를 바로잡기 위해 오셨으니 너희들도 무령사님의 뜻을 따르거라."

"전대 무령사시라면 설마……."

경비 무사들이 믿기 힘들다는 듯 마누를 바라봤다.

그러자 아무사가 다시 말했다.

"너희들이 짐작하는 그분이 맞다."

"아……!"

경비 무사들 입에서 나직한 탄식이 흘러나왔다. 그들도 문파의 전설이자 또한 어두운 과거의 주인공을 너무 잘 알고 있었다.

"난 이미 무령사님과 뜻을 같이하기로 했다. 또한 무령의 형제들 역시 마찬가지다."

"하지만……."

경비 무사 중 한 명이 무슨 말을 하려다가 이내 입을 닫았다.

"너희들 생각을 모르는 바는 아니다. 그러나 너희들도 알고 있지 않느냐? 이대로 가다가는 결국 천 년 전통의 천통문의 맥이 끊어질 것이라는 것을……."

"그러나 그렇다고 문주님께 반기를 들 수는 없는 일 아닙니까? 더군다나 우리는 천무위입니다."

경비 무사 중 한 명이 단호하게 말했다.

천통문에서 천무위는 오직 문주를 위해 존재하는 조직이었다. 어려서부터 그 일을 위해 성장한 사람들에게 문주를 배신하는 것은 상상하기 힘든 일이었다.

그런 무사들의 마음을 알고 있는 아무사가 차분한 목소리로 말했다.

"너희들 생각을 모르는 바 아니다. 그러나 이 일은 결국 문주님과 본 문을 지키는 일이 될 것이다. 짐작하고 있겠지만 지난 세월 본 문을 지배한 사람은 문주님이 아니라 귀령사였다. 문주님은 그자의 간악한 감언이설에 속으셔서 천 년 율법을 어기고 사도의 길을 걸으셨지. 그리고 지금 다시 율법을 어기고 무천귀동을 여시려 한다. 물론 이 역시 귀령사의 농간이다. 그러니 어찌 이를 두고 볼 수 있겠느냐?"

"……."

아무사의 말에 경비 무사들이 아무런 대답을 하지 못했다. 아무사의 말이 틀린 것은 아니나 그렇다고 평생 지켜온 문주에게 반기를 드는 일은 차마 할 수 없는 듯 보였다.

"약속한다. 문주님이 해를 입으시는 일은 없을 것이다. 오직 귀령사만 제거하겠다."

"하면… 그 이후에는 어찌 되는 겁니까? 문주께서는 오늘의 일을 결코 용서하지 않으실 겁니다."

"아쉽지만 문주께서는 문주의 자리에서 물러나셔야겠지. 법령사를 구한 후 그분께 문주님의 일을 맡길 것이다. 아마도 본 문의 율법에 따라 처리될 것이다."

"그러나 문주님은 현재 유일한 천무의 혈통이십니다. 다른 누구도 문주님을 대신할 수 없지 않습니까?"

"문주님을 대신할 수 있는 분들이 돌아오셨다."

"예?"

경비 무사들이 놀란 표정으로 되물었다.

"너희들도 알고 있을 것이다. 이십오 년 전 문을 떠나셨던 두 분 아가씨를."

"설마……?"

"그분들이 돌아오셨다. 그중 한 분은 우리와 계시고, 다른 한 분은 귀령사에게 잡혀 계신다. 귀령사는 그분을 인질로 주모님을 협박하고 있다. 무천귀동을 두고 말이다!"

"아……!"

경비 무사들이 나직하게 탄성을 흘렸다.

그러자 아무사가 다시 말했다.

"무천귀동이 열리면 귀령사가 어떤 선택을 할 것 같으냐? 애초에 귀령사는 문주님께 후사가 없는 것을 노리고 스스로 본 문의 주인이 되려는 야망을 가지고 있었다. 이는 이미 많은 사람들이 의심하던 바가 아니더냐?"

"그렇긴 하지요."

경비 무사들도 순순히 아무사의 말에 동의했다. 지난 몇십 년간 문도들을 걱정스럽게 하는 것들 중 하나가 문주의 혈육이 더이상 태어나지 않을 거란 예감이었다.

문주의 혈육이 끊기면 천통문은 권력 다툼에 빠지게 될 것이고, 결국 자중지란으로 멸망하거나 사분오열되고 말 것이 분명했다.

그런 이유로 사람들은 귀령사 적안의 오래된 야망을 걱정스럽게 바라보고 있었다. 그리고 더 큰 문제는 천통문의 문도들 중 상당수가 그런 적안을 따르고 있다는 사실이었다.

"그자는 무천귀동이 열리는 순간 다시 아가씨들을 죽이려 할 것이다. 그래야 자신이 천통문의 주인이 될 수 있을 테니 말이다. 그런 혈난을 막으려면 지금 그자를 막아야 해."

"……."

아무사의 말에 경비 무사들이 어렵게 고개를 끄떡였다. 마음이 변하고 있는 것이 분명했다.

그런 경비 무사들을 보며 아무사가 다시 말했다.

"너희들에게 나와 함께 천주전으로 가자는 말은 하지 않겠다. 그건 아무래도 부담스러운 일이니까. 대신 해줄 일이 있다."

"말씀하십시오."

"천무위의 형제들에게 현 상황을 알리고 그들 중 우리와 뜻을 함께할 만한 사람들을 설득해 이 일에 개입하지 말게 하라. 사실 무령은 이미 오늘 밤 움직이지 않기로 약속을 했다."

"정말입니까?"

경비 무사들이 놀란 표정으로 되물었다.

"그렇다. 무령은 어떤 일이 있어도 오늘 밤 움직이지 않을 것이다."

"그렇다면… 알겠습니다. 믿을 수 있는 천무위의 형제들을 설득해 보지요. 하지만……."

경비 무사가 걱정스러운 표정으로 말꼬리를 흐렸다.

"물론 천무위장님을 따르는 사람들은 어쩔 수 없겠지. 그들은… 결국 귀령사와 한배를 탔으니."

"천무위장님과 귀령사라면 너무 벅찬 상대가 아니겠습니까?"

경비 무사가 걱정스럽게 물었다.

그러자 아무사가 고개를 저으며 말했다.

"그 일은 우리에게 맡겨라. 다 생각이 있으니."

"알겠습니다. 그럼… 일단 산 아래까지는 함께 가시죠."

경비 무사들이 아예 길을 안내하겠다고 나섰다. 그러자 아무사가 마누를 돌아봤다.

"그렇게 하세."

마누가 승낙하자 아무사가 경비 무사들을 보며 말했다.

"그럼 부탁하겠다."

애써 절벽을 오른 성과는 없었다. 힘겹게 절벽을 오른 것이 허무할 정도였다.

그러나 아주 빈손은 아니었다. 적어도 천무위 소속의 문도 얼마 정도는 움직이지 않을 것이기 때문이었다.

*   *   *

화명은 천천히 걸음을 옮겼다. 그녀의 뒤로 다섯 명의 천통문 귀령의 무인들이 감시하듯 따라오고 있었고, 그녀의 앞에서는 그녀를 납치해 온 귀령사 적안이 걷고 있었다.

화명의 눈에서 짙은 살기가 흘러나왔지만, 귀령사 적안은 그 사실을 아는지 모르는지 묵묵히 걸음을 옮겼다.

그리고 그들은 어느 순간 천주전이 있는 절벽 입구에 도착했다.

"열어라."

적안이 말하자 이미 명령을 받았는지, 다른 때라면 방문의 목적이나 문주 전궁의 허락을 구하려 했을 경비 무사들이 무거운 철문을 열었다.

"가시지요."

처음 납치할 때는 거친 말도 쏟아냈던 적안이었지만, 천통문에 와서는 화명에게 제법 예의를 차리는 말투였다.

그러자 화명이 잠시 그를 바라보다 힐긋 문 위로 솟구친 설모봉을 바라봤다.

"이곳이 천주전이군요?"

"그렇습니다."

귀령사 적안이 대답했다.

"이곳의 주인이 되고 싶나요?"

너무 직설적인 질문이었을까. 노련한 적안조차도 이 질문에는 당황한 표정을 지었다.

"무슨 그런 말씀을……."

"아닌가요?"

화명이 비웃듯 물었다.

그러자 적안의 얼굴이 차갑게 굳었다.

"이 늙은이를 희롱하지 마십시오."

경고처럼 들리는 말이다.

"희롱이요? 귀령사께서는 진실을 마주하면 그걸 희롱이라고 느끼는 모양이죠?"

화명에게 귀령사 경고 따위는 안중에도 없는 모양이었다.

그러자 적안의 눈가에 은은한 분노가 서렸다.

"이 늙은이가 비록 능력은 없지만, 그렇다고 다른 사람에게 희롱을 당하며 살 만큼 나약한 사람은 아닙니다."

"그런가요? 그럼 지금 절 죽이든지요."

화명이 적안을 빤히 보며 말했다.

그러자 적안이 분노하면서도 아무런 대답을 하지 못했다.

"분노를 참으며 절 살려두는 이유가 설마 천통문에 대한 충성심 때문은 아니겠지요? 날 살려두는 이유는 아마도 귀령사께서 천통문을 차지하기 위해 내가 필요하기 때문 아니겠어요?"

화명이 다시 빈정거렸다. 그러자 귀령사 적안이 눈살을 찌푸리며 말했다.

"아가씨의 투정을 더 이상 들어드릴 수는 없겠군요. 문주께서 기다리십니다. 들어가시지요."

"알겠어요. 가죠. 가서 물어보겠어요. 이 천통문을 귀령사께 주실 생각인지……."

"후우… 따르십시오."

적안이 더 이상 화명과 다투기 싫다는 듯 먼저 걸음을 옮겨 문 안으로 들어갔다.

그러자 그 뒤를 따라 천주전으로 들어가려던 화명이 문득 걸음을 멈추고 천주전을 지키는 무사들을 보며 말했다.

"당신들은 고귀한 천통문 문주의 유일한 혈육을 보고도 인사를 하지 않나요?"

"……?"

갑작스러운 화명의 말에 경비 무사들이 당황한 표정으로 화명을 바라봤다.

"내가 이십오 년 전 이곳을 떠난 문주님의 딸이란 사실을 모르는 거예요? 아니면, 이젠 문주의 혈육조차도 안중에 없는 건가요?"

화명이 다시 차갑게 물었다. 그러자 그제야 경비 무사들이 얼른 고개를 숙였다.

"아가씨께 인사드립니다."

"후후, 그래요. 그래야지요. 다시 볼 수 없을지도 모르지만, 만약 우리가 다시 보게 된다면 난 천통문의 후계자가 되어 있을 수도 있으니까요. 자, 이제 가요. 아버지를 봬야죠?"

화명이 문 조금 안쪽에서 황당한 표정으로 자신을 바라보고 있는 귀령사 적안을 보며 말했다.

화려한 장소였다.

청석과 대리석으로 지하 대전 전체의 골격이 만들어져 있었고, 금장은 물론, 귀한 보석들이 흔한 물건들처럼 곳곳을 장식하고 있었다.

은은한 홍옥과 청옥의 명주들이 촛불을 대신할 만큼 빛을 냈고, 금으로 장식된 돌기둥에는 섬세한 조각들이 아로새겨져 있었다.

화명은 적안을 따라 걸으며 애써 이 장소의 기억을 떠올리려 했지만, 그녀의 기억 속에는 전혀 없는 장소였다.

'어쩌면 이곳에 출입할 수 없었는지도 모르지.'

분명 그녀가 어릴 때 살던 곳은 아니었다. 그렇다면 이곳은 어린 그녀들에센 허락되지 않았던 장소일 것이다.

화려한 대전을 가로지르자 다시 지하의 어둠이 시작되고, 약간의 어둠을 지나자 다시 문 하나가 나타났다. 천주전에 들어올 때 통과한 철문보다는 작았지만, 몇 배는 더 화려한 문이다.

"문주께선?"

적안이 문을 지키는 거대한 체구의 사내들에게 물었다.

"기다리고 계십니다."

평소 석상처럼 미동 없이 문주의 거처를 지키는 사내들 중 하나가 미세하게 입을 움직여 대답했다.

"열어라."

"예!"

대답을 사내가 했지만 문은 안쪽에서 열렸다. 문이 열리자 귀령사 적안이 먼저 문 안으로 들어갔다.

화명이 큰 숨을 들이쉬었다. 이 안에 그녀가 그토록 만나고자 했던 사람이 있다는 것을 알고 있었다.

그런데 막상 그를 만난다고 생각하니 그에게 어떤 말을 해야 할지 당황스럽기도 했다.

"아가씨?"

화명이 망설이자 먼저 문 안에 들어가 있던 귀령사 적안이 화명을 돌아보며 그녀의 걸음을 재촉했다. 화명이 다시 한번 크게 숨을 몰아쉰 후 천천히 문 안으로 들어갔다.

그는 깊은 태사의에 눕듯이 앉아서 화려한 석실로 들어오는 화명을 바라보고 있었다.

화명은 석실에 들어선 이후 그에게서 한순간도 시선을 떼지 않았다. 그렇다고 서로 시선이 마주친 것은 아니었다. 두 사람은 서로를 보면서도 교묘하게 서로의 시선이 마주치는 것을 회피하고 있었다.

그런 기묘한 시선의 교환은 서로의 거리가 오 장 안으로 좁혀질 때까지 계속되었다.

그리고 화명의 걸음이 멈췄을 때에야 드디어 두 사람은 서로의 눈을 바라봤다.

깊은 적막이 흘렀다. 누구의 숨소리조차 들리지 않았다. 태사의에 늘어져 있는 천통문의 문주 전궁조차도 흐트러진 자세와 다르게 크게 숨을 쉬지 않았다.

그러다가 어느 순간 길게 한숨을 쉬며 중얼거리듯 말했다.

"맞긴 하군. 세월이 흘러도 옛 흔적이 남아 있어. 세월 참… 다섯 살 꼬마가 이젠 서른이 되었으니……"

전궁이 우울한 표정으로 말했다. 그런데 그의 태도나 말투에선 자신에 의해 이곳을 떠난 딸에 대한 어떤 죄책감도 느껴지지 않았다.

그런 전궁의 태도에 화명은 분노가 치솟았다.

"그런가요? 아쉽군요. 제겐 당신에 대한 기억이 없어서……"

"당신… 이라. 오랜만에 만난 아비에게 할 말은 아닌 것 같구나."

"글쎄요. 혈육을 사악한 대법의 희생양으로 삼으려 했던 사람을 아버지라 불러야 할지 모르겠군요."

"음… 천통음양대법에 대해 들은 모양이구나?"

"모를 줄 아셨나요?"

"모르는 게 좋다고 생각했지. 하지만 무령사 마누를 만났다면 들었을 수도 있을 거라 생각했다. 그런데 마누 그 사람도 참 잔인한 면이 있군. 천통음양대법에 대해 이야기를 해주다니. 쯔쯔……"

전궁이 다시 혀를 찼다.

그러자 화명이 차갑게 물었다.

"그래도 그 사악한 대법을 시전하려 했던 것이 부끄럽기는 한 모양이군요?"

"뭐… 솔직히 사람이 할 짓은 아니지. 더군다나 딸들을 희생시켜 힘을 얻으려는 것은 나로서도 힘든 결정이었지."

"그저 목숨만 희생하는 것이 아니더군요. 음양교합이 필요한 대법이더군요."

"후우… 마누 그 사람 참. 뭘 그런 것까지 말했을까."

이때만큼은 전궁도 화명의 시선을 회피할 수밖에 없었다.

천통음양대법은 천통문이 무천귀동에 밀봉한 사악한 마공 중 하나였다. 천주라 불리는 무천제 전위공의 피를 이은 여인들 중 희귀하게 음양의 기운을 완벽하게 나누어 갖고 태어나는 쌍둥이들이 있었다.

천통음양대법은 그렇게 두 몸으로 나뉘어져 있는 순수한 음양의 선천지기를 흡수해 강력한 신공을 연성하는 사법이었다.

물론 대법을 시행하면 여인들은 죽게 될 수밖에 없으니 사술일 수밖에 없는 무공이어서, 무천귀동의 사법들 속에 밀봉되어 수련이 금지된 것은 당연한 일이었다.

그런데 그 사악한 무공을 귀령사 적안이 알고 있었다. 천통문의 삼대 지류 중 귀령의 무공을 이어받은 적안은 과거 귀령사들의 유품 속에서 이름만 전해지던 천통음양대법의 비결을 우연히 발견했던 것이다.

하지만 단지 천통음양대법의 비결을 발견한 것만으로는 크게 걱정스러운 일은 아니었다. 비결을 알고 있다고 그 대법을 실현할 수 있는 것이 아니기 때문이었다.

그런데 운명처럼 마침 그즈음 화명과 수월 두 쌍둥이가 태어났고, 그녀들은 천통음양대법에 반드시 필요한 순수한 음양의 선천지기를 나눠 갖고 있었다.

모든 비극은 바로 그렇게 시작되었다.

귀령사 적안은 끊임없이 천통문주 전궁을 유혹했다. 당시만 해도 칠마와 십육마문의 난이 일어나기 전, 강호무림이 미증유의 대혈난을 앞두고 폭풍 전야의 긴장감이 치솟던 시기라서 야망을 숨기고 있는 야심가를 충동질하기에는 안성맞춤인 시기였다.

그리고 천통문주 전궁은 바로 그런 야망가였다.

그래서 그는 결국 적안의 설득에 넘어갔다. 패륜의 대법을 시행해 고금제일의 신공을 연성한 후, 그 힘으로 천통문 천 년 율법을 깨고 강호로 나가 천하무림에 군림하기로 결심한 것이다.

만약 그의 생각대로 모든 것이 이뤄졌다면, 어쩌면 오늘날 강호의 모습은 지금과 전혀 다른 것일 수도 있었다.

그가 무림맹의 쪽에 서든, 아니면 칠마와 손을 잡든 상관없이 그의 존재가 강호의 역사를 바꿔놓았을 것이기 때문이었다.

그러나 모든 일이 그의 뜻대로 진행되지는 않았다.

그 자신의 부인이자 아이들의 친모인 서유화는 당연히 목숨을 걸고 반대했고, 천 년 율법의 신봉자인 법령사 청목 역시 그가 천통음양대법을 준비하고 있다는 것을 안 순간부터 율법을 들먹이며 문주의 자리까지 위협했다.

그러나 그 두 사람보다 더 큰 방해자가 있었다. 바로 천통문 제일의 고수라는 무령사 마누였다.

두 아이가 태어날 때부터 각별한 정을 주었던 마누는 서유화나 법령사 청목과는 전혀 다른 방법으로 그의 계획을 완전히 틀어버렸다.

그는 무령사라는 고귀한 지위를 버리고 스스로 배신자의 길을 택해 두 아이를 데리고 천통문을 떠나 버렸던 것이다.

그로 인해 한때 천하의 지배자를 꿈꾸던 천통문주 전궁의 모든 계획은 틀어졌다.

지배자가 되는 길을 잃은 그는 좌절했고, 자신의 혈육을 대법의 희생물로 쓰려 했던 패륜의 과거는 시간이 흐르면서 그의 정신을 허물어뜨렸다. 그 결과가 오늘날 만사에 흥미를 잃고 타락한 듯한 모습으로 살아가는, 그리고 남성성을 잃고 중성의 삶을 사는 그의 모습이었다.

그리고 그 기억 중에 딸들을 죽이려 했던 것보다 더 숨기고 싶은 것이 대법의 시행을 위해 어린 딸들과 음양교합을 하려 했던 천인공노할 패륜이었다.

그런데 살아 돌아온 딸이 그 사실까지 알고 있었던 것이다. 그러니 아무리 전궁이라 해도 화명을 제대로 볼 수 없는 것은 당연한 일이었다.

"자, 이젠 어쩌실 건가요?"

침묵으로 곤혹스러운 상황을 버텨내는 전궁에게 화명이 물었다.

"어쩌면 좋겠느냐? 내가 무릎이라도 꿇고 사과할까?"

전궁이 물었다.

그러자 화명이 고개를 저으며 대답했다.

"아뇨. 그런 질문이 아니에요. 단지, 지금이라도 절 죽이실 건지 물은 겁니다."

"뭐?"

"절 죽이실 거냐고요?"

화명이 다시 물었다.

전궁으로서는 예상치 못한 질문이었다.

"대체… 왜 그런 말을 하는 거냐? 그… 대법은 이미 시기가 지났거늘……."

천통음양대법에는 시간의 제약이 있다.

첫째, 희생자들이 대법을 시행하기 이전에 처녀성을 간직해야 한다는 것이고, 둘째, 희생자들의 나이가 서른 살이 넘으면 대법의 시행이 불가능해진다는 것이었다.

이십 대로 들어서면 희생자들이 가지고 있던 순수한 음양의 선천지기가 쇠퇴하기 시작하고, 서른이 되면 평범한 보통 사람으로 변해 버리기에 음양대법은 최소한 희생자들이 서른이 되기 전에 시행해야 하는 것이었다.

그것이 바로 화명과 수월이 서른이 될 때까지 북화문의 그늘 속에 숨어 살아야 했던 이유였다.

물론 전대 북화문주가 천통문의 천통음양대법을 알고 있는 것은 아니었다. 그는 단지 무령사 마누의 부탁으로 두 사람이 서른 살이 될 때까지 자신의 그늘 속에 숨겨두고 있었던 것이다.

그러니 이제 더 이상 화명과 수월 두 사람이 천통음양대법으로 희생될 이유는 없었다.

"대법의 시기는 끝났지만 패륜의 과거는 남아 있지요."

화명이 대답했다.

"…패륜의 과거? 대체 무슨 말을 하고 싶은 거냐?"

"사람들은 늘 몇 가지 유혹에 시달리죠. 재물, 명예, 권력… 그중에는 자신의 치부를 영원히 묻어버리고 싶은 욕망도 포함되죠."

"내가 내 과거를 지우기 위해 널 죽인다고?"

전궁이 물었다.

"그런 유혹에 시달리지 않나요?"

화명이 전궁을 똑바로 보며 물었다.

그러자 전궁이 묵묵히 화명을 바라보다가 고개를 끄떡였다.

"좋아. 부인하지 않으마. 아마도 너 하나 죽여서 패륜의 과거가 숨겨진다면 그럴 수도 있을 것이다. 본래 난 나약한 인간이어서 그런 유혹에 쉽게 넘어가니까. 하지만 지금은 그런 상황이 아니다. 널 죽인다고 내 과거가 묻어질 수 없단 말이다. 아마도 그러려면 천통문의 문도 중 수십 명을 죽여야 할 거야. 생각보다 많은 사람들이 내가 하려 했던 일을 알고 있으니까."

전궁의 대답에 화명도 수긍했다.

"하긴 그렇군요. 그럼 왜 날 데려온 건가요? 단지… 마누 아저씨를 막기 위해선가요?"

화명이 물었다.

그러자 전궁이 조금 불편한 표정을 짓다가 힘이 없는 목소리로 대답했다.

"애초에 널 데려온 것은 내가 아니라 귀령사다. 난… 사실 널 보고 싶지 않았다. 이러니저러니 해도 난 널 죽이려 했던 아비니까. 그런데 귀령사가 널 데려왔더구나. 그리고 일단 널 데려오니까 네가 내게 해줄 수 있는 일이 생겼다."

전궁의 말에 화명이 되물었다.

"마누 아저씨의 귀환을 막을까요? 돌아가 달라고 부탁할까요?"

"후후후, 무령사는 그래도 올 거야. 그는 아주… 고집불통인 사람이거든."

"그럼 내가 뭘 하길 원하세요?"

"그건… 음, 넌 그냥 이곳에 있어주면 된다. 정확하게 말해서 네가 해줄 수 있는 일이 아니라 네 어머니가 해줄 일이니까. 안 그렇소?"

전궁이 갑자기 시선을 오른쪽으로 돌렸다.

그러자 그동안 아무 말도 없이 석실 한쪽에 우두커니 서 있던 초로의 여인이 부르르 몸을 떨었다.

그 순간 화명 역시 놀란 표정으로 여인을 바라봤다.

석실의 화려함에 어울리지 않는 낡은 옷, 아무런 치장도 하지 않은 얼굴, 뒤로 모아 아무렇게나 묶은 머리… 무엇 하나 귀해 보일 깃 없는 복색이었지만, 여인은 고귀해 보였다.

감히 나이와 옷가지가 범접할 수 없는 고귀함을 여인은 가지고 있었다. 그런 여인이 수많은 감정을 가진 눈으로 화명을 바라봤다.

"어… 머니?"

화명이 떨리는 목소리로 입을 열었다,

그러자 여인이 수십 년 만에 처음 입을 여는 사람처럼 어렵게 입을 열었다.

"살아 있어줬구나, 아가……."

서른 살의 여인에게 아가라는 말은 전혀 어울리지 않는 것이었지만, 여인의 입에서 흘러나온 아가란 말은 전혀 어색하지 않았다.

그 한 가지 사실만으로도 여인이 화명과 수월을 낳은 어머니라는 것이 증명되는 것 같았다.

"아! 어머니!"

화명이 감정을 추스르지 못하고 여인을 향해 달려가려는데 갑자기 한 자루 검이 그녀의 앞을 막았다.

"잠시 기다리시지요."

검을 들어 앞을 막은 사람은 귀령사 적안이었다.

그러자 화명이 화가 난 표정으로 귀령사 적안이 아닌 태사의에 앉아 있는 전궁을 바라봤다.

전궁은 그런 화명의 시선을 애써 외면했다.

그러자 그 모습을 지켜보고 있던 서유화가 입을 열었다.

"평아, 잠시 기다리거라. 문주께서 나와 거래를 하고 싶으신 듯하구나."

"거래라뇨?"

화명이 여전히 화를 삭이지 못한 표정으로 물었다.

"자신의 딸의 목숨을 두고 거래를 하자더구나."

서유화의 말에서 서글픔이 느껴졌다. 자신의 자식을 두고 부인과 거래를 하려는 사람을 남편으로 둔 여인의 자괴감은 어떤 말로도 설명할 수 없는 듯 보였다.

그런 서유화의 모습을 보자 화명의 분노가 더 끓어올랐다.

"대체 뭘 원하는 거죠?"

화명이 전궁에게 물었다. 그러자 전궁이 대답을 하는 대신 서유화를 보며 말했다.

"무천귀동을 열어주시겠소?"

전궁의 물음에 서유화가 처연한 눈으로 전궁을 보다 되물었다.

"정말 무천귀동을 열고 싶으세요?"

"그렇소."

"당신의 나이가 이제 육십이 다 되었어요. 그런데도 아직 그 욕망을 버리지 못하겠어요?"

서유화가 물음에 전궁이 머리를 긁적이며 대답했다.

"난 당신처럼 현명하지 못하니까."

"이 일이 본 문에 어떤 영향을 미칠지 생각해 보셨어요?"

"그야 뭐… 모 아니면 도지. 흥하든 망하든."

"정말 무책임하군요."

서유화가 절망적인 표정으로 말했다.

그러자 전궁이 변명하듯 입을 열었다.

"천 년이오. 율법이라는 미명하에 순수한 무도인으로 살라는 족쇄에 묶여 천 년 동안 문도들을 곤륜의 만년설 속에 묶어두었소. 그럼 충분한 것 아니오? 이 상태로 다시 만 년을 살아야 하오? 그걸 문도들에게 요구할 수 있는 권리는 아무도 갖고 있지 않소."

이때만큼은 전궁도 단호했다.

그러자 서유화가 대답했다.

"강호로 나가는 것은 뭐라 하지 않겠어요. 그야 선택의 문제라고도 할 수 있으니까요. 그러나 천통음양대법이나 무천귀동을 여는 것은 패륜과 역천의 문제예요."

"후우… 순진한 말 하지 마시오. 강호는… 강자만이 살아남을 수 있는 세계요. 강호로 나가려는 이유는 군림하기 위함이지 노예가 되기 위함이 아니오. 그런데 어찌 강해질 수 있는 기회를 마다하겠소."

전궁은 마치 다른 사람 같았다. 그의 눈가에서 뜨거운 욕망의 불꽃이 활활 타올랐다.

"그게… 사마의 길이라도 상관없어요?"

서유화가 물었다.

"난 정사가 아닌 패도의 길을 가겠소."

전궁이 단호하게 대답했다.

"아… 당신은 정말 어리석군요. 역사상 정도를 벗어나 사도의 길을 간 자들의 말로를 모르지 않을 텐데요. 후… 아무튼 좋아요. 그렇게 하죠. 무천귀동을 넘기겠어요. 솔직히 말해서 저도 이 천통문이란 곳에, 그리고 당신이란 사람에게 이젠 질려 버렸어요. 당신과 천통문이 어떻게 되든 이제 상관 않겠어요. 이젠 이십오 년 전 떠나보냈던 내 아이들만 생각하겠어요."

서유화가 지친 듯 고개를 저으며 말했다.

그런데 서유화의 양보를 끌어낸 전궁의 얼굴은 전혀 기쁜 표정이 아니었다.

그는 처음보다도 좀 더 우울해진 모습이었다. 그리고 그 이유가 금세 그의 입을 통해 드러났다.

"역시 당신은… 날 사랑하지는 않는군. 끝까지 만류하지 않는 것을 보면……."

　혼잣말처럼 중얼거리는 전궁의 눈빛은 승자의 것이 아닌 패자
의 눈빛이 서려 있었다.

제4장
마음을 잃은 자들의 선택

전궁의 뜬금없는 사랑 타령에 장내의 분위기가 묘하게 변했다. 팽팽한 긴장의 끈이 끊어진 것 같은 허탈감, 혹은 당황스러움이 사람들의 얼굴에 떠올랐다.

그리고 그중 가장 당황한 사람은 서유화였다.

"갑자기 그게 무슨 말이죠?"

서유화가 전궁에게 물었다.

"아니, 그냥… 지금까지 당신이 내 사람이었던 적이 있나 싶은 생각이 갑자기 들어서 말이오. 지금 당신의 그 말, 천통문과 내가 어떻게 되든 상관없다는 그 말이 본래 처음부터 당신이 가지고 있던 진심이 아니었나?"

이번만큼은 전궁 역시 무척 진지했다. 무천귀동을 여는 문제와 천통문의 미래를 논쟁하며 보였던 허무감 같은 것은 찾아보기 힘들었다. 정말 서유화와의 감정이 그에게 가장 중요한 문제인 것처럼 정색을 하는 전궁이었다.

그런 전궁을 서유화는 한참 동안 바라봤다. 그리고 차분하게 말했다.

"지금 와서 내게 당신의 타락을 책임 지우려는 건가요?"

"아니, 이 모든 것이 당신 때문이라고 말하는 것은 아니오. 단지… 뭐, 나도 조금은 억울한 면이 있다는 말이지. 당신의 마음을 얻었다면 지금의 내 모습이 조금 달랐을 수도 있지 않았을까 하는 아쉬움도 있고."

"날 당신에게서 멀어지게 한 것은 바로 당신 자신이에요."

"음… 또 천통음양대법이군?"

"그 어떤 부모도 자식을 야망의 희생양으로 삼지는 않아요."

"꼭 그렇지는 않소. 인간의 역사를 보면 그런 부모들도 적지 않지. 하지만 지금 난 그런 논쟁은 하고 싶지는 않소. 다만, 당신은 내가 천통음양대법에 관심을 갖기 전부터도 진정한 내 사람은 아니었다는 걸 말하고 싶은 거요. 그래서 난… 뭐, 다른 뭔가가 필요했어. 허무한 인생을 채워줄 그 뭔가가… 그래서, 제길! 그만하지. 귀찮군."

전궁이 자신의 말이 구차하게 느껴졌는지 갑자기 말을 끊었다. 그러고는 잠시 눈을 감고 있다가 벌떡 자리에서 일어나며 말했다.

"내놓기로 결심했다면 그만 내게 주시오."

전궁의 몸이 미끄러지듯 서유화 앞으로 다가갔다. 그리고 서유화를 향해 손을 내밀었다.

"아이가 먼저예요."

서유화가 단호하게 말했다. 그러자 전궁이 귀령사 적안을 향해 고개를 끄떡였다.

"가시지요."

귀령사 적안이 길을 열어주자 화명이 천천히 전궁과 서유화를 향해 걸어갔다.

아니, 정확하게 서유화를 향한 걸음이었다.

"어머니……."

서유화 앞에 이른 화명이 떨리는 목소리로 이 고귀하면서도 불행한 여인을 불렀다.

"아가……."

서유화가 자신과 무척 닮은 화명을 향해 손을 뻗었다. 그녀가 화명의 얼굴을 손으로 기억하려는 듯이 천천히 쓰다듬었다.

화명은 그런 서유화의 손길을 거부하지 않았다. 그녀는 마치 아이처럼 서유화의 따뜻한 손길을 담담히 받아들였다.

그 두 사람에 곁에 서 있는 전궁은 마치 그녀들과 전혀 관계가 없는 외인과 같았다.

전궁은 이 석실에서 가장 중요한 사람이었지만, 지금 이 순간만큼은 아무것도 아닌 존재처럼 느껴졌다.

그런 소외감이 불쾌했는지 전궁이 갑자기 서유화에게 말했다.

"회포는 나중에 풀고 약속한 것을 주시오."

전궁의 말에 서유화가 그에게 눈길도 주지 않고 품속에서 하나의 양피지와 작은 가죽 주머니를 꺼내 내밀었다. 그녀의 한 손은 여전히 화명의 얼굴을 매만지고 있었다.

그런 서유화의 행동에 전궁이 떨떠름한 표정을 지으며 그녀의 손에서 양피지와 가죽 주머니를 받아 들었다.

"이것이면 무천귀동을 열 수 있소?"

전궁이 물었다.

"양피지의 지도는 무천귀동로 가는 길을 알려주는 지도고, 가죽 주머니에 있는 열쇠는 무천귀동의 문을 여는 열쇠예요. 그 열쇠를 잘 보관하세요. 그 열쇠가 아니면 무천귀동은 절대 열리지 않아요. 열쇠가 아닌 다른 방법으로 무천귀동을 열려고 하면 무천귀동은 땅 밑으로 무너져 영원히 사라지고 말 거예요."

서유화가 대답했다.

"알겠소. 그리고 아무튼 고맙소."

전궁이 떨떠름한 표정으로 말했다.

그러자 그제야 화명의 얼굴에서 손을 뗀 서유화가 전궁을 바라보며 말했다.

"아뇨. 고마워할 건 없어요. 오히려 제가 미안하죠."

"지금 내게 미안하다고 했소?"

"그래요."

서유화가 대답했다.

"우울하군. 미안하다는 것은 내게 마음이 없다는 걸 인정한다는 의미니까."

전궁이 씁쓸한 표정으로 말했다.

"그런 의미에서 미안하다고 한 말이 아니에요."

"그럼?"

"지금까지 무천귀동에 대한 비밀을 오직 문주의 부인이 지켜온 이유를 아시나요?"

"그야 자신의 부인이야말로 역대 천통문의 문주들이 가장 믿을 수 있는 사람이니까. 나도 그래. 당신이 날 사랑하지 않는다는 것은 알지만 그렇다고 무천귀동의 비밀을 다른 사람에게 넘기지는 않을 거란 건 믿어왔소. 천통문에 대한 애정은 사실 나나 당신이나 마찬가지니까."

"반은 맞았군요."

서유화가 대답했다.

"절반만?"

전궁이 의아한 표정으로 되물었다.

"그래요. 반만 맞았어요."

"그렇소? 그럼 나머지 반은 뭐요?"

전궁이 물었다.

"대대로 문주 부인에게 무천귀동의 비밀이 전해진 것은 그곳의 마공뿐 아니라, 무천귀동의 사악함으로부터 문주를 지키라는 뜻도 포함되어 있었어요. 조시께서 무천귀동을 금지의 땅으로 만든 것은 단지 그 무공들 중 마공이 포함되어 있기 때문만은 아니에요. 무천귀동의 마공들을 얻은 후대의 문주들이 그 힘을 감당하지 못해 스스로 파멸할 것을 걱정했기 때문이지요."

"그건 겪어봐야 아는 것이고."

전궁이 심드렁하게 말했다.

"당신은 무천귀동의 마공들을 얻은 후 강호에 나가면 정말 천하를 지배할 수 있다고 생각하나요?"

"그야… 모르는 일이지. 천하의 패권은 천운이 닿아야 얻을 수 있는 것이니까. 하지만 가능성은 무척 높지 않을까?"

전궁의 말에 서유화가 단호하게 고개를 저었다.

"아뇨. 그건 불가능한 일이에요. 역대의 어떤 세력도 사마의 세력으로 낙인찍히고서는 강호에 군림한 적이 없어요. 물론 아주 짧은 기간 강호에 큰 그림자를 드리운 적은 있지만. 곧 멸망했죠. 그 이유는 간단해요. 무림이란 곳은 누구든 한 세력의 독패를 원하지 않기 때문이지요. 특히나 사마의 세력은 더더욱. 당신이 마공의 힘으로 강호에 나가면 십중팔구 당신은 삼사 년 안에 죽고 말 거예요. 그것이 바로 역대 문주 부인들이 무천귀동의 비밀을 지켜온 진정한 이유예요. 귀동이 아니라 문주를 지키는 거였죠."

서유화의 말에 전궁이 잠시 생각에 잠겼다가 입을 열었다.

"그러니까 당신이 나에게 미안하다고 한 것은 내가 파멸의 길로 가는 것을 막지 않고 이 지도와 열쇠를 내게 준 것에 대한 사과란 뜻이구려."

"그래요."

"후후후… 다른 면으로 보면 역시 내가 당신에게 그리 중요한 존재는 아니란 뜻이고?"

전궁이 추궁하듯 물었다.

"그 누구도 이 아이들보다는 중요하지 않아요."

서유화가 화명의 손을 꽉 잡으며 말했다. 어떤 일이 있어도 화명을 지키겠다는 의지가 드러나는 행동이었다.

그러자 전궁이 서유화를 잠시 바라보다 자신의 손에 들린 지도와 열쇠로 시선을 돌렸다. 그러고는 우울한 표정으로 중얼거렸다.

"그렇다 한들, 이제 와서 그만둘 수는 없소. 여기서 그만둔다면 남은 세월 무슨 재미로 살아가겠소. 아니 그렇소. 귀령사?"

전궁이 시선을 돌려 귀령사 적안에게 물었다.

그러자 적안이 대답 없이 고개를 숙이는 것으로 전궁의 뜻에 동의했다.

그런데 그때 갑자기 문 쪽에서 굴강해 보이는 노인이 급히 석실로 들어왔다.

일단 석실에 들어온 노인은 한달음에 전궁 앞에 다가섰다.

그러자 전궁이 의아한 눈으로 노인을 바라봤다. 그가 아는 노인은 결코 이렇게 조급하게 행동할 사람이 아니기 때문이었다.

노인은 한소룡이라는 이름을 가지고 있었다. 천 년 신비문파 천통문에서 서열 오 위 안에 드는 권력자이기도 했다.

천통문의 수뇌라면 문주와 무령, 법령, 귀령의 삼대 령사들, 그리고 문주를 호위하는 천무위의 위장을 꼽는다. 노인은 그중 천무위를 맡고 있는 천무위장이었다.

"무슨 일이오? 천무위장."

전궁이 천무위장 한소룡의 상기된 얼굴을 보며 물었다.

"그가… 왔습니다."

"그?"

"무령사 말입니다."

순간 장내의 분위기가 다시 한번 일변했다.

문주 전궁은 알 수 없는 모호한 표정을, 귀령사 적안은 당황한 듯한 얼굴을, 그리고 서유화의 손을 잡고 서 있던 화명의 얼굴에는 화색이 돌았다.

그중 가장 알 수 없는 표정을 짓고 있는 사람은 서유화였다. 무령사 마누가 왔다는 소식에 아예 눈을 감고 아무런 표정을 드러내지 않았던 것이다.

"무령사… 생각보다 빠르군."

전궁이 귀령사 적안을 보며 말했다.

"저도 예상 밖입니다. 이렇게 빨리 올 줄은… 분명 설모봉 외곽에서 무령사 종산이 그를 막았을 것인데. 비록 조력자들이 있다고 해도……."

"전해온 말로는 오늘 밤 무령은 움직이지 않았다고 하오."

천무위장이 귀령사 적안을 보며 말했다.

그러자 문주 전궁이 천무위장 한소륜에게 물었다.

"다시 말해보시오. 무령이 움직이지 않았다고?"

"그렇습니다. 그들은 자신들의 거처에서 한 발도 움직이지 않고 있습니다."

"설마 이자들이 배신을…?"

전궁의 눈에서 분노의 빛이 쏟아졌다. 그 기세에 놀란 천무위장 한소륜이 두어 걸음 뒤로 물러나며 말했다.

"그 가능성도 배제할 수는 없습니다."

"끌끌끌… 정말 엉망진창이군. 천통문의 역사에 과연 이런 적이 있었던가?"

전궁이 한탄하듯 중얼거렸다.

그러자 귀령사 적안이 천무위장 한소륜에게 물었다.

"그는 어디까지 왔소?"

"지금 천주전 밖에서 문을 열려 하고 있소."

한소릉이 대답했다.

"아니, 어떻게 그렇게 빨리……?"

귀령사 적안이 믿을 수 없다는 듯 물었다.

"아쉽게도… 천무위 안에서 일부는 그에게로 돌아선 모양이오."

한소릉이 대답하자 갑자기 전궁이 큰 웃음을 터뜨렸다.

"하하하! 날 지켜야 하는 자들이 오히려 날 공격하려 한다고? 하하하! 정말 재미있는 세상이야. 역시 머리 검은 짐승은 믿을 게 못 돼. 좋아, 좋아. 그럼 들어오라고 해. 모두 죽여주지 뭐."

전궁의 눈에서 냉혹한 살광이 번뜩였다.

그러자 한소릉이 재차 대여섯 걸음 더 뒤로 물러나며 말했다.

"그런데 그들 중… 예상치 못한 자가 있습니다."

"예상치 못한 자?"

"그렇습니다."

"누구요?"

전궁이 호기심을 드러내며 물었다.

"불사 나왕이란 자가 있습니다."

"음… 결국 그자도 왔군."

전궁이 불편한 표정으로 말했다. 이미 적안으로부터 불사 나왕의 존재에 대해서 들은 그였다.

그러자 침묵하고 있던 귀령사 적안이 말했다.

"그자는 정말 조심하셔야 합니다."

적안의 충고에 전궁이 못마땅한 표정을 짓다가 시선을 돌려 화명에게 물었다.

"평, 정말 대단한 자를 데려왔더구나."

곤륜 오지에 은거해 살아도 천통문은 무림의 문파다. 당연히 무림의 소식도 간간히 전해지게 마련이었다. 세상의 정세가 어지러울 때는 간혹 사람을 강호로 보내 세상의 소식을 알아오기도 하는 천통문이었다.

그러니 칠마 십육마문의 난을 겪고 천하십대고수의 반열까지 오른 불사 나왕의 명성을 전궁이 모를 리 없었다.

"감당하실 수 있겠어요?"

화명이 비웃듯 물었다.

그러자 전궁이 피식 실소를 흘렸다.

"후후… 그자는 천하에서 제일 못생긴 고수라지? 감당할 수 있냐고? 물론, 난 그를 감당할 수 있다. 내가 추구하는 것은 고금제일의 위치, 천하십대고수 정도로는 날 위협할 수 없다."

"그래요? 그 자신감이 사실이길 바라죠. 그런데… 듣자 하니 당신은 마누 아저씨와의 승부도 자신할 수 없다고 하던데요? 그런 마누 아저씨를 그분은 꺾었어요."

화명이 물었다.

"누가 감히 그런 말을 하다냐? 내가 무령사와의 승부를 자신하지 못한다고?"

전궁이 화난 얼굴로 물었다.

"아닌가요? 그렇다면 이상하군요. 그럼 마누 아저씨가 귀환하는 걸 왜 그렇게 두려워한 거죠?"

"누가 누굴 두려워했단 말이냐? 날 두렵게 만들 사람은 천하에 없다. 마누… 그자의 귀환이 단지 거추장스러웠을 뿐. 다시 본 문에 분란이 일어날 것을 걱정한 것일 뿐이다."

전궁이 단호하게 말했다.

"그런가요? 그럼 어차피 이렇게 된 것 차라리 문을 열고 그분들을 이리로 들이시는 것은 어떤가요? 그렇게 자신 있으시면."

화명이 물었다. 물론 그 말 중에는 정말 그렇게 할 수 있겠느냐는 조롱도 섞여 있었다.

그러자 전궁이 물끄러미 화명을 바라보다가 이내 고개를 끄떡였다.

"뭐, 그것도 좋겠지. 천무위장, 일부가 배신했다 해도 아직 그대를 따르는 자들이 제법 되오?"

전궁이 천무위장 한소륭에게 물었다.

"그렇습니다. 천주전 내부를 지키는 아이들은 여전히 문주께 충성하고 있습니다."

"좋아. 오고 있는 자들의 숫자는?"

"본 문의 문도를 제외하면 무령사 마누와 외부인 셋입니다."

"셋? 겨우 셋? 그 숫자를 가지고 이렇게 호들갑을 떨었단 말인가? 당장 문을 열어 그들을 데려오시구려."

전궁이 천무위장 한소륭을 보며 말했다. 그러자 귀령사 적안이 급히 입을 열었다.

"외람된 말씀입니다만……."

"다른 생각이 있소?"

"일단 그들을 상대하지 말고 무천귀동으로 떠나시지요?"

"지금 나보고 도주를 하란 뜻이오? 겨우 넷이 두려워서?"

전궁이 차가운 목소리로 물었다.

"도주가 아니라 중요한 일을 먼저 하잔 뜻입니다. 그들을 상대하는 와중에 문주께서 무천귀동으로 가려 하신다는 사실이 문도들에게 알려지면 문도들의 행동을 예측하기 어려울 것입니다. 그리고 분명 개중에 길을 막는 자들이 나타날 겁니다."

"감히 나를 향해 검을 들이댈 거란 뜻이오?"

"그건 아니더라도 길을 막을 수는 있겠지요. 무천귀동의 출입을 금하는 것은 본 문 천 년 율법 중 가장 중요한 율법 아닙니까? 문주님에 대한 충성심과는 별도로 본 문의 율법에 목숨을 거는 문도들도 적지 않을 것입니다."

적안의 말에 전궁이 화를 내는 대신 잠시 생각에 잠겼다. 그러다가 갑자기 천무위장 한소륭에게 물었다.

"천무위장의 생각은 어떻소?"

"이런 식의 분란이 무천귀동으로 가시려는 문주님의 계획에 좋지 않은 것은 분명합니다. 다만……."

"다만 무엇이오?"

"과연 이대로 무천귀동으로 떠날 경우 저들의 추격을 막을 수 있을 것인가 하는 문제는 남습니다. 두려워서가 아니라 저들까지 무천귀동으로 데려갈 수는 없는 일 아닙니까?"

전궁의 질문에 대한 대답이었지만, 적안에게 묻는 말이기도 했다. 그러자 적안이 대답했다.

"그건 걱정 마시오. 귀령이 문주님의 행보를 지울 것이오."

"귀령은… 건재하오?"

한소륭이 물었다.

무령과 천무위가 흔들리고 있었다. 귀령에도 배신자가 있을 수 있었다.

"귀령은 걱정 마시오."

적안이 자신 있게 대답했다.

"그렇다면 떠나시는 것도 나쁘지 않을 것 같습니다."

한소릉이 전궁을 보며 말했다.

그러자 전궁이 물었다.

"그렇다 한들 기분은 썩 좋지 않군. 그리고 우리가 떠나 있는 동안 그가 문을 장악하지 않겠소?"

전궁의 걱정에 적안이 대답했다.

"누가 뭐래도 문주께선 천통문의 주인이십니다. 문주께서 자리를 비우신 사이 문도들이 잠시 마누 그자의 뜻에 따를 수는 있겠지만 무천귀동의 무공을 가지고 귀환하시면 문도들은 다시 문주님께 충성을 다할 것입니다."

"과연 그럴까?"

"제 말을 믿어주시기 바랍니다."

적안이 못 미더워하는 전궁을 향해 고개를 숙이며 말했다.

그러자 전궁이 한숨을 쉬며 대답했다.

"후우… 좋소. 어차피 우리 세 사람은 수십 년간 한뜻으로 움직였으니 이번에도 한번 같이 움직여 봅시다."

전궁이 동의하자 적안이 재빨리 말을 더했다.

"두 분도 함께 모시고 가는 것이 좋을 듯합니다."

적안이 서유화와 화명을 가리키며 말했다.

"굳이 그럴 필요가 있겠소?"

전궁이 마땅찮은 표정으로 물었다. 그로서는 두 사람을 데려가는 일이 껄끄러운 모양이었다.

"두 분이 동행하시면 무령사 마누의 행동을 제약할 수 있습니다. 그리고 그것보다도 만약의 경우 무천귀동을 찾는 일에 문제가 생기면……."

순간 서유화가 비웃음을 담은 목소리로 말했다.

"설마 내가 귀령사 그대처럼 간계를 쓸 사람으로 보이나요?"

그러자 귀령사 적안이 대답했다.

"물론 주모께서 그럴 일은 없겠지요. 그러나 이 늙은이는 워낙 의심이 많은 사람이라……."

"좋소. 좋아. 모두 함께 갑시다. 부인, 오랜만에 문을 벗어나 함께 여행하는 것도 나쁜 일은 아니지 않소?"

전궁이 서유화를 보며 말했다.

"좋을 대로 하세요. 가지 않겠다고 해서 데려가지 않을 것도 아니시고……."

"너무 기분 상해하지 마시구려. 약속하겠소. 이 일이 끝나면 당신과 그 아이들을 자유롭게 해줄 테니까."

전궁이 말했다.

그러자 이번만큼은 서유화가 정색을 하며 말했다.

"그 약속 반드시 지키시길 바라겠어요."

"물론… 그렇게 될 것이오."

전궁 역시 진심으로 서유화에게 대답했다.

그런데 그때 갑자기 천주전 앞쪽에서 강렬한 파열음이 들렸다.

콰릉!

순간 전궁이 눈살을 찌푸렸다.

"무령사가 너무하는군. 설마 천주전을 부술 생각인가?"

"어서 가시지요."

적안이 천주전의 문이 파괴되는 것은 신경 쓸 바가 아니라는 듯 말했다.

그러자 전궁이 불쾌한 표정을 짓다가 천무위장 한소륭을 보며 말했다.

"천무위가 잠시 시간을 벌어주시오. 조용히 나가고 싶으니까. 그대는 기회를 봐 따라오고. 밀도를 알고 있으니 충분히 따라올 수 있겠지?"

"알겠습니다. 명대로 하겠습니다."

한소륭이 덤덤히 대답했다. 나중에라도 자신 한 명 빠져나가는 것은 걱정할 바가 아닌 모양이었다.

"그럼 갑시다. 그런데… 천주밀도는 처음이겠구려?"

전궁이 문득 적안을 보며 물었다.

그러자 적안이 대답했다.

"불편하시다면 저는 다른 길로 가겠습니다."

"아아, 아니오. 이런 상황에서 뭘 번거롭게. 그리고 사실 천주밀도가 대단한 비밀도 아니오. 천무위의 사람들 몇몇은 이미 알고 있으니까."

"감사합니다."

적안이 고개를 숙여 보였다.

"고맙기는… 어차피 한배를 탔는데. 갑시다."

전궁이 무심하게 대답을 하고는 먼저 걸음을 옮기기 시작했다.

그러자 천무위장 한소릉이 급히 장내의 천무위 무사 중 한 명에게 명했다.

"인랑, 그대가 문주님을 따르게."

"예. 가세."

인랑이라 불린 중년 무사가 동료 네 명과 함께 급히 전궁의 뒤를 따르기 시작했다.

그러자 적안이 서유화와 화명을 보며 말했다.

"두 분도 가시지요."

"가보자꾸나?"

서유화가 화명을 바라봤다. 그러자 화명이 서유화의 손을 잡으며 말했다.

"그래요, 어머니. 이제부터는 제가 지켜 드릴게요. 마누 아저씨와 불사 대협, 그리고… 그분께서 반드시 우릴 구하러 오실 거예요."

화명이 확신을 가진 표정으로 말했다.

"어쨌든 좋다. 딸과 함께라니 지옥인들 즐겁지 아니할까."

서유화가 빙그레 미소를 지으며 화명의 손을 잡고 전궁의 뒤를 따르기 시작했다.

콰앙!

노검객 마누가 다시 한번 무거운 검으로 강력한 검기를 뿜어내자 드디어 천주전을 막고 있던 철문이 안으로 무너져 내렸다.

그러자 문 안쪽에서 천주전을 지키고 있던 무사들이 급히 뒤로 물러나 문주 전궁의 거처가 있는 곳까지 후퇴했다.

그곳에는 이미 십여 명의 천무위 무사들이 진을 치고 있었는데, 그 앞에는 천무위장 한소륭이 굳은 표정으로 서 있었다.

천주전 안으로 들어온 마누와 아무사 등 천통문 고수들과 나왕 등 십이천문의 고수들이 어깨를 나란히 하고 천무위장 한소륭이 지키고 있는 곳까지 전진했다.

"무령사, 오랜만이오."

한소륭이 검으로 바닥을 찍고 그 위에 두 손을 올린 자세로 마누를 맞았다.

"위장께서 직접 나와 계셨구려."

마누가 대답했다.

"천주전을 방문하시는 방법이 참 거칠구려."

한소륭이 차가운 표정으로 말했다.

"맞이하는 자들이 거칠게 나오니 방문하는 사람 역시 거칠 수밖에 없지 않겠소?"

마누가 대꾸했다.

"감히 천주전을 허락 없이 들어오려는 자를 곱게 맞이할 수 있겠소?"

"나에 대한 대접은 이미 설향 이전부터 거칠었소. 아니, 이십오 년 전부터 그랬던가? 그런데… 위장께서도 귀령사의 뜻에 따르는 것이오?"

순간 천무위장 한소륭의 얼굴에 노기가 스쳐 지나갔다.

"누가 귀령사를 따른단 말이오. 난 오직 문주께 충성할 뿐이오."

"문주께서 귀령사의 사악한 유혹에 넘어가 스스로를 망치고, 천통문의 천 년 전통을 무너뜨리고 있다는 걸 인정하지 않을 셈이오?"

마누가 추궁했다.

그러자 한소릉이 대답했다.

"본 문의 미래를 걱정하는 모든 사람의 생각이 같을 수는 없소."

"그래서… 천통음양대법을 권유하고, 무천귀동을 열려는 자의 생각도 옳다?"

마누가 묻자 한소릉이 더 이상 대답하지 않고 침묵을 지켰다. 그 스스로도 그렇다고 말할 수 없다는 걸 알고 있기 때문이었다.

그럼에도 불구하고 그는 노검객 마누에게 길을 열어줄 생각이 없어 보였다. 대신 그는 자신의 의지를 다시 한번 드러냈다.

"문주께선 그대를 만나고 싶어 하지 않으시오."

"난 반드시 문주님을 만나야겠소."

마누가 단호하게 말했다.

그러자 한소릉이 차갑게 대답했다.

"내가 이 문을 지키는 한 누구도 안으로 들어갈 수 없소."

"천무위장… 그대는 오래전부터 날 견뎌낸 적이 없지 않소?"

사실 두 사람은 어린 시절부터 함께 무공을 수련하고 성장해 천통문의 수뇌가 된 사람들이었다.

그러니 당연히 무공을 수련하는 동안 수많은 비무를 할 수밖에 없었고, 그 비무에선 언제나 마누가 승리했다.

어린 시절의 비무는 놀이로 치부되지만 나이가 들면서부터는 경쟁심이 생기게 되고, 급기야는 이길 수 없는 상대에 대한 질투와 시기가 패자의 마음을 가득 채우게 되었는데 불행하게도 그 당사자가 천무위장 한소룡이었다.

그래서 지금 마누가 한 말은 비수가 되어 한소룡의 심장을 후벼 팠다.

"…이미 오래전의 일이지. 지금도 여전히 그대가 내 위에 있다고는 생각지 않소."

한소룡의 말이 거칠어졌다. 그의 눈에서 흘러나오는 살기가 장내를 얼어붙게 만들었다.

"아무리 시간이 지나도 변하지 않는 것도 있소. 그대와 나의 차이… 그리고 천 년 율법이 지켜져야 한다는 사실 같은 것 말이오."

창!

"무령사, 그대의 오만함을 꺾어주겠다."

한소룡이 바닥을 짚고 있던 검집에서 거칠게 검을 뽑았다. 검집이 바닥에 떨어져 날카로운 소음을 만들었으나 한소룡은 검집 따위에는 신경도 쓰지 않았다.

그 모습을 보고 있던 마누가 천천히 고개를 저었다.

"검객은 언제 검을 소중히 다뤄야 하는 법이오. 그런데 천무위장 그대는 어린 시절부터 검을 그저 하나의 도구로만 생각했지. 그런데 그 버릇은 여전하구려. 그렇다면 그대의 패배 역시 여전할 것이오."

"무령사, 난 더 이상 그대와 할 말이 없다. 날 꺾어라. 그러면 문주님을 만날 수 있을 것이다."

그러자 마누가 가볍게 한숨을 쉬고는 천천히 검을 들어 올렸다.

"생각해 보면 나쁜 것도 아니지. 우리 두 사람의 대결로 이 싸움을 끝낼 수 있다면. 괜히 천통문 형제들이 피를 볼 필요는 없으니까."

마누가 한소룡의 뒤에 늘어서 있는 천무위의 무사들을 보며 말했다.

"그대는 결코 문주님을 뵐 수 없을 것이다."

한소룡이 차갑게 말했다.

"아니, 난 반드시 문주님을 만나야겠소."

마누 역시 고집스러운 표정으로 말하며 한소룡을 향해 다가갔다.

콰앙!

두 개의 검이 격돌했다. 쌍둥이처럼 닮아 있는 중검(重劍)이다. 두 개의 검이 격돌하는 순간 강력한 충돌음이 일어나면서 천주전이 뒤흔들렸다.

그러자 한소룡 뒤에 있던 천무위 무사들이 그 충격에서 벗어나기 위해 뒤로 물러나 싸움의 공간을 넓혔다.

그렇게 넓어진 공간에서 노검객 마누와 천무위장 한소룡의 거친 대결이 이어졌다.

쾅쾅쾅!

연신 두 개의 검이 불꽃을 일으켰다. 두 사람은 검만 비슷한 것이 아니라 무공도 닮아 있었다.

빠른 것은 아니지만, 태산처럼 무거운 검으로 일검 일검에 혼신의 힘을 담아 서로를 공격하고 있었다.

특별한 것은 두 사람이 모두 내공을 사용해 검기를 만들지는 않는다는 것이었다. 그렇다고 두 사람이 검기를 만들지 못할 만큼 내공이 부족한 것도 아니었다.

오히려 두 사람은 내공의 절대 경지에 이른 사람들이었다. 그럼에도 불구하고 두 사람은 검기를 만들지 않았다.

어쩌면 두 사람 모두 천통문의 사람들이지라 검기를 일으켜 싸울 경우 천주전이 손상되는 것을 걱정했기 때문인지도 모른다.

그러나 십이천문의 고수들은 다른 이유로 두 사람이 검기를 만들지 않는다는 것을 눈치채고 있었다.

두 사람 모두 최고의 경지에 오른 검술을 지니고 있어서, 오히려 두 사람의 대결에서는 검기를 만드는 것 자체가 거추장스러운 일이었던 것이다.

아마도 두 사람은 진검이 아니라 목검으로 겨루라고 해도 순순히 받아들였을 것이다. 목검이라도 최고 경지의 검객들은 진검과 같은 결과를 만들어낼 수 있기 때문이다.

그런 검객들의 대결이었으므로 적월과 나왕, 그리고 사송은 자신들이 극도로 위험한 장소에 들어와 있다는 사실도 잊고 두 사람의 대결에 깊이 빠져들고 있었다.

쿵쿵쿵!

두 사람이 한 번 걸음을 옮길 때마다 천주전이 흔들리는 강한 충격이 일어났다. 두 개의 태산이 마주치는 것 같은 대결 속에서 어느새 두 사람의 이마에 땀이 맺히기 시작했다.

검기를 만들지는 않았지만 모든 힘을 검에 응축시킨 두 사람의 내공 소모는 오히려 검기를 만들어낼 때보다 더 심한 듯 보였다.

"후욱후욱!"

드디어 두 사람의 입에서 속 깊은 숨소리가 흘러나오기 시작했다. 내공의 힘을 벗어나 이젠 순순한 육신의 힘까지 동원되고 있는 것이 분명했다.

그리고 그즈음이 되자 서서히 싸움의 우열이 드러나기 시작했다.

쾅!

한 자 정도 떠오른 마누가 강력한 일검을 내려치자, 그 검을 막던 한소룡이 한순간 휘청거렸다. 직후에 그의 몸이 세 걸음 뒤로 물러났다.

그런 한소룡을 향해 노검객 마누가 팽이처럼 몸을 회전하면서 쉬지 않고 검을 휘둘렀다.

차차창!

갑자기 속도가 빨라진 충돌음이 어지럽게 천주전을 뒤흔들었다. 그리고 사람들은 이제 한쪽으로 기울어진 이 싸움의 승패가 곧 가려질 것이라는 것을 본능적으로 깨달았다.

"여전히 그대는 내 상대가 아니구려."

한순간 마누의 입에서 묵직한 음성이 흘러나왔다.

그의 공격에 계속 뒤로 밀리던 한소룡의 얼굴이 창백하게 변해 있었다. 더 이상 사용할 내공이 한 올도 남아 있지 않은 사람처럼 보일 정도였다.

그럼에도 그는 자신의 심장을 찔러오는 마누의 검을 막아냈다.

쩡!

두 개의 검이 부딪히며 또다시 강력한 충돌음이 일어났다.

순간 한소룡의 몸이 사오 장 뒤까지 밀려났다. 싸움을 시작한 이래 가장 크게 밀려난 한소룡이 재빨리 검을 고쳐 잡고 마누의 공격에 대비했다.

그러자 마누가 그를 공격하는 대신 그를 설득했다.

"천무위장, 이제 그만합시다. 이 정도면 충분하지 않소? 이젠 그만 내게 문주님을 만날 기회를 주시오."

그러자 한소룡이 굴욕적인 표정을 지으며 말했다.

"역시 애초에 불가능한 일이었군."

"무슨 말이오?"

"내가 무령사 그대를 넘어서는 일 말이오. 타고난 것이 그런 것을 평생 그대에 대한 열등감에 시달리며 살았지. 그렇지 않았다면… 결과가 달라졌을 수도 있었을 텐데……."

"어떤 결과를 말하는 거요?"

마누가 다시 물었다.

그러자 한소룡이 조금 허무한 표정으로 대답했다.

"이 안에 문주님은 없소."

"그게 대체 무슨……?"

"문주께서는 이미 천주전을 떠났소."

"설마……."

마누가 그답지 않게 당황한 표정을 지었다.

그러자 한소륭이 고개를 끄떡였다.

"그대가 생각한 그대로요. 문주께선 이미 무천귀동으로 떠나셨소. 당신들이 몰려와 귀찮게 구는 게 싫으셨던 모양이오. 난 잠시 시간을 벌었을 뿐이고."

"하지만 무천귀동의 위치를 아는 사람은 오직 부인뿐이신데 어떻게?"

"부인께서 무천귀동의 비밀을 문주께 주셨소."

"그건… 불가능한 일이오. 무천귀동을 지키는 일은 설혹 부인의 목숨을 내놓아도 포기할 일이 아니지 않소?"

"부인 자신의 목숨이야 포기할 수도 있으셨을 거요. 하지만 이십오 년 만에 만난 따님의 목숨은 포기하실 수 없으신 듯했소."

한소륭의 말에 마누의 얼굴이 분노로 떨렸다.

"설마… 이번에도 아가씨의 목숨으로 부인을 위협하신 거요?"

"과거의 일을 생각하면 뭘 못 하시겠소. 그리고… 사실 부인께서 무천귀동의 비도와 열쇠를 내놓으신 것은 반드시 평 아가씨에 대한 위협 때문은 아닌 듯했소."

"다른 이유가 있다는 거요?"

마누가 물었다.

"부인께선… 천통문과 문주님을 포기하신 것 같았소. 그 두 가지를 포기한 이상 부인께서 무천귀동의 비밀을 목숨을 걸고 지킬 하등의 이유가 없는 것 아니겠소? 무천귀동의 마공으로 인해 본 문이 멸문되어도 더 이상 상관없으실 테니……."

"그런… 아!"

마누가 나직하게 탄식했다.

한소룡의 말이 전혀 근거가 없는 것이 아니라는 것을 알기 때문이었다.

천통문의 시조인 무천제 전위공이 무천귀동을 금지로 정한 것은 그곳에 있는 마공들이 천하를 어지럽힐 것을 걱정한 것도 있지만, 그로 인해 천통문과 후손들이 강호공적으로 몰려 멸문의 길을 걸을 수도 있기 때문이었다.

아무리 강한 자라도 홀로 무림을 상대할 수는 없는 일, 무천귀동의 마공들이 세상에 드러나는 순간 천통문이 강호의 공적이 되는 것은 시간문제였다.

그리고 그런 무천제 전위공의 뜻을 누구보다 잘 알고 있는 사람들이 대대로 무천귀동을 지켜온 문주 부인들이었다.

그녀들에게 무천귀동을 지키는 것은 자신들의 남편을 지키고, 천통문을 지켜내는 일이었다.

그런데 그 일을 포기했으니 결국 당대의 문주 부인 서유회는 문주 전궁과 천통문을 포기한 것이 되는 것이다.

"들어가 봐야겠소."

화가 난 듯한 마누가 문주 전궁의 거처를 향해 걸어갔다.

"길을 열어드려라!"

한소룡이 길을 막고 있던 천무위 무사들에게 명을 내렸다.

그러자 천무위 무사들이 좌우로 물러나며 길을 만들었다.

쿵!

마누가 거칠게 문을 열어젖혔다.

그러나 한소릉의 말처럼, 그의 눈에 들어온 것은 화려하지만 텅 빈 석실이었다.

"정말이었군."

마누가 텅 빈 석실을 확인하고는 허탈한 표정으로 중얼거렸다. 그러다가 갑자기 뒤를 돌아보며 물었다.

"문주께서 떠나신 지 얼마나 되었소?"

뒤에 있을 한소릉에게 물은 말이다.

그런데 마누의 질문에 대한 답이 들리지 않았다. 마누가 재차 질문을 던지려다가 뭔가를 깨달은 듯 갑자기 문밖으로 달려 나왔다.

하지만 한소릉은 이미 그곳에 없었다. 마누와 십이천문의 사람들이 문주의 거처에 들어간 사이 한소릉은 은밀하게 장내를 떠나 버렸던 것이다.

제5장
그자의 얼굴을 보고 싶군

천통문 천무위의 고수 아무사의 말에 의하면 현재 천통문의 문도 수는 대략 백오십여 명이 조금 넘는 정도였다.

과거 마누가 천통문을 떠나기 전에는 삼백여 명이 넘는 문도들이 있었지만, 마누가 천통문을 떠나고 문주 전궁이 천주전에 칩거하면서 문도 수가 조금씩 줄어들기 시작해 지금에 이르렀다고 한다.

그렇다고 문도들이 천통문을 떠난 것은 아니었다. 나이 든 노인들이 죽었지만, 그 자리를 채울 새로운 새 생명들이 태어나지 못한 결과였다.

그리고 그것을 천통문의 문도들은 문파가 쇠퇴해 가는 징조로 받아들이고 있었다.

일백오십 여 명의 문도들 중 아직 완전히 성장하지 못한 채 무공 수련 중이거나 노쇠한 노인들을 제외하면, 무림에 나설 수 있는 무인의 숫자는 일백여 명이 조금 넘었다.

그중 절반은 무령에 속해 있었고, 천무위의 숫자가 삼십여 명 정도, 그리고 나머지 무인들은 귀령과 법령으로 나뉘어져 있었다.

하지만 문주 전궁이 무천귀동을 찾아 천통문을 떠난 이후에는 다시 그 숫자가 백 명 안쪽으로 훌쩍 줄어들어 있었다.

귀령의 무인들 대부분이 귀령사 적안을 따라 천통문을 떠났고, 천무위의 고수들 역시 절반 이상이 천통문을 떠난 이후였다.

그래서 날이 밝고 천통문의 무인들이 모두 한자리에 모였을 때, 그 숫자는 겨우 칠팔십에도 미치지 못했다. 그야말로 하룻밤 사이에 천통문이 절반으로 줄어든 것과 같은 모습이었다.

그래서 한자리에 모인 천통문 무인들의 기분은 우울할 수밖에 없었다. 개중에는 이 천통문이 계속 명맥을 이어갈 수 있을지에 대해 불안함을 갖는 문도도 있을 정도였다.

문주 이하 천무위장과 세 명의 령사에 의해 움직이던 천통문의 체계는 완전히 무너져 버려서, 수뇌랄 수 있는 사람들이 거의 사라진 지금은 문의 기강조차 세우기 어려운 지경이었다.

그래도 그나마 다행인 것은 오랫동안 천통문을 떠나 있던 천통문 제일 고수 무령사 마누가 귀환했다는 것과, 뇌옥에 갇혀 있다던 법령사 청목이 나타났다는 것 정도였다.

그렇게 불안한 마음을 추스르며 모인 천통문의 고수들은 법령사 청목의 주재 아래 문주가 없는 천통문의 미래에 대해 논의하기 시작했다.

　적월과 나왕, 그리고 자왕 사송은 곤륜의 만년설과는 어울리지 않는 녹색 숲에 모인 천통문 고수들을 멀리 떨어진 산비탈에서 지켜보고 있었다.

　천통문의 분위기와 달리 신기할 정도로 맑은 날이었다.

　"참… 거, 날씨 한번 좋네!"

　자왕 사송이 뭔가 조급한 표정으로 투덜거렸다.

　"어떻게 될까요?"

　적월이 물었다.

　그러자 나왕이 고개를 저었다.

　"지금으로선 알 수 없구나. 천통문의 무인들이 문파의 전통을 따를지 문주에 대한 충성심을 고집할지……."

　"당연히 문파의 전통을 지켜야 하는 것 아니겠소? 한 나라의 왕도 무도하면 바꾸는 판국에 하물며 일개 문파의 문주이겠소이까."

　"그래도 천통문은 무천제의 후예인 전씨의 혈통에 의해 이어져 온 문파 아니오. 지금 상황에서 누가 문주 전궁을 대신할 수 있겠소?"

　"…그야 그렇지만……."

　사송이 말꼬리를 흐렸다.

　"수월 여협이 있잖아요?"

　적월이 물었다.

　그러자 나왕이 어두운 낯빛으로 대답했다.

"혈통으로 보자면 그렇지만… 이 무림이란 곳은 사실 여인에 대해선 차별이 제법 심한 곳이란다."

"수월 여협이 여자라서 문주를 대신할 수 없다는 건가요?"

"혈족으로만 만들어진 문파라면 가능하겠지만, 이 천통문은 문주의 자리만 혈통에 따라 전씨로 이어지지 다른 문도들은 혈통으로서의 연대감은 없는 것 같구나."

나왕이 말하자 사송도 나왕의 말을 거들었다.

"나도 그렇게 보았소. 혈통보다는 사제 관계를 더 중시하는 듯하더이다. 이런 상황에서 수 여협을 후계자로 정할 수 있을지……."

"결국 법령사란 사람의 판단이 중요할 것 같소. 문주가 없는 이상 천통문의 율법을 주관하는 그의 말이 곧 법일 테니 말이오."

"그자라도 있으니 다행이긴 하구려."

사송도 고개를 끄떡였다.

법령사 청목은 마누가 천통문을 떠난 이후부터 거의 법령사로서의 힘을 상실한 상태였다.

천통문의 천 년 율법의 수호자인 그로서는 문주 전궁이 천통음양대법을 시전하려 했다는 것을 인정할 수 없었고, 그에 대해 율법을 들어 죄를 추궁하다 천통문의 금옥에 갇히는 신세가 되었다.

물론 그렇다고 새로운 법령사가 정해진 것은 아니었다. 삼령의 무인들은 각 령의 령주에 대한 충성심이 문주 전궁에 대한 충성심에 버금갔기 때문에 비록 금옥에 갇혔다고 해도 청목이 살아 있는데 새로운 법령사가 될 사람은 없었던 것이다.

그래서 수십 년 동안 유명무실하던 법령사의 존재가 문주 전궁이 스스로 천통문을 떠남으로써 다시 그 권위를 되찾은 것이다.

"우린 어쩌죠?"

적월이 나왕에게 물었다.

그러자 사송도 나왕을 바라봤다. 그의 눈에 불안함과 기대감이 서려 있다.

사실 그들이 마누를 따라 천통문까지 온 것만 해도 십이천문으로서는 큰 무리를 한 것이었다.

청부는 이미 끝난 상태였다. 그럼에도 불구하고 그들이 이곳까지 온 것은 오직 화명을 구하기 위해서였다. 자왕 사송이 화명에게 갖고 있는 마음도 중요하지만 청부자가 납치된 상황을 모른 척하는 것도 청부문의 도리는 아니었다.

그래서 천통문에 온 것인데 상황은 점점 더 십이천문의 사람들을 곤란한 지경으로 이끌고 있었다. 전궁이 데려간 화명을 구하러 가는 것은 그야말로 그 성패와 시간을 기약할 수 없는 일이기 때문이었다.

그럼에도 불구하고 자왕 사송은 그녀를 포기할 수 없는 듯 보였다. 아마도 불사 나왕이 더 이상 천통문의 일에 개입하지 않겠다고 하면 혼자라도 전궁을 추격할 것이 분명했다.

그런 사송의 마음을 읽었는지 불사 나왕이 그리 오래 고민하지 않고 자신의 생각을 말했다.

"이렇게 된 이상 나도 오기가 생기는구나."

"오기라뇨?"

적월이 되물었다.

"도대체 어떤 인간이기에 자신의 혈육에게 그렇게 모진가 싶어서… 이젠 꼭 그자의 얼굴을 보고 싶구나."

"동행하시겠다는 뜻이오?"

사송이 반가운 표정으로 물었다.

"돌아가자면 가시겠소?"

나왕이 반문했다.

그러자 사송이 머리를 긁적이며 대답했다.

"솔직히 말하자면 난 화명 여협을 포기할 수가 없소이다."

"내 그럴 줄 알았어요, 하하."

옆에서 적월이 웃음을 터뜨렸다.

그러자 사송이 벌겋게 달아오른 얼굴로 적월을 나무랐다.

"이놈, 나이 든 사람을 놀리는 게 아니다."

"놀리기는요. 축하드리는 거예요. 그런데… 화명 여협과는 서로 이야기가 된 거죠?"

"뭐… 대놓고 말을 한 것은 아니지만 이심전심으로……."

"후후, 남녀 사이에 그거면 충분하죠."

적월이 노인처럼 고개를 끄떡이며 말했다.

"어린 녀석이 그런 걸 어찌 아느냐?"

사송이 짐짓 화를 냈다.

"숙부님, 저도 이제 스무 살이 훌쩍 넘었어요. 알 건 다 안다고요."

"하이고, 이 이마에 피도 안 마른 녀석이 아주 어른 흉내를 내고 있네."

사송이 혀를 찼다.

그러자 불사 나왕이 진지한 표정으로 말했다.

"자왕께서 화 여협과 마음을 주고받는 것은 축하할 일이오. 하지만… 화 여협을 구한다 해도 그녀가 이곳을 떠날지는 모르겠구려."

그러자 자왕의 표정이 금세 시무룩해졌다.

"뭐, 나도 그녀가 천통문을 떠날 거라고 확신하지는 않소. 일이 잘 안 되면 또 모르지만… 하지만 사람이 좋은 결과만 기대하고 움직일 수는 없지 않겠소?"

사송이 말했다.

"하긴… 가끔은 상처받을 것을 알면서도 그 일을 해야 할 때가 있긴 하오."

나왕이 고개를 끄떡였다.

그 역시 송가장에서 십수 년 동안 그런 시간을 보냈기 때문이었다.

"끝났나 봐요."

나왕과 사송이 화명의 일을 두고 걱정스러운 이야기를 나누고 있을 때, 문득 적월이 두 사람에게 말했다.

두 사람이 시선을 돌려보니 수월이 마누와 함께 세 사람이 있는 곳으로 걸어오고 있었다.

세 사람 앞으로 다가온 수월의 얼굴은 조금 상기되어 있었다.

흥분한 듯 보이는 그녀의 표정에서 나왕 등은 일이 생각보다 잘 풀렸다는 것을 알아챘다.

"어찌 되었소?"

사송이 물었다.

그러자 마누가 수월을 대신해 대답했다.

"법령사의 중재로 일이 잘 풀렸소."

"그럼 노사께서 천통문을 이끄는 것입니까?"

사송이 다시 물었다.

그러자 마누가 고개를 저었다.

"그건 아니오. 내가 아니라 아가씨께서 이제부터 문주를 대신해 천통문을 이끌 것이오."

"아니, 어떻게 그렇게?"

사송이 놀란 표정으로 수월을 바라봤다.

사송만이 아니었다. 나왕과 적월도 수월이 천통문의 문주를 대신할 거란 말에 크게 놀란 모습이었다.

그녀가 비록 천통문의 문주 전궁의 유일한 혈육이라지만 이제 막 천통문에 도착했고, 나이도 문주를 맡기에는 어린 편이기 때문이었다.

"문도들로서도 어쩔 수 없는 선택이었소. 문주를 대신할 사람이 없으면 천통문이 와해될 수도 있기 때문이오. 그렇다고 전씨의 혈통이 아닌 사람을 문주를 세울 수도 없는 일이고. 그 사실을 누구보다 잘 알고 있는 사람이 법령사요. 법령사는 본 문의 천 년 율법을 수호하는 사람, 그로서는 정통성을 가진 아가씨로 하여금 문주를 대신하게 하는 것이 가장 최선의 선택이었을 것이오."

"그렇긴 하군요. 아무튼 결과적으로 잘된 일이군요."

사송이 고개를 끄떡였다.

그러자 두 사람의 이야기를 듣고 있던 나왕이 물었다.

"그를 추격하는 일은 어찌 되었소이까?"

나왕과 사송의 나이가 비슷함에도 불구하고 사송은 마누에게 꼬박꼬박 존대를 했으나 나왕은 그러지 않았다.

그래도 마누는 나왕의 말투에 대해 어떤 불만도 갖지 않았다. 그도 불사 나왕이란 이름이 충분히 나이를 극복할 자격이 있다는 것을 알기 때문이었다.

"곧 추격대가 구성될 것이오. 모두가 무천귀동이 열리는 것을 막아야 한다는 데 의견을 모았소."

"잘된 일이구려."

나왕이 안심이 된다는 듯 고개를 끄떡였다.

그러자 마누가 조심스럽게 물었다.

"미안한 말이지만 혹 동행해 주실 수 있으시겠소? 불사께서 동행해 주신다면 큰 힘이 되겠소이다만."

"청부자가 그곳에 있으니 우리로서야 가지 않을 이유가 없소."

나왕이 선선히 대답했다.

그러자 수월과 마누의 얼굴에 기쁜 기색이 떠올랐다.

"고맙습니다. 이 은혜는 절대 잊지 않겠습니다."

수월이 나왕에게 고개를 숙여 보이며 말했다.

그러자 나왕이 정색을 하며 대답했다.

"수월 여협은 이제 천통문을 이끌게 된 사람이오. 그런데 이렇게 쉽게 타인에게 고개를 숙여서 되겠소? 단지 수월 여협 혼자만의 문제가 아니라 천 년 무가 천통문의 체면도 있으니 지금까지와는 다르게 행동하셔야 할 거요. 문도들이 보고 있소."

"충고 감사드려요. 하지만 고마운 것은 고마운 것이지요."

수월이 흔치 않은 미소를 얼굴에 드러내며 말했다.

*　　　*　　　*

하얀색의 깃털을 가진 아름다운 새가 설원을 가로질렀다. 눈 위를 나는 새는 눈과 같은 색이어서 사람들 눈에 잘 띄지 않았다.

새는 지평선 위로는 날아오르지 않았다. 지평선 위로 날아오는 순간 순백의 색이 파란 하늘색에 도드라져 보일 것임을 아는 모양이었다.

그 영리한 놈이 설산과 얼어붙은 계곡, 그리고 크고 작은 봉우리 사이를 일정한 높이로 날더니 한순간 깊은 계곡 속으로 처박히기 시작했다.

꽤애액!

마치 사냥이라도 당한 듯 날카로운 소리를 내며 계곡을 떨어져 내린 괴조(怪鳥)는 죽지 않고 사람의 팔뚝에 내려앉았다.

꽤액꽤액!

사람의 팔뚝에 앉아서도 계속해서 울어대는 괴조에게 고깃덩어리 한 점이 주어졌다. 그러자 새가 이내 고깃덩이를 물어뜯기 시작했다. 그러자 고기를 준 사내가 괴조의 다리에 매달려 있는 작은 전통을 열고 잘게 말린 전서를 꺼내 옆에 있는 사내에게 건넸다.

전서를 받은 사내는 자신이 읽지 않고 급히 걸음을 옮겨 백색의 무복을 입은 노인에게 그것을 건넸다.

"음……."

노인이 전서를 펼쳐 읽다가 나직한 신음 소리를 냈다.

그러자 뒤쪽에서 외모는 젊지만 목소리와 눈빛은 노인의 것을 가진 사내가 물었다.

"어찌 되었소?"

질문은 한 자는 무천귀동을 찾아가는 천통문의 문주 전궁이었고, 전서를 받아 읽고 있는 자는 귀령사 적안이었다.

"안 아가씨께서 문주님을 대신한다고 하는군요."

"안이?"

"그렇습니다. 법령사의 지목이 있었나 봅니다."

적안이 대답했다.

"후후후, 그래도 내 체면을 봐주는 건가? 내 혈육으로 날 대신하게 하다니. 난 마누 그 사람이 천통문을 차지할 줄 알았는데?"

전궁이 미묘한 웃음을 지어 보였다. 자신을 대신해 다른 누군가가 천통문을 지배한다는데도 그리 기분 나쁜 얼굴이 아니었다.

"그리고… 추격대가 구성된 모양입니다."

"추격대라. 뭐 당연한 일일 것이고. 막을 수 있겠소?"

"완전히 막지는 못할 겁니다. 시간을 버는 정도……."

"그 정도로 충분하오. 삼사 일 시간을 버는 것만으로도 그들과 거리를 벌릴 수 있을 거요. 그사이 눈이 오면 더 좋고. 그러고 나면 추격대를 걱정할 필요는 없지."

전궁이 흥이 난 표정으로 말했다.

그러자 적안이 조심스레 물었다.

"계속 기다리시겠습니까?"

"그래야지 않겠소?"

"그래도 서두시는 것이……."

"됐소. 내 곁에는 역시 천무위장이 있어야 해. 그래도 명색이 천통문의 주인인데 천무위장 없이 움직일 수는 없는 일 아니겠소? 아, 마침 저기 오는 것 같군."

전궁이 문득 멀리 산허리를 가리켰다.

귀령사 적안이 살짝 불편한 표정을 지으며 고개를 돌렸다. 그러자 눈밭을 맨땅처럼 달려오는 천무위장 한소륭과 천무위 무사 십여 명이 보였다.

"역시 천무위장이야. 언제나 날 실망시키지 않지."

전궁이 만족한 표정을 지으며 고개를 끄떡였다. 그도 그럴 것이 천무위장 한소륭은 전궁이 전대 문주의 뒤를 이어 천통문의 문주가 되었을 때부터 항상 그의 곁에 머물렀던 인물이었다.

그의 모든 것을 알고 있고 그가 어떤 상황에 처해도 자신을 위해 목숨을 내놓을 수 있다는 것을 알기에, 한소륭의 등장이 전궁에게 주는 안정감은 대단한 것이었다.

그런 면에서 보자면 전궁과 한소륭의 관계는 귀령사 적안과의 관계와는 전혀 다른 성질의 것이었다.

그래서 귀령사 적안에게는 한소룡의 등장이 내심 불편할 수밖에 없었다.

"문주님!"

바람처럼 설원을 가르며 달려온 한소룡이 전궁 앞에서 고개를 숙여 보였다.

"어서 오시오. 무사히 오실 줄 알았소."

"별일 없으셨습니까?"

한소룡은 전궁의 안위부터 챙겼다. 이런 면이 다른 사람과 한소룡이 전궁을 대하는 차이다.

"나야 별일 있겠소? 천주밀도를 따라 이동했는데. 물론… 이제부터는 좀 힘들겠지. 이곳이 밀도의 끝이니까."

전궁이 서북쪽 높은 설산들을 보며 말했다.

그의 부인 서유화가 건넨 지도에 의하면 무천귀동은 서북 방향 천주밀도가 끝나는 지점에서부터 다시 십여 일을 가야 했다. 평범한 산이라면 모를까, 곤륜의 설산을 십여 일이나 이동하는 것은 무척 위험하고 고단한 일이었다.

"너무 걱정 마십시오. 이제부턴 제가 모시겠습니다."

한소룡이 굳은 표정으로 말했다.

"그래서 군이 그대를 기다리고 있었던 거요."

전궁이 희미하게 미소를 보이며 말했다.

그런데 그때 한쪽에 물러나 있던 서유화가 몇 걸음 앞으로 나오더니 한소룡에게 물었다.

"안을 만났나요?"

서유화의 질문에 전궁과 한소룡이 동시에 서유화를 돌아봤다.

"안을 보았어요?"

안이라면 수월을 가리키는 말이다. 전궁과 서유화 부부는 화명과 수월에게 각기 평과 안이라는 이름을 지어주었다.

"이미 듣지 않았소? 안이 내 뒤를 이어 천통문을 이끌게 되었다고."

전궁이 퉁명스럽게 말했다.

"그런 일이 있었습니까?"

전궁의 말에 오히려 놀란 사람은 한소릉이었다.

"음, 천무위장은 모르겠구려. 그대가 설모봉을 떠나 날 따라오는 동안 설모봉에 남아 있는 귀령의 사람에게서 전서가 왔소. 법령사가 금옥에서 풀려나 안으로 하여금 나를 대신하게 했다고……."

"그렇군요. 법령사라면 그럴 수도 있지요. 그는… 천통문 천년 율법의 신봉자이니……."

"후후, 맞는 말이오. 문주에 대한 충성심이 아니라 천통문의 율법에 대한 충성심이 강한 사람이지."

전궁이 쓸쓸한 표정을 지으며 말했다.

그러자 두 사람의 말을 듣고 있던 서유화가 다시 입을 열었다.

"내가 알고 싶은 것은 전서에 쓰인 그 아이의 소식이 아니라 천무위장이 본 그 아이의 모습이에요. 괜찮던가요?"

서유화가 다시 물었다.

그러자 천무위장 한소릉은 걱정할 것 없다는 표정으로 대답했다.

"안 아가씨를 자세히 뵙지는 못했습니다. 그러나 무령사와 함께 있는 모습을 보니 걱정할 것은 없어 보였습니다만……."

"그렇군요. 천무위장께서 그리 말씀하시니 마음이 놓이는군요."

"몸은 괜찮으십니까?"

한소륭은 오히려 파리해 보이는 서유화가 걱정인 듯 근심스럽게 물었다.

일행 중 곤륜의 설산 여행이 가장 힘겨운 사람은 서유화였다. 이들 중 무공을 수련하지 않은 유일한 사람이기 때문이었다.

"난 괜찮아요."

서유화가 다부진 표정으로 말했다.

"앞으로 힘든 여정이 될 것인데… 아가씨께서 주모님을 잘 살펴주십시오."

한소륭이 서유화 곁에 서 있는 화명에게 말했다.

"걱정 마세요. 내가 알아서 할 테니까."

화명의 대답이 차갑다. 그럴 수밖에 없는 것이 지금 이 자리에 모인 사람들은 서유화를 제외하고는 모두가 오늘 이 사달을 일으킨 주동자들이어서 그녀가 적의를 가질 수밖에 없었다.

화명의 차가운 반응에 한소륭이 씁쓸한 표정을 지으며 전궁에게 시선을 돌렸다.

"언제 출발하시겠습니까?"

"그대의 상태에 달렸소."

이미 전궁 등은 충분히 휴식을 취했다는 뜻이다.

"그럼 지금 출발하시지요."

"괜찮겠소?"

전궁이 걱정스러운 표정으로 물었다. 비록 한소륭이 아무렇지도 않게 행동하고 있지만, 절대의 반열에 오른 전궁의 눈은 한소륭이 적지 않은 내상을 입고 있음을 놓치지 않았다.

비록 중도에 몸을 빼기는 했지만 무령사 마누와의 싸움이 가져온 결과였다.

"걱정 마십시오."

한소륭이 전궁의 마음을 읽고는 다부진 표정으로 대답했다.

"후우… 알겠소. 마음 같아서는 한동안 쉬어가고 싶지만 길이 급하니 떠납시다."

"모시겠습니다."

한소륭이 앞으로 나섰다.

그러자 귀령사 적안이 한소륭을 만류했다.

"천무위장께서는 뒤에서 문주님과 함께 오시구려. 길은 내가 열겠소."

"그러시겠소? 그럼 부탁합시다."

사실 한소륭도 내심으로는 자신이 무리하면 안 되는 상황이라는 것을 알기에 순순히 적안의 말에 동의했다.

그러자 적안이 훌쩍 몸을 날려 계곡 왼편으로 이어진 작은 골짜기를 향해 전진하기 시작했다.

"그럼 가봅시다."

전궁이 한소륭을 보며 말하자 한소륭이 주위를 돌아보며 말했다.

"귀령사가 준비를 좀 해둔 모양이군요."

"음… 무령사가 이곳까지 온다면 여기서 고생 좀 할 거요."

"역시… 오긴 오겠지요?"

"중도에 포기할 사람은 아니니까."

전궁이 우울한 표정으로 말하고는 귀령사가 남긴 발자국을 따라 걷기 시작했다.

그 뒤를 따라 서유화와 화명, 그리고 천무위장 한소릉이 따르기 시작했고, 다시 천무위의 무사 몇 명과 귀령의 무사들이 멀리서 사방을 경계하며 걸음을 옮겼다.

*　　　　*　　　　*

신기한 길이었다.

누군가를 추격하는 길이었지만, 십이천문의 세 사람은 마치 새로운 세계를 여행하는 듯한 느낌이 더 강하게 들었다.

설산을 관통하는 동굴들, 계곡과 계곡을 연결한 아주 오래된 줄다리, 그리고 가끔은 거대한 산비탈을 단숨에 이동할 수 있는 썰매도 준비되어 있었다.

길을 안내하는 사람은 천무위의 고수 아무사였다.

그의 말에 따르면 이 길은 그들이 처음 만났던 곳에서 설모봉까지 이어졌던 천주밀도라 불리는 길의 또 다른 갈래였다.

오직 천통문의 문주만을 위해 만들어진 길, 문주가 은밀히 강호를 출입하거나, 혹은 천통문에 변란이 생길 경우를 대비해 천년에 걸쳐 조금씩 만들어왔다는 서북 방향의 천주밀도는 간혹 환영진까지 펼쳐져 있었다.

아무사의 말로는 여러 갈래의 천주밀도 중에서도 이 서북 방면의 천주밀도가 가장 아름답고 신비로운 길이라고 했다.

그래서 일행은 설모봉의 천통문에서보다 이 서북쪽 천주밀도를 따라 이동하면서 오히려 천통문의 천 년 저력을 실감하고 있었다.

그러나 눈으로 보는 풍경이 아름답다고 현실까지 아름다운 것은 아니다. 어느 순간 갑자기 아무사의 걸음이 느려지기 시작했다. 숨어 있는 위험이 감지된 것이 분명했다.

"무슨 일인가?"

뒤에서 추격대의 본진을 이끌고 있던 노검객 마누가 급히 물었다.

"조금 이상합니다."

아무사의 대답이 들려왔다.

그러자 무령사가 급히 앞으로 나아갔다.

"뭐가 이상하다는 건가?"

"제가 알고 있던 모습과 다르군요."

아무사의 눈은 산비탈을 뚫고 나와 눈 덮인 숲으로 이어진 천주밀도를 응시하고 있었다.

"어떻게 말인가?"

마누가 다시 물었다.

"이곳은 서북 방향 천주밀도가 끝나는 곳입니다. 그런데 본래 이 출구의 끝은 깊은 계곡으로 이어져 있어야 하는데 지금은 저 숲으로 길이 이어져 있습니다."

"착각은 아니겠지?"

"그럴 리 없습니다."

아무사가 자신 있게 대답했다.

"하긴 자네가 그런 실수를 할 리 없지. 그렇다면 역시 손을 써 놓았다는 뜻인가?"

마누가 날카로운 눈으로 길이 이어진 숲을 바라보며 말했다.

"함정을 파기에는 좋은 곳이지요. 천주밀도가 끝나 사람들의 긴장감이 사라지는 곳이니까요."

아무사가 대답했다.

그러자 마누가 눈살을 찌푸리며 말했다.

"곤란하군. 함정이라면 분명 귀령사가 준비했을 텐데. 무턱대고 나갈 수도 없고… 이곳에서 발이 묶이면 문주께서 무천귀동에 들어가기 전에 따라잡기가 어려울 텐데."

그러자 어느새 두 사람 곁에 다가와 있던 자왕 사송이 말했다.

"내가 한번 살펴보고 오겠습니다."

"자왕께서 말이오?"

한동안의 동행으로 자왕 사송과 노검객 마누는 이젠 제법 친숙한 사이가 되어 있었다. 불사 나왕은 여전히 어려운 사람이지만 자왕 사송은 서글서글한 면이 있어서 마누로서도 나왕보다는 편한 상대였다.

"이런 일에는 또 제가 전문이지요."

자왕 사송이 히죽 웃으며 말했다. 그러자 마누가 자연스럽게 나왕에게 시선을 돌렸다. 어떤 일을 하건 거의 모든 일에서 나왕의 의사를 확인하고 있는 마누였다.

"자왕께서 살펴주신다면 큰 도움이 될 것이오."

나왕이 동의하자 마누가 사송을 보며 말했다.

"그럼 부탁드리겠소이다."

"잠시만 기다리십시오. 금세 돌아옵니다."

자왕 사송이 손뼉을 툭 치더니 훌쩍 몸을 날려 숲으로 이어지는 길로 달려 나갔다.

그런데 어느 순간 거짓말처럼 사송의 모습이 사람들의 시야에서 사라졌다.

"엇? 이게 대체……?"

이미 여러 번 자왕 사송의 실력을 자신의 눈으로 확인했던 아무사조차도 순식간에 모습을 감춘 자왕 사송의 움직임에 놀라 당혹스러운 표정을 지었다.

그러자 곁에서 적월이 웃으며 말했다.

"걱정 마세요. 이 일이야말로 자왕 숙부님이 가장 잘하시는 일이니까요."

사송이 돌아온 것은 그가 숲을 살피러 간 지 근 반시진이 지나서였다.

그때만큼은 나왕과 적월도 사송을 걱정하기 시작하고 있었다. 그의 실력으로 보자면 지나치게 귀환이 늦어지고 있기 때문이었다.

그래서 결국 나왕이 사송이 간 곳으로 가보려고 결심하는 순간 불쑥 일행의 눈앞에 사송이 나타났다.

"푸하!"

사송은 눈보라와 함께 나타났다. 눈보라는 그가 눈 속에서 솟구치며 만들어낸 것이었는데, 그가 뚫고 나온 눈밭에는 마치 두더지가 이동한 것처럼 사람 하나 다닐 만한 구덩이가 나 있었다.

"왜 이렇게 늦으셨어요?"

적월이 타박하듯 물었다.

그러자 사송이 고개를 저으며 대답했다.

"보통이 아니더라고. 깜빡하면 돌아오지 못할 뻔했다."

"적이 그렇게 강해요?"

적월이 놀란 표정으로 되물었다. 본래 자왕 사송은 자존감이 강한 사람이어서 이렇게 걱정스러운 모습을 보인 적이 드물었다.

"적이 강한 게 아니라 함정이 무섭더구나."

"함정이라면……?"

"귀령사 그자가 숲에 펼쳐놓은 환영진 말이다. 눈 속에서 밖으로 고개를 내밀기만 하면 숲의 모습이 변하는 바람에 좀체 그 방향을 가늠할 수가 없었다. 그래서 어쩔 수 없이 눈 속으로만 이동했지. 그러다 보니 숲 전체를 살피는 데 시간이 걸릴 수밖에 없었다."

"그러셨군요."

적월이 고개를 끄떡였다.

그러자 마누가 말했다.

"귀령사 그자라면 충분히 그럴 능력이 있소. 그런데 숲 전체가 함정인 것이오?"

"그게 참 묘한 것이… 사실 우리가 보는 저 숲의 크기가 착시인 것 같습니다."

"숲이 아니라는 말인가요?"

적월이 놀란 표정으로 물었다.

"아니, 숲은 숲인데 모양이나 크기가 실제와 다르다는 거야. 실제로는 생각보다 작더라고. 그리고 사실 저곳에 환영진이 없다면 아무사 대협이 말한 것처럼 천주밀도의 출구인 계곡이 여기서도 보이겠더라고."

"역시 그렇군요. 제 기억이 틀린 게 아니었군요."

아무사가 자신이 잘못 판단한 것이 아니라는 것을 확인하고 안도하는 표정으로 말했다.

"진을 깨기가 어렵겠소?"

나왕은 언제나 현실적이다. 지금도 가장 급한 문제를 먼저 묻는 그였다.

"쉽지는 않을 것 같소이다. 물론 사람들을 데리고 숲으로 들어가면 어떻게든 진을 깰 수는 있겠지만, 시간도 오래 걸리고 이쪽의 피해도 만만치 않을 것 같소."

"음… 곤란하군."

나왕이 숲으로 시선을 돌리며 말했다.

천통문의 문주 전궁의 뒤를 쫓기 위해 만들어진 추격대의 숫자는 사실 그리 많지 않았다.

천통문의 문도들은 여전히 문주를 추격하는 일을 껄끄러워했기에, 그중 몇몇의 지원자만을 모아 추격대를 꾸리느라 그 숫자가 서른 명이 채 되지 않았다.

이 정도 숫자로는 전궁을 따라간 귀령의 무사들이나 일부 천무위 무사들을 상대하기에도 벅찬 면이 있었다. 만약 나왕이나 마누 같은 절대고수들이 없었다면 아예 이 추격전을 포기해야 할 수도 있는 전력이었다.

그런데 이곳에서 그 전력에 손실이 발생한다면 설혹 전궁을 따라잡는다 해도 오히려 큰 곤욕을 치를 수 있었다.

"그들을 설득할 수는 없겠습니까?"

사송이 마누에게 물었다.

"숲에 있을 귀령의 무사들 말이오?"

마누가 되물었다.

"그렇습니다. 그들을 설득할 수 있다면 그게 가장 좋은 방법일 텐데 말입니다."

"후우… 그건 어려울 것 같소. 사실 귀령은 천통문 내에서도 가장 폐쇄적인 집단이오. 그래서 그들은 문주님보다도 귀령사에 대한 충성심이 더 강하오. 어려서부터 귀령의 독특한 무공을 수련해서……."

마누가 난감한 표정을 지었다.

그러자 사송이 어두운 얼굴로 말했다.

"그럼 어쩔 수 없지요. 손해를 좀 보더라도 숲으로 들어가 그들을 제압하는 수밖에……."

탐탁지 않은 방법이지만 그 방법밖에 없는 듯했다.

그런데 그때 문득 불사 나왕이 말했다.

"아예 진을 깨어버리면 어떻겠소?"

"어떻게 말이오?"

사송의 의아한 표정으로 물었다. 그가 생각하기에 직접 숲에 들어가 적을 베는 것 말고는 진을 깨는 다른 방법이 없기 때문이었다.

그러자 나왕이 손을 들어 함정이 펼쳐진 숲의 오른편으로 이어진 가파른 설산을 가리켰다.

"설마 저걸……."

사송이 다소 황당한 표정을 지으며 물었다.

"빠르고 간단한 방법이오."

나왕이 덤덤하게 대답했다.

그러나 마누가 물었다.

"대체 무슨 말씀들을 하시는 것이오?"

마누의 질문에 사송이 손을 들어 숲 오른편 설산의 중턱을 가리키며 말했다.

"불사께서는 저기 산 중턱에 툭 튀어나온 바위 지형을 이용해 눈사태를 만들자고 하시는 겁니다."

"눈사태라면……?"

마누가 사송이 가리키는 지점을 바라봤다. 그러자 그의 눈에도 거대한 눈을 위태롭게 떠받치고 있는 바위 더미가 보였다.

"무너뜨리기만 하면 큰 눈사태가 날 겁니다. 그럼 숲의 진도 끝이지요."

사송이 말했다.

"음… 그럼 숲에 있는 사람들은……?"

비록 지금은 다른 쪽에 서 있지만 숲에 있는 귀령의 무사들 역시 천통문의 문도라 눈사태로 그들이 몰살당하는 일이 마누에게는 걱정스러운 모양이었다.

그러자 나왕이 냉정하게 말했다.

"그들의 죽음을 걱정해 다른 방법을 찾으면 이쪽 사람들이 죽을 것이오. 그러니 다른 방법보다 이 방법이 낫소. 만약 그들을 살리고 싶다면 내가 산에 오르는 동안 숲으로 가서 경고를 하시면 될 것이오. 피할 사람은 피하고, 버티겠다는 사람은 죽게 될 거요. 선택은 우리가 아닌 그들이 하는 것이니 억울할 것도 없을 것이고."

나왕의 말에 사송이 맞장구를 쳤다.

"불사 대협의 의견대로 하는 것이 좋을 것 같습니다. 이곳에서 시간을 지체할 수도 없고, 또 진을 깨느라 우리 쪽 사람들이 피해를 입는 것을 감수할 수도 없으니 말입니다. 불사 대협의 말처럼 저들에게 선택권을 주면 되는 일 아니겠습니까?"

사송이 마누를 설득했다.

그러자 마누가 잠시 고민에 빠졌다가 나왕에게 물었다.

"시간은 얼마나 걸리겠소이까?"

"지금 출발하면 산을 오르는 데 이각 정도… 바위 무더기에 충격을 줘 산사태를 일으키는 데 다시 이각 정도… 반시진이면 될 듯하오만……."

"알겠소. 반시진… 그 안에 피하라고 경고를 하겠소."

"그들이 귀령사에 대한 충성심으로 죽음을 택하지 않을까요?"

아무사가 걱정스러운 표정으로 물었다.

그러자 마누가 한숨을 쉬며 대답했다.

"후우… 그런들 어쩌겠는가. 자신들이 선택한 대로 운명이 결정되겠지."

"……"

"너무 마음 쓰지 말게. 솔직히 말해 그들이 천통문의 문도이기는 해도 실질적으로는 귀령사를 따르는 반도들이니까. 사실 천통문 내에서 잡혔으면 죽음을 면치 못했을 것이네. 천통문 천 년 율법의 지엄함을 자네도 알고 있지 않은가. 오히려 이런 기회를 얻은 것이 그들에게는 행운일 수도 있네."

"그렇긴 하지요."

아무사가 시무룩한 표정으로 대답했다. 같은 문도끼리 죽고 죽이는 상황을 견디기 어려운 모양이었다.

"자, 그럼 난 가보겠소."

마누까지 동의하자 나왕이 걸음을 옮기기 시작했다. 그러자 적월이 재빨리 나왕의 뒤를 쫓으며 말했다.

"저도 함께 가요, 사부님!"

제6장
눈사태

　사람들은 경이로운 시선으로 설산을 오르는 스승과 제자를
바라보고 있었다.

　일단 본래의 능력을 발휘하자 나왕과 적월은 마치 맨땅을 달
리듯 설산을 치달았다. 산짐승도 미끄러져 내릴 만큼 가파른 산
이었지만 두 사람에게는 전혀 방해가 되지 않았다.

　무림 고수들 중 특별한 경지에 오른 사람들은 누군가의 움직
임만 보고도 그 사람의 무공을 평가할 수 있는데, 천통문의 고
수들인 마누와 아무사 역시 그런 사람들 중 하나였다.

　"불사 나왕의 명성은 정말 명불허전이군요."

　아무사가 이미 설산 절반을 오른 두 사람을 보며 혀를 내둘렀
다. 그러자 마누가 대답했다.

　"그야 그렇다고 쳐도… 그 제자인 적 소협의 무공은 정말 예상

치 못한 것이군. 불사를 따르는 데 전혀 무리가 없지 않은가. 지금의 불사라면 자신의 힘을 모두 쓰고 있을 텐데. 저 어린 나이에……."

불사 나왕에 전혀 뒤처지지 않고 설산을 오르는 적월에게 마누가 새삼스레 놀란 모습을 보였다.

그동안 함께 여행을 하며 적월이 특별한 수준에 오른 젊은 고수란 사실은 알고 있었지만, 설마 그것이 불사 나왕과 견줄 정도라고는 생각지 못했던 그였다.

그런데 그런 두 사람의 놀람에 기분이 좋아진 사람이 있었다. 사송은 마누와 같은 고수가 적월의 무공에 감탄하자 마치 자신의 일처럼 웃음을 흘리며 말했다.

"하하, 우리 조카가 좀 별난 면이 있지요."

"확실히 그렇구려. 내 평생 저 나이에 저런 무공을 지닌 청년은 보질 못했소. 천통문에서나 강호에서나……."

"조카의 스승이신 불사께서 말씀하시길 순수한 무공의 경지로만 보자면 자신의 경지에 근접했다고 하더군요."

"설마 그렇게까지……?"

아무사가 믿기 힘들다는 듯 말했다.

마누는 사송의 말이 과장된 것이 아니라는 것을 알고 있었지만, 아무사는 달랐다. 그는 겨우 이십 대 초반의 나이에 불사의 경지에 육박하는 젊은 고수가 세상에 존재한다는 것 자체를 믿을 수 없었다.

적월의 혈통과 불파일맥의 무공, 그리고 적월이 얻은 고금제일 검객 백초산의 금강검을 모르고 있는 상태에서는 당연한 의문이었다.

"뭐… 보는 사람에 따라 평가는 달라질 수 있으니 좋을 대로 생각하시오. 그러나 난 허황된 말을 지껄이는 사람은 아니오."

사송이 자신의 말을 믿지 못하는 아무사가 못마땅한지 퉁명스럽게 말했다. 그러자 마누가 말했다.

"난 자왕 대협의 말에 동의하오. 아마도 적 소협에게는 필시 뭔가 특별한 기연이 있었던 것이 분명하오. 아니 그렇소?"

마누의 질문에 이번에는 자왕 사송이 살짝 놀란 빛을 보였다. 마누는 노련한 고수답게 적월의 무공이 오직 수련만을 통해 이룰 수는 없는 경지라는 것을 눈치채고 있었던 것이다.

"뭐, 이런저런 행운이 없었던 것은 아니지만 그래도 결국은 월이의 노력과 자질이 가장 큰 이유지요."

"물론 그렇기는 하오. 아무리 대단한 기연이라도 타고난 자질과 노력이 없다면 성취하기 어려운 것이니까."

마누가 고개를 끄떡였다.

"흐흐, 우리 조카의 핏줄이 대단히긴 하지요. 아아! 그건 그렇고 이젠 숲으로 가보셔야지 않겠습니까?"

눈사태가 나기 전에 숲의 귀령 무사들에게 경고를 하려면 서둘러야 할 시간이었다.

"음, 그렇구려. 자네도 함께 가겠나?"

마누가 아무사에게 묻자 아무사가 고개를 끄떡였다.

"그렇게 하겠습니다. 개중 저와 친분이 있는 사람도 있으니……."

아무사가 대답하자, 마누가 숲을 향해 걸음을 옮기기 시작했다.

후우웅!

산 중턱에 오르자 설산에 부는 바람이 한결 무겁고 매서워졌다. 자칫하다가는 바람에 밀려 산비탈 아래로 굴러떨어질 만큼 거센 바람이었다.

그런 매서운 바람을 견디며 적월과 불사 나왕이 거대한 바위 군락 아래에 도착했다.

마치 기와집 처마처럼 산 중턱에 불쑥 튀어나온 바위 더미는 그보다 더 거대한 눈을 머리에 이고 있었다.

"생각보다 크네요."

적월이 고개를 들어 하늘을 가린 바위 더미를 보며 말했다.

"그렇구나. 그래도 이쯤은 돼야 눈사태를 일으킬 거야."

"쉽게 부술 수 없겠는데요?"

"힘으로 하려고 하면 안 되지. 그중 쐐기 돌 역할을 하는 곳을 찾아 그곳을 부숴야지."

"급소를 찾아야 한다는 말이군요?"

"그렇지. 살펴보자꾸나."

나왕이 훌쩍 몸을 날려 바위 더미 아래로 바싹 붙었다. 적월 역시 나왕을 따라 바위 더미를 자세히 살피기 시작했다.

두 사람은 일각여 동안 말없이 바위 더미만 살폈다. 바위 더미들은 누군가가 인위적으로 쌓아놓은 듯 촘촘하게 쌓여 있었다. 이 거대한 바위 더미가 산 중턱에서 무너지지 않고 위태롭게 매달려 있는 이유가 있었던 것이다.

그러나 고수의 눈은 날카로워서 마치 적의 허점을 찾아내듯 결국 바위 더미의 가장 약한 부분을 찾아냈다.

"여기구나."

어른 몸통만 한 바위를 짚으며 나왕이 말했다.

그러자 적월이 동의했다.

"저도 같은 생각이에요. 이 바위를 치우면 바위 더미가 무너져 내릴 것 같아요."

"음, 그럼 시작할까?"

나왕이 검을 빼 들며 말했다.

그러자 적월이 걱정스러운 표정으로 물었다.

"사람들이 모두 피했을까요?"

적월의 시선이 산 아래 천통문 귀령사 적안의 함정이 있는 숲으로 향했다. 그 안에 있을 귀령의 무사들이 마음에 걸리는 모양이었다.

"시간은 충분히 주었다. 이후의 운명은 스스로 결정한 것이니까 받아들일 수밖에."

나왕이 냉정한 말투로 말했다.

그러자 적월도 고개를 끄떡였다.

"어쩔 수 없는 일이긴 하지요."

"내가 바위의 우측면을 파고들어 공간을 만들 테니 바위가 흔들리면 아래쪽 작은 바위를 일검에 파괴해라. 그러고는 바로 물러나야 한다. 이 눈사태에 휘말리면 너나 나나 죽음을 피하기 어려워."

나왕이 단단히 주의를 줬다.

"걱정 마세요. 눈에 깔려 죽을 일은 없을 테니까."

"하하, 알겠다. 그럼 시작하자."

고개를 끄떡인 나왕이 즉시 쐐기 돌 역할을 하는 바위 우측을 향해 검을 뻗었다.

쿠오오!

묵직한 파공음을 만들며 나왕의 검이 마치 무른 두부를 파고들 듯 바위 우측면 틈새로 박혔다.

"으챠!"

검이 바위 사이에 박히자 나왕이 심호흡을 하면서 검에 진기를 불어넣었다. 그러자 마치 검이 불어나듯 검기가 형성되었고, 그 힘에 밀려 바위가 들썩이기 시작했다.

그러자 기다렸다는 듯이 적월이 검을 휘둘러 쐐기 역할을 하는 바위의 아래쪽 작은 바위를 일검에 잘라냈다.

쿠르릉!

받침이 사라진 바위가 갑자기 살아 있는 짐승처럼 으르렁대기 시작했다.

"물러나거라!"

나왕이 적월에게 소리치며 자신도 바위 더미 아래에서 급히 몸을 뺐다.

적월은 어느새 나왕과 어깨를 나란히 하며 산같이 쌓인 눈을 이고 있는 바위 더미 아래에서 벗어났다.

그르릉!

두 사람이 바위 더미 아래에서 벗어난 이후에도 바위 더미는 곧바로 무너지지 않았다.

바위 더미는 마치 수천 년 머물렀던 자신의 땅을 떠나기 싫다는 듯 한동안 으르릉거리다가, 결국 쐐기 돌 역할을 하던 바위가 굴러 내리자 더 이상 견디지 못하고 가파른 산비탈로 허물어져 내렸다.

그리고 그걸 시작으로 산을 덮고 있던 눈들이 우르르 무너져 내리기 시작했다.

구르릉!

화산이 울어대는 듯 강렬한 울림이 일어났다. 산 전체가 흔들리는 것 같았다.

작은 크기로 시작된 산사태가 한순간에 걷잡을 수 없을 크기로 커졌다.

우르릉!

산이 살아 있는 생명처럼 분노를 토해냈다. 그리고 남쪽으로 무너져 내리고 있었다.

시작은 산 중턱 바위 더미 위에 쌓여 있던 눈이었지만, 그 눈들이 아래로 밀려 내려오자 아래쪽 눈까지 기다렸다는 듯 무너져 내리기 시작했다.

강렬한 울림과 함께 무너져 내리기 시작한 눈 더미들은 산 아래에 이르러서는 거대한 해일이 덮치는 듯한 소리를 냈다.

소리의 날카로움은 줄어들었지만, 그 규모나 크기는 훨씬 강해져서 그 앞에서는 어떤 것도 바로 서 있을 수 없을 지경이었다.

그리고 그 눈사태가 숲을 덮쳤다.

우두둑!

나무 부러져 나가는 소리가 묵직하게 들려온다. 키 작은 나무들은 부러질 사이도 없이 눈사태에 파묻혀 버렸다. 해일처럼 밀려드는 눈사태에 숲은 속수무책 자신의 땅을 내줄 수밖에 없었다.

그리고 급기가 숲 자체가 사라졌다. 그러자 또 다른 놀라운 일이 일어났다.

숲이 사라지자 갑자기 눈에 보이는 지형이 변하기 시작한 것이다. 단지 숲이 눈에 파묻힌 정도의 변화가 아니라 눈사태가 미치지 않는 곳까지 사람의 눈에 보이는 풍경이 변했다.

"환영진이 사라졌군."

변한 풍경을 보며 자왕 사송이 중얼거렸다.

눈사태 이후에 변한 주변의 풍경은 천통문 귀령사 적안이 펼쳐놓은 환영진이 사라짐으로 인해 일어난 변화였다.

"저곳입니다."

문득 천통문의 고수 아무사가 손을 들어 눈에 파묻힌 숲 너머 두 개의 거대한 산봉우리 아래 위치한 깊은 계곡을 가리켰다. 그가 알고 있던 서북 방면 천주밀도의 끝이 바로 그 지점이었던 것이다.

"문주께선 이미 떠나셨겠지?"

마누가 우울한 표정으로 입을 열었다.

"그러셨겠지요."

아무사가 대답했다.

"음… 그자들, 피했을까?"

마누와 아무사는 눈사태가 일어나기 전 숲의 입구에서 귀령의 무사들에게 경고했다. 눈사태가 일어날 것이고, 그럼 숲이 완전히 사라질 테니 몸을 피하라는 경고였다.

그럼에도 불구하고 그들이 물러날 때까지 숲에 머물고 있던 귀령의 무사들은 어떤 움직임도 보이지 않았다.

만약 그들이 눈사태가 일어나는 동안에도 피하지 않았다면 전멸을 면치 못했을 것이다.

"일단 가보면 알겠지요. 피했다면 숲 너머에 흔적이 남아 있을 겁니다."

아무사가 어두운 표정으로 대답했다.

그러는 사이 산에 올라갔던 나왕과 적월이 설원을 달려 일행이 있는 곳으로 돌아왔다.

"수고하셨소이다."

무사히 돌아온 나왕을 사송이 반갑게 맞았다.

"일이 제대로 된 것 같구려."

숲과 함께 사라진 환영진을 보며 나왕이 말했다.

"일단 계곡까지 가봐야 할 것 같소이다. 그곳이 천주밀두의 끝이라니 또 다른 추격의 시작점이 될 것이오."

사송이 손을 들어 설원에 반사되는 눈부신 태양빛을 막으며 말했다.

"그럼 바로 가십시다. 지체할 시간이 없으니."

나왕 사송이 일행을 재촉했다.

그러자 사송이 앞으로 나서며 말했다.

"소요야, 지치지 않았지?"

"그럼요."

"그럼 달려볼까."

"좋죠!"

적월이 기분 좋게 대답하고는 먼저 달리기 시작했다.

그러자 사송이 뒤를 이어 바람처럼 앞으로 달려 나갔다.

그 모습을 보고 있던 마누가 불사 나왕에게 물었다.

"대체 십이천문은 어떤 문파요?"

"뭐… 말 그대로 청부문이지요."

나왕이 새삼스럽게 왜 그런 질문을 하냐는 듯한 표정으로 대답했다.

"세상에 어느 청부문도 대협과 동료분들 같은 고수들이 모여 있지는 않을 것이오."

십이천문의 정체에 대해 의문을 갖는 듯한 말이다. 그러나 그렇다 한들 십이천문이 청부문인 것은 분명했다.

"어쨌거나 우린 청부문이 맞소이다."

나왕이 짧게 대답하고는 성큼성큼 걸음을 옮겨 적월과 자왕 사송의 발자국을 따라 걷기 시작했다.

"참으로 알 수 없구나."

설원을 가로지르는 십이천문의 고수 삼 인을 보며 마누가 중얼거렸다.

"뭐가 말입니까?"

아무사가 물었다.

"십이천문이라는 저들 문파 말이다. 절대 청부문을 할 사람들은 아닌데… 어떤 인연으로 모인 것일까?"

"나름대로 사연이 있지 않겠습니까?"

"그렇긴 하겠지. 음… 펑, 안 두 분 아가씨는 얼마간 알고 있는 눈치던데……."

"물어보셨습니까?"

"설모봉을 떠나기 전 잠시 기회를 내서 물었는데 대답해 주지 않으시더군. 저들에 대한 예의가 아니라나……."

"두 분 아가씨께서 그들에게 크게 의지하는 것 같았습니다만."

"그러게 말이네. 사실 그것도 걱정이야. 이제 본 문은 두 분 아가씨가 맡아야 할 것인데 외인에게 크게 의지하고 있으니……."

"나중에야 달라지겠지요."

"그럴까?"

"그럼요. 지금까지야 고립무원, 누군가의 도움이 간절히 필요한 처지였으니 청부문이라도 특출한 능력을 지닌 저들에게 의지하셨던 게 아닐까요?"

"그렇긴 하지."

"이제부터 우리가 힘이 되어드리면 되지 않겠습니까?"

아무사의 말에 마누가 빙그레 미소를 지으며 말했다.

"자네가 나보다 낫군."

"그게 무슨 말씀이십니까? 제가 어찌 감히……."

아무사가 얼른 고개를 저었다.

"아니야. 자네가 낫네. 난 과거에 얽매여 사는 사람인데, 자넨 미래를 생각하는군. 천통문에 고마운 일이네. 자네 같은 후인이 있다는 것은……."

"아닙니다. 천통문은 이 일이 끝난 후에도 한동안 무령사님의 힘이 필요할 것입니다. 다시 예전의 천통문으로 돌아가려면……."

"물론, 그건 그렇지. 한 번 오염된 율법을 다시 세우는 일이 결코 쉬운 것은 아니니까. 하지만 그 일이 끝나면 그때부턴 자네들이 천통문의 새로운 시대를 열어가야 할 걸세."

마누의 말에서 진심이 느껴진다.

"최선을 다하겠습니다."

아무사가 신중한 표정으로 대답했다.

"자네들을 믿네. 자, 이젠 우리도 가세."

마누가 천천히 설원을 향해 걸음을 옮기기 시작했다.

그늘진 깊은 계곡으로 들어서자 기온이 급격하게 떨어졌다. 시야도 짧아져 마치 날이 저문 것처럼 느껴질 정도였다.

"사방으로 흩어졌군."

갑자기 어두워진 계곡 속에서도 자왕 사송의 눈은 밝았다. 그는 눈 위에 어지럽게 흩어져 있는 발자국들을 살피고 있었다.

"결국 숲에서 나왔다는 말이네요?"

적월이 물었다.

"그렇지."

"다행이에요."

"다행은 무슨 다행이냐? 적이 많이 남았다는 뜻인데……."

"그래도… 그들이 우리 앞을 막지 않을 수도 있잖아요?"

"뭐… 그럼 좋지. 하긴 살자고 도망친 자들이 다시 검을 들 의욕을 갖기는 힘들지. 더군다나 저 사람들이 있는데……."

사송이 아직은 밝은 쪽에서 걸어오고 있는 마누와 아무사 등 천통문의 고수들을 보며 말했다.

그사이 나왕도 두 사람 곁에 이르렀다.

"여기부터는 길을 모른다는 말이구려."

나왕이 어두운 계곡을 돌아보며 말했다.

천무위의 주요 고수인 아무사가 알고 있는 천주밀도의 끝이 이 계곡이었다. 그렇다면 이후로는 아무사도 추격대에게 길을 일러줄 수 없었다.

"그런대로 흔적이 남아 있다면 추격할 수는 있을 것이오."

자왕 사송이 말했다. 그의 말투가 무척 도전적이다. 아마도 천통문주 전궁의 뒤를 쫓는 일에 승부욕을 느끼는 모양이었다.

스스로 천하제일의 추격자라고 자부하는 자왕 사송의 입장에서는 어쩌면 당연한 것일 수도 있었다.

"흔적이 남아 있을까요?"

적월이 걱정스럽게 물었다.

그러자 사송이 대답했다.

"날아간 것이 아닌 이상 반드시 남아 있을 게다. 길어야 하루 반나절 거리일 테니……."

자왕 사송은 이미 그들이 간 방향을 짐작했는지 두 개의 봉우리 사이를 응시하고 있었다.

그사이 마누와 아무사도 장내에 도착했다. 두 사람은 장내에 도착하자마자 주변을 돌아보며 나직하게 한숨을 쉬었다.

"후우… 여기까지는 왔지만 이젠 어떡해야 할지 모르겠구려.

무천귀동의 위치는 오직 서 부인께서 가지고 있던 지도로만 찾을 수 있는데. 살아남은 자들을 추궁한다 해도 문주가 간 곳을 알 수 없을 테고……."

마누의 말투에서 막막함이 느껴진다.

그러자 자왕 사송이 말했다.

"이제부터는 내가 길을 찾겠습니다."

"자왕께서요?"

마누가 되물었다. 자왕 사송에게 재주가 많은 것은 알지만 어떻게 자신들도 찾을 수 없는 전궁의 행적을 쫓을 수 있냐는 의구심이 드는 표정이었다.

"사실 내 특기는 눈 속에 구멍이나 파고 다니는 것이 아닙니다. 사람을 추적하는 일이야말로 진짜 내 장기지요."

"아! 그렇소?"

마누가 놀란 표정으로 되물었다.

"자왕께 맡겨도 될 것이오."

옆에서 불사 나왕도 거들었다. 불사 나왕까지 자왕의 사송의 능력을 확인해 주자 마누는 갑자기 사송에게 의지하는 마음이 불쑥 커졌다.

"그럼… 부탁 좀 합시다. 이 일은 본 문의 명운을 좌우하는 일이니 부디 꼭 좀 문주를 찾아주시구려. 이 은혜는 절대 잊지 않겠소이다."

마누가 간절한 표정으로 말했다.

그러자 자왕 사송이 빙그레 미소를 지으며 대답했다.

"그 말 잊지 마십시오."

"물론이오. 내가 어찌 본 문의 운명을 걸고 허언을 하겠소."

장난으로 한 사송의 말에 마누가 정색을 하며 대답했다.

그러자 사송이 얼른 고개를 저으며 말했다.

"하하, 아닙니다. 제가 농을 한 것입니다. 청부의 계약은 이미 화명과 수월 두 사람과 했으니 결국 내가 해야 할 일이지요. 자, 그럼… 어디 오랜만에 실력을 발휘해 볼까?"

사송이 날카로운 눈으로 전궁 등이 이동했을 것으로 짐작되는 방향을 바라보며 말했다.

*　　　　*　　　　*

끝없이 이어진 설봉들, 사람의 혼을 지치게 만드는 흰빛의 연속, 만약 길을 찾을 수 없다면, 혹은 목적 없는 여행이라면 여행객은 십여 일도 지나지 않아 지쳐 쓰러질 것이다.

육신보다는 정신을 지치게 만드는 이 순백의 설경은 아름다움을 넘어선 공포였다.

그래서 일행에게는 그 누구보다 자왕 사송이 중요했다.

곤륜에 뿌리를 박고 살아온 천통문의 고수들조차 길을 찾기 힘든 설산에서 자왕 사송은 일행이 가야 할 길을 빠르고 정확하게 찾아내고 있었다.

그래서 시간이 지날수록 천통문 고수들은 자왕 사송을 경이의 시선으로 바라봤다.

눈과 귀는 물론 후각과 청각, 그리고 가끔은 촉감까지 이용해 앞서간 자들의 자취를 찾아내는 자왕 사송의 능력은 신기하기

이를 데 없는 것이었다.

물론 그 놀람은 천통문의 무사들을 지휘하고 있는 노검객 마누도 마찬가지였다.

그는 전궁 일행의 흔적이 완전히 사라진 것 같은 곳에서도 귀신처럼 그들의 흔적을 찾아내는 자왕 사송을 보며 한편으로는 공포심까지 느낄 정도였다.

그래서 이런 인물을 적으로 두지 않은 것이 얼마나 다행인가 하는 안도감을 가끔 아무사에게 토로했다.

그렇게 모든 사람이 자왕 사송 한 명을 바라보며 전궁을 추격한 지 여러 날, 그들 앞에 갑자기 생경한 풍경이 나타났다.

순백의 땅에 웅크리고 있는 검은 산, 그리 높지 않아 보이지만 여러 개의 봉우리와 깊이를 알 수 없는 수많은 계곡을 품은 검은 산이 불쑥 나타나자 일행은 직감적으로 이곳이 그들이 목적했던, 그리고 전궁이 가고자 한 무천귀동이 있는 곳임을 알아챘다.

"이곳을 알고 계셨습니까?"

일행의 선두에서 길을 찾고 있던 자왕 사송이 뒤따르던 사람들이 도착하기를 기다려 마누에게 물었다.

그러자 마누가 고개를 저었다.

"아니오. 모르는 장소요. 그래서 이상하구려. 비록 이곳이 천통문과는 멀리 떨어진 곳이지만 이런 특이한 산이라면 분명 천통문에도 알려졌어야 하는데……."

이런 산의 존재를 천통문이 모르고 있었다는 것이 이해가 가지 않는다는 듯 마누가 당혹한 표정으로 말했다.

그러자 자왕 사송이 그들이 지나온 길을 가리키며 말했다.

"교묘한 장소입니다. 만약 천통문주의 흔적을 따라오지 않았으면 절대 이곳을 발견하지 못했을 겁니다. 주위의 지형을 보십시오."

사송의 말에 일행이 모두 주변을 돌아봤다.

그러다가 문득 적월이 입을 열었다.

"여긴 마치… 설모봉과 비슷하네요."

"그래, 잘 봤다. 단지 산의 색이 다를 뿐 천통문에 있는 설모봉과 무척 비슷한 지형이란다. 곤륜에 사는 사람들이 천통문을 유령문이라 부르면서 그 존재를 전설로만 알고 있는 것은 설모봉에 접근하는 것이 거의 불가능하기 때문이지. 그런 면에서 이곳도 마찬가지란다. 길을 모르는 사람이라면 이 산을 발견하기가 결코 쉽지 않은 곳이지."

"음… 듣고 보니 자왕 대협의 말이 맞는 것 같소. 아마 그런 점을 고려해 조사께서 이곳에 무천귀동을 만드신 모양이오."

마누가 고개를 끄떡이며 말했다.

"설혹 이곳을 발견한다 해도 그저 곤륜 한구석에 있는 특이한 석산이라고 생각하는 것이 보통이겠지요. 이곳에 천 년 전설의 천통문 무천귀동이 있을 거라고 누가 생각하겠습니까?"

사송이 대답했다.

"여기서도 문주님의 행적을 찾을 수 있소이까?"

이번에는 아무사가 물었다.

그러자 사송이 대답했다.

"생각보다 쉽지는 않을 것 같구려."

"땅이라면 흔적이 더 많이 남았어야지 않소?"

아무사가 의아한 표정으로 다시 물었다.

그러자 사송이 손을 들어 검은 산 안쪽을 가리키며 말했다.

"흙이 있는 곳은 아주 약간이오. 그 안쪽으로는 모두 바위, 이런 석산에서는 사람들이 이동한 흔적이 거의 남지 않는 법이오."

"그렇구려. 하긴 바위에 발자국이 남지는 않으니까."

아무사가 뒤늦게 검은 산 안쪽이 바위로 되어 있다는 것을 깨닫고는 고개를 끄떡였다.

그러자 적월이 빙그레 웃으며 물었다.

"그래도 숙부님은 길을 찾을 수 있죠?"

"후후, 왜 그렇게 생각하느냐?"

사송이 웃으며 물었다.

"숙부님은 남겨진 발자국만 가지고 사람을 찾지는 않으시니까요. 어떻게 찾으실 거죠?"

적월이 궁금하다는 듯 물었다.

"음… 이런 경우는 결국 후각을 이용해야 한다. 물론 이동 중간중간 약간의 흔적을 남겼을 수도 있지만 그건 동물이 남긴 것일 수도 있고 해서 불확실하지."

"후각이라면 사람의 체취를 말하는 것이오?"

사람의 체취로 앞서간 사람을 찾겠다는 사송의 말을 믿을 수 없다는 듯 마누가 물었다.

그러자 사송이 대답했다.

"사람의 체취만으로 뒤를 쫓는 것은 쉬운 일이 아닙니다. 하지만 다행히 천통문 문주님 일행 중에는 두 명의 여인이 있지요. 물론 두 사람 모두 지분을 바르거나 사향을 쓰지는 않지만 그래도 여인의 향기는 남자들에 비해 뚜렷한 편이지요."

"음… 그렇다 해도 그 향기로 하루 이틀 앞서간 사람을 추적할 수 있다니 놀라울 뿐이구려."

"그것 말고도 사실은……."

사송이 입을 열다 말고 말꼬리를 흐렸다.

"다른 단서도 있소?"

마누가 물었다.

그러자 사송이 어렵게 입을 열었다.

"솔직히 말하자면 문주 부인이나 화명 소저의 경우보다 천통문의 문주님 자신이 더 많은 향기를 남기셨소이다."

마누는 처음에는 사송이 한 말의 의미를 제대로 알아듣지 못했다. 그저 천통문주 전궁의 체취가 독특한가 보다 생각을 하다가 이내 사송의 말속에 내포된 의미를 깨닫고는 재빨리 주위를 돌아봤다. 마치 누군가 들어서는 안 될 말을 들은 것 같은 모습이었다.

"대부분 아는 사실 아닙니까?"

생각보다 크게 당황하는 마누를 보며 사송이 물었다.

"그렇기는 하지만."

그제야 마누가 자신이 지나치게 당황했음을 깨닫고는 겸연쩍은 표정을 지었다.

그러자 아무사가 우울한 표정으로 말했다.

"이곳에 온 사람들에게는 숨길 일이 아닙니다. 문주께서 지분이나 향수를 사용하신 것은 꽤 오래된 일이라 천무위의 형제들 대부분 그 사실을 알고 있습니다."

"하지만 그것이… 대법의 부작용 때문이란 것을 아는 사람은 드물지 않겠는가?"

"그야……."

"후우… 역시 천통음양대법은 애초에 시도하지 말았어야 하는 것이었거늘, 성공하지 못했음에도 불구하고 그 후유증이 이렇게 명확하니……."

마누가 혀를 찼다.

귀령사 적안의 권유로 시작된 천통음양대법은 화명과 수월 두 사람이 천통문을 떠남으로써 성공하지 못했지만 그 준비 과정에서의 부작용으로 인해 전궁은 남성성을 상실하고 음양인으로 불러도 될 만큼 성정이 변해 있었다.

덕분에 그는 여인들이 쓰는 향수들을 즐겨 사용하게 되었는데 그 향기가 오늘 자왕 사송에게 자신을 추격할 수 있는 중요한 단서를 제공하고 있었던 것이다.

그러나 추격에 유리한 점을 제공하는 전궁의 그 변화가 마누와 천통문 고수들에게 우울한 과거인 것은 분명했다. 마치 천통문의 몰락을 증명해 주는 일처럼 느껴지기 때문이었다.

"출발할까요?"

장내의 우울한 분위기를 느낀 사송이 급히 화제를 돌렸다.

그러자 뒤에서 불사 나왕이 말했다.

"조금 기다립시다."

"문주님이 무천귀동에 들어가는 것을 막으려면 서둘러야 하지 않겠소이까?"

마누가 나왕을 보며 물었다.

"우리의 추적을 눈치채지 않게 하려면 밤에 이동하는 것이 좋을 듯하오만… 그들은 우리가 이렇게까지 빨리 추적해 올 거라고는 예상치 못하고 있을 것이오."

"음… 그렇기는 하구려."

마누도 순순히 고개를 끄떡였다.

밝은 날 산으로 들어가면 전궁 일행의 눈에 띌 가능성이 컸다. 분명 전궁과 귀령사 적안이 뒤에 사람을 남겨 추격자들이 오는지를 살피고 있을 것이기 때문이다.

하지만 밤이라면 비록 감시자가 있어도 자왕 사송의 능력으로 먼저 상대를 발견할 수 있었다. 나왕으로서는 비록 시간을 손해 본다 해도 위험을 줄이는 쪽을 택하려는 것이었다.

일행은 결국 나왕의 의견대로 날이 저물기를 기다리기로 했다. 어차피 늦은 오후였고, 설산의 해는 짧으므로 그리 오래 기다릴 필요도 없기 때문이었다.

설산과 검은색의 석산이 묘하게 경계를 이루고 있는 지점의 풍경 색이 몇 차례에 걸쳐 변했다. 그리고 결국 어둠이 찾아왔다. 물론 사방을 에워싼 설산으로 인해 밤에도 여전히 빛이 존재했지만 그 밝기가 낮에 비할 바는 아니었다.

그리고 일행은 그 어둠 속에서 검은 산으로 진입하기 시작했다.

앞선 자는 언제나처럼 자왕 사송, 그 뒤를 따라 불사 나왕과 적월이 사송을 호위하듯 따랐고, 십여 장 뒤에서 마누가 이끄는 천통문의 고수들이 검은 산으로 들어섰다.

자왕 사송은 무척 신중하게 길을 찾았다. 오직 앞서간 자들이 남긴 향기에 의해서만 상대를 추적해야 했기에 신중하지 않을 수 없었다.

그나마 다행인 것은 전궁이 생각보다 강한 향수를 쓴다는 사실이었다. 그래서 하루 이전에 길을 갔을 것이 분명함에도 사송은 다른 사람들은 맡을 수 없는 전궁의 향기를 귀신처럼 찾아냈다.

일행은 그렇게 모든 것을 사송의 후각에 의지한 채 한 시진 이상 검은 산의 어둠 속을 걸었다.

워낙 험한 바위산이고, 또 지나야 하는 계곡은 뜬금없이 깊었으므로 움직이는 속도가 생각처럼 빠르지 않았다.

그렇게 한 시진을 이동했는데도 그리 많지 않는 이동 거리에 일행이 조금씩 지루함을 느끼고 있을 때, 갑자가 사송이 걸음을 멈추고 뒤를 향해 손짓을 했다.

그러자 불사 나왕과 적월이 조심스러운 걸음으로 자왕의 곁에 바싹 다가섰다.

"무슨 일이에요?"

적월이 물었다.

그러자 자왕 사송이 손을 들어 검은 계곡이 끝나고 가파르게 이어지는 석산의 산비탈 중간을 가리켰다.

"저 바위 보이지?"

"예."

적월이 사송의 손끝에 걸리는 괴물 같은 형상의 바위를 보며 대답했다.

"저기 사람이 있구나."

사송이 나직하게 말했다.

"그들일까요?"

"그럼 누구겠느냐? 귀령사 적안이 남겨놓은 자일 거다."

사송이 대답을 하는 사이 마누와 아무사도 세 사람 곁으로 다가왔다.

"무슨 일이오?"

마누가 조심스럽게 물었다.

"지키는 사람이 있습니다."

사송이 대답했다.

"어디요?"

마누가 묻자 사송에 손을 들어 자신이 가리켰던 산 중턱의 바위를 가리켰다.

"음… 계곡을 한눈에 내려다볼 수 있는 곳이군. 계곡을 지나오는 사람이라면 밤이라도 누구든 눈에 띄지 않을 수 없겠구려."

마누가 난감한 표정으로 말했다.

그러자 사송이 말했다.

"동의하신다면 제가 가보지요."

그 말은 곧 은밀히 접근해 경계를 서는 자를 제압하겠다는 뜻이다. 물론 그 말속에는 상대를 죽일 수도 있다는 의미가 섞여 있었다.

가장 좋은 방법은 경계를 서는 자를 사로잡아 전궁 일행의 행보를 확인하는 것이지만, 일이 잘못되면 어쩔 수 없이 상대를 죽일 수도 있었다.

비록 적이지만 상대는 천통문의 문도, 마누의 동의를 구하지 않을 수 없는 일이다.

사송의 말에 마누가 단호한 표정으로 대답했다.

"그리해 주신다면 고마운 일이오."

마누의 명확한 대답에 사송은 이 늙은 노검객이 이번만큼은 독하게 마음을 먹었다는 것을 다시 한번 깨달았다. 그렇다면 그 역시 마음의 부담을 훨씬 덜 수 있었다.

"그럼 먼저 가겠습니다."

떠나겠다는 사람이 오히려 자세를 더 낮추며 말했다.

"같이 가요?"

적월이 급히 물었다.

"무슨 소리. 은밀히 움직이는 데 방해만 돼."

사송이 고개를 저었다.

"알았어요. 조심하세요."

"후후, 걱정 말거라. 이 정도 일쯤이야."

사송이 가볍게 웃음을 흘리고는 스며들 듯이 어둠 속으로 사라졌다.

기다림은 시간이 짧아도 언제나 길게 느껴진다. 사송이 어둠 속으로 사라진 지 채 일각도 지나지 않았건만 조급함을 보이는 천통문의 고수들도 있었다.

어둠이 짙게 깔린 검은 산에서는 설산에서와 달리 고수의 눈으로도 멀리 떨어진 바위 산 중턱의 사정을 제대로 알 수 없었다. 아니, 자왕 사송이 어느 방향으로 움직였는지조차도 알 수 없었다.

그렇게 다시 일각의 시간이 흘렀다. 이제는 대부분의 사람들이 초조함을 느끼고 있었다.

"도착했을 시간인데요?"

아무사가 나직하게 마누에게 말했다.

"은밀히 접근해 기습을 하는 일일세. 그냥 움직일 때보다는 시간이 걸리는 일이지. 기다려 보게."

마누가 침착하게 아무사를 진정시켰다.

그런 마누와 아무사의 대화를 들으며 적월과 나왕도 산 중턱 검은 바위를 주시하고 있었다. 그들 역시 표현은 안 했지만 시간이 흐르자 조금씩 긴장이 되는 것은 어쩔 수 없었다.

그러던 중 한순간 검은 바위 위에서 한줄기 빛이 번쩍였다. 단지 그뿐, 어떤 소리도 들리지 않았는데 문득 불시 나왕이 몸을 일으켰다.

"됐군."

"끝난 거요?"

마누가 급히 물었다.

"그런 것 같소."

나왕이 대답했다.

"정말 자왕 대협의 움직임은 귀신과 같구려. 이렇게 조용하게……"

마누가 어떤 소리도 내지 않고 일을 끝낸 자왕의 능력에 혀를 내둘렀다.

"일단 가보시지요. 경계를 서는 자를 제압하는 것은 자왕께서 하셔도 되지만, 만약 사로잡았다면 묻는 것은 역시 무령사께서 하셔야 할 일이시니."

나왕이 말했다.

"그럽시다. 내가 해야 할 일이 맞소."

마누가 우울한 목소리로 대답했다.

제7장
무천귀동

　사내는 자신에게 일어난 일을 도저히 받아들일 수 없다는 표정으로 자왕 사송 앞에 무릎을 꿇고 있었다.

　솔직히 사내는 어둠 속에서 유령처럼 다가와 자신을 제압한 자의 정체조차도 짐작하지 못했다. 일단 자신을 제압한 자가 그 이후에는 아무런 말도 없이 그저 자신을 무릎 꿇린 채 바위 위에 앉아 있었기 때문이다.

　그렇다고 입을 열어 물어볼 수도 없었다. 아혈이 제압되어 신음 소리조차 제대로 내지 못하는 상태였다.

　"너무 힘쓰지 마시오. 힘쓴다고 혈도가 풀리는 것은 아니니. 때가 되면 당신을 살려줄 사람이 올 거요. 그 사람이 오면 그 양반의 말에 고분고분 따르시오. 괜히 고생 자처하지 말고. 지금은 일단 좀 쉬시오."

자왕 사송이 바위 위에서 퉁명스럽게 말했다.

그러자 사내의 얼굴에 의혹이 깊어갔다. 도대체 이자는 누구고 자신을 살려줄 사람은 누구란 말인가.

사내 자신이 유령문이라 불리는 천통문에서도 그 무공이 신비롭다고 알려진 귀령의 무사였지만, 이자는 자신보다도 더 귀신 같은 무공을 지니고 있었다.

하지만 지금으로서는 사내가 할 수 있는 일이 없었다. 자왕 사송의 말처럼 누군가가 자신을 구하러 오기 전에는.

그리고 사내의 기다림은 그리 오래 걸리지 않았다.

한순간 산비탈 아래쪽에서 인기척이 느껴지더니 일단의 사람들이 자왕 사송이 앉아 있는 바위로 접근했다.

사내의 시선이 자연스레 새로 나타난 자들에게로 향했다. 그리고 그 순간 사내의 표정이 절망적으로 변했다.

귀신처럼 자신을 제압한 자는 자신을 살려줄 사람이 온다고 했지만, 정작 나타난 사람은 그에게 저승사자 같은 인물이기 때문이었다.

아무리 세월이 지났어도 한눈에 알아볼 수 있는 인물, 천통문에서 문주를 제외하고는 가장 존경받던 인물인 전대 무령사 마누가 장내에 도착했던 것이다.

"수고하셨소이다."

귀령의 무사를 무릎 꿇리고 편한 자세로 쉬고 있던 자왕 사송에게 노검객 마누가 말했다.

"수고랄 것도 없지요. 그리 어려운 일도 아니었으니."

"다른 자들은 없었소?"

마누가 다시 물었다.

"내 눈으로는 그런데, 무령사께서 저자에게 한 번 더 확인해 보실 필요는 있을 듯합니다."

사송이 무릎 꿇고 있는 귀령의 무사를 가리키며 말했다.

"알겠소. 이자는 내가 맡으리다."

마누가 고개를 끄떡이며 대답했다.

그러자 사송이 훌쩍 바위에서 내려와 귀령 무사의 혈도를 풀었다.

"커억!"

혈도가 풀리자 막혔던 기도가 확 열리면서 사내가 거친 숨을 토해냈다.

마누는 묵묵히 사내가 제 호흡을 찾을 때까지 기다렸다.

"후우……."

사내는 빠르게 진정됐다.

그러자 사내를 향해 마누가 물었다.

"내가 누군지 아느냐?"

"제가 어찌 무령사를 모르겠습니까."

사내가 대답했다. 적의를 가진 것은 아니지만 그렇다고 공손한 대답도 아니다.

"그럼 내가 어떤 사람인지도 잘 알겠구나. 난 천통문의 전통을 지키기 위해서라면 그 누구라도 벨 수 있는 사람이다. 그러니 네 목숨은 내가 묻는 말에 어찌 대답하느냐에 달렸다. 잘 생각해서 대답하도록 하거라."

스릉!

말을 하면서 마누가 대검을 뽑아 사내의 눈앞에 드리웠다.

그러자 사내의 얼굴에 두려운 빛이 스치고 지나갔다. 그런 사내의 변화를 빠르게 읽어낸 마누가 다시 입을 열었다.

"이곳을 지키고 있던 사람은 너 하나냐?"

"그렇습니다."

사내가 망설이지 않고 대답했다.

"문주께서는 무천귀동으로 가셨느냐?"

"그야 당연히……."

문주 전궁의 목적을 모를 리 없지 않느냐는 듯 사내가 대답했다.

"그 길을 아느냐?"

사내가 길을 안내할 수 있다면 자왕 사송의 추적술에 의지하는 것보다 훨씬 빠르게 문주 전궁을 따라잡을 수 있을 것이다.

"부인께서 내놓으신 지도를 보고 가는 것이라 이 이후의 길은 저도 모릅니다."

사내가 실망스러운 대답을 했다.

"얼추 방향은 짐작할 수 있지 않겠느냐?"

지켜보던 아무사가 사내를 추궁했다.

그러자 사내가 잠시 아무사를 바라보더니 손을 들어 산 능선 쪽을 가리켰다.

"저쪽으로 가신 것만 알고 있소."

자신에게서 들을 말은 이것 이상 없다는 듯한 대답이었다. 그러자 마누가 실망스러운 표정을 짓다가 조금 맥 빠진 목소리로 물었다.

"주모님과 평 아가씨는 어떠하냐?"

"무공을 모르시는 주모께선 무척 지쳐 계시고, 그나마 평 아가씨는 괜찮으신 편입니다. 그래도 평 아가씨가 주모님을 돕고 계시니 크게 나쁜 편은 아니지요."

사내가 이번 질문에는 제법 성의껏 대답했다.

그러자 마누가 안심한 듯 고개를 끄떡이다가 아미를 모으며 물었다.

"정녕 문주께서 무천귀동을 여실 생각이더냐?"

"그건 분명한 것 같습니다."

사내가 망설이지 않고 대답했다.

그러자 마누가 크게 탄식을 했다.

"하아… 이동을 하시면서 마음을 돌리실 것을 기대한 것은 역시 내 욕심이었나 보군. 자왕께 미안하지만 다시 자왕께 의지해야 할 것 같소이다."

마누가 자왕 사송을 보며 말했다. 사내에게서 길을 알아내지 못한 이상 여전히 자왕 사송의 추적술에 의지할 수밖에 없었다.

"나야 상관없습니다."

사송이 덤덤하게 대답했다.

"고맙소이다. 문주께서 이곳을 지나가신 지 얼마나 되었느냐?"

마누가 다시 사내에게 질문을 던졌다.

"하루 반나절 전에 이곳을 지나셨습니다."

"음… 하루 반나절… 생각보다 빠르시군. 이렇게 되면 무천귀동에 들어가시기 전에 따라잡기 어려울지도 모르겠어."

마누가 고개를 저었다.

그러자 이번에는 아무사가 다시 사내에게 물었다.

"귀령사는 우리가 얼마나 떨어져 있을 거라 판단하고 있더냐? 널 남긴 것은 우리의 추적이 있을 거란 걸 예상했다는 것인데."

"귀령사께서는 삼 일 정도를 예상하셨습니다. 천주밀도의 출구에 펼쳐진 환영진에서 삼사 일 정도는 길이 막힐 거라고 판단하셔서……."

"그나마 그 정도 시간은 번 것 같군요."

사내의 대답에 아무사가 마누를 보며 말했다.

그러자 마누가 고개를 저었다.

"우리가 번 시간은 없네. 하루든 이틀이든 문주께서 무천귀동에 먼저 들어가시게 되면 모든 것은 끝이네. 문주께서 귀동의 문을 닫아버리면 우리가 할 수 있는 없어. 문주께서 스스로 나오시기 전에는. 그 전에 문주님을 따라잡아야 해. 지금으로서는 거의 불가능해 보이지만. 혹, 문주님과 귀령사가 남은 일정에 대해 말한 것이 있더냐?"

마누가 다시 사내에게 물었다.

그러자 사내가 조금 망설이다가 어렵게 대답했다.

"지도로는 이곳에서부터 이틀 안에 도착하실 거라 하시는 것 같았습니다만……."

"하아… 이틀, 어렵구나."

마누가 나직하게 탄식했다.

그러자 지금까지 침묵하고 있던 불사 나왕이 말했다.

"일행 중에 무공을 모르는 문주 부인께서 포함되어 있으니 생각보다 늦어질 수도 있소. 이 산은 무척 험하니까 말이오. 최대한 속도를 내면 귀동에 들어가기 전에 따라잡을 수도 있을지 모르오. 그러니 최선을 다해봅시다."

불사 나왕의 말에 자왕도 맞장구를 쳤다.

"맞소이다. 이쯤 오니 문주가 남긴 향기가 더욱 짙어져 이젠 속도를 더 낼 수도 있을 것 같소이다."

"좋소. 하는 데까지 해봅시다. 떠납시다."

마누가 대답했다.

그러자 아무사가 급히 물었다.

"이자는 어찌할까요?"

사로잡은 귀령의 무사를 두고 한 말이다.

"데려가야지. 후방에 두면 무슨 짓을 할지 모르니. 일어나거라. 동행한다."

마누의 말에 귀령의 무사가 어쩔 수 없다는 힘겹게 몸을 일으켰다.

그사이 자왕 사송은 이미 십여 장 앞으로 니아가 길 길을 찾고 있었다. 그리고 잠시 후 천통문주 전궁의 향기를 찾아내자 일행을 향해 소리쳤다.

"찾았소. 바싹 따라오시오. 이제부턴 속도를 낼 것이니……."

*   *   *

어스름한 새벽빛이 그나마 약간의 시야를 허락하고 있었다.

산의 북쪽 능선, 세상의 빛이 낮에도 잘 들지 않는 곳이다. 신기한 것은 세상에서 가장 추운 곳 중 하나라는 곤륜의 설봉들 사이에 있으면서도 산의 북쪽 역시 눈이나 얼음은 보이지 않는 다는 것이었다.

지열이 강한 산이라는 의미인데 그럼에도 불구하고 풀 한 포 기 자라지 않는 것도 이상한 일이었다.

투툭!

"아!"

새벽빛 속으로 한 무더기의 돌이 굴러떨어지고 갑자기 여인의 나직한 비명 소리가 들렸다.

"어머니!"

또 다른 여인의 놀란 목소리가 들린다. 그러자 새벽의 빛을 뚫고 길을 가던 사람들이 걸음을 멈췄다.

"다쳤소?"

일행의 중간에 길을 가던 자가 고개를 돌려 비명을 흘린 여인 을 보며 물었다. 천통문주 전궁이다.

그의 시선은 한쪽 발목을 절고 있는 서유화와 그런 서유화를 부축하고 있는 화명에게 향해 있었다.

"걷기 힘드실 것 같아요."

전궁의 질문에 화명이 대신 대답했다.

그러자 전궁이 난감한 표정을 지었다.

"이제 거의 다 왔소. 조금만 더 가면 되는데 힘들겠소?"

전궁이 다시 물었다. 그의 목소리에서 조급함이 느껴진다. 서 유화가 건넨 지도에 의하면 그들은 무천귀동에 근접해 있었다. 이 산의 중턱쯤, 어쩌면 해가 뜨기 전에 무천귀동에 도착할 수도 있었다.

무천귀동이 가까워질수록 전궁은 예민해지고 있었다. 무천귀동에 들지 못할 것을 걱정해서는 아니었다. 그것보다는 천통문의 천 년 율법을 깨뜨리는 자신의 행보가 그를 초조하게 만들고 있었다.

그래서 그는 이 불쾌한 감정에서 조금이라도 빨리 벗어나기 위해 서둘러 무천귀동에 들어가고 싶었다. 일단 무천귀동을 열고 그 안의 마공들을 취하면 천 년 율법을 깨뜨렸다는 자괴감도 사라질 것 같았기 때문이다. 그래서 발목을 다친 서유화을 재촉하는 것이었다.

그런 전궁을 화명이 차갑게 바라보며 말했다.

"걷기 힘들 만큼 다치셨다고요. 발목이 많이 부으셨어요. 더군다나 지난 며칠간은 거의 잠도 주무시지 못하고 걷기만 하셨어요. 어머니는 무공을 모르시잖아요?"

그러나 화명의 분노에도 전궁의 표정은 전혀 변화가 없었다. 대신 그는 좀 더 매정한 말을 내뱉었다.

"그럼 네가 업어드려라."

"뭐라고요?"

"네가 어머니를 업고 오라고. 자식으로서 당연한 도리 아니냐?"

"치료를 하시는 게 먼저예요."

"치료는 무천귀동에 들어가서 해도 늦지 않다."

전궁의 말은 단호하고 매정했다.

"대체 뭐가 그렇게 급한가요? 아니면 두려운가요?"

"…두렵냐고? 뭐가?"

전궁이 예민한 반응을 보였다.

"글쎄요. 그건 제가 알 수 없죠. 오직… 본인만이 아는 것 아닌가요? 뭐가 두려우시죠?"

화명이 되물었다.

"세상에서 날 두렵게 할 것은 없다."

전궁이 단호하게 대답했다.

"그런데 왜 천통문을 떠나 이곳에 있는 거죠?"

"무천귀동을 찾은 것은 내가 누군가를 두려워해서가 아니다. 이건 나와 본 문의 영광을 위한 여정일 뿐이다."

전궁이 스스로에게 확신을 주려는 듯 말했다.

그러자 화명이 한줄기 미소를 지으며 말했다.

"아니요. 당신은 분명 누군가를 두려워하고 있어요. 그래서 다친 아내를 치료할 약간의 시간조차 줄 여유가 없는 거죠. 아닌가요?"

순간 전궁의 얼굴이 차갑게 굳었다. 그는 마치 들키고 싶지 않은 비밀을 들킨 사람처럼 당황한 듯 보였다. 지금까지 애써 부인하고자 했던 사실이 화명의 추궁으로 들켜 버린 듯 느껴지는 모양이었다.

그렇게 자신의 본심을 들켜 버린 것에 대한 분노 때문일까. 전궁이 화명을 바라보는 시선에는 살기까지 돌았다. 그리고 그 살기를 감추지 않은 목소리로 말했다.

"어쨌든 좋다. 더 이상 지체할 수 없다. 그러니 어머니를 업고 따라와라. 네가 어찌 생각하든 그건 그리 중요한 문제가 아니니까."

전궁이 차갑게 말하고는 자신이 먼저 걸음을 옮기기 시작했다.

그런 전궁을 향해 화명이 다시 무슨 말인가를 하려는 순간 서유화가 화명을 제지했다.

"그냥 가자. 아버지를 더 이상 자극하지 말거라. 그는… 온전한 정신을 가진 사람이 아니야. 더 자극했다가는 정말 너를 죽이려 할 수도 있다."

"하지만 어머니……."

"내 걱정은 말거라. 걷지 못할 정도는 아니니까."

"아니에요. 업히세요."

화명이 서유화를 향해 등을 돌렸다.

"이럴 필요 없다니까."

"제가 업어드리고 싶어서 그래요. 사실… 어머니는 그리 무겁지도 않아요. 전 제법 쓸 만한 내공을 가지고 있기도 하고요. 어서 업히세요."

화명의 재촉에 서유화가 가볍게 한숨을 쉬며 대답했다.

"그래, 그렇게 하마."

화명이 자신을 업고자 하는 것이 단지 다친 발목 때문만이 아니라는 것을 알고 있는 서유화가 순순히 화명의 등에 업혔다.

"너무 마르셨어요."

서유화를 업고 일어난 화명이 우울한 표정으로 말했다.

"무겁지 않느냐?"

"무겁긴요… 왜 이렇게 마르셨어요?"

"후후, 나이가 들면 모두 이렇게 된단다."

"그래도……."

"좋구나. 딸에게 업히다니. 참 따뜻하구나."

서유화의 말에 화명이 더 이상 대꾸를 하지 않았다. 비극적인 길이었지만 서유화에게 지금 이 순간이 평생 그 어떤 순간보다 행복한 순간임을 깨달았기 때문이었다.

그렇게 화명이 서유화를 업고 다시 산을 오르기 시작했다. 두 사람이 움직이자 전궁을 따라온 이십여 명의 천통문 무사들도 일제히 움직이기 시작했다.

그런데 그 와중에 그 누구도 알지 못하는 일이 있었다. 서유화가 발목을 다쳐 잠시 앉아 있던 작은 바위 아래 예쁘장한 전낭 주머니 하나가 떨어졌다는 사실이었다.

그 사실은 서유화를 업은 화명조차도 눈치채지 못한 일이었다.

쿵!

전궁이 걸음을 멈췄다.

그의 앞을 거대한 석문이 가로막고 있었다. 아니, 석문이라기보다는 그냥 거대한 바위라고 말해도 무방했다. 사람이 인위적으로 만들어놓았다고는 생각할 수 없을 만큼 거대하고 투박한 석문이었다.

그럼에도 불구하고 그걸 문이라고 말할 수 있는 이유는 그 거대한 바위의 우측 중간에 작은 열쇠 구멍이 나 있기 때문이었다.

"드디어 왔군."

전궁이 감개무량한 표정으로 말했다. 음양인에 가까운 모습과 성정을 보이고 있는 그이지만, 이때만큼은 천하의 패자를 꿈꾸는 사내의 모습이 물씬 풍겨났다.

그만 그런 것이 아니었다. 그를 따라온 천통문의 고수들 모두가 자신도 모르게 흥분하고 있는 듯했다.

"이상해요. 사람들이……."

여전히 서유화를 업고 있는 화명이 나직하게 말했다.

"이게 바로 무천귀동의 무서운 점이다. 문을 열지 않아도, 단지 가까이 접근한 것만으로도 사람들의 마성을 흔들지."

"아… 두려운 일이에요."

"그래서 무천귀동이 천 년간 금지의 영역이 되었던 것이다. 무천귀동을 책임지는 문주 부인들이 무공을 수련하지 않는 전통을 가진 것 역시 이 마공의 마기에 휩쓸리지 않기 위함이었던 것이지. 이 마기들이 마공에서 비롯된 것이기에 무공을 모르는 사람은 크게 영향을 받지 않으니까."

"이제 어떡하죠? 밖에서도 이 정도면……."

화명은 전궁이 무천귀동의 문을 열고 그 안의 마공을 취했을 때를 감히 상상하고 싶지 않은 듯 보였다.

"어쩔 수 없는 일이지. 단지, 무령사께서 일찍 와주시기를 바랄 뿐이다. 저들이 무천귀동의 마공을 온전히 취하기 전에……."

"제 시간에 오실 수 있을까요?"

화명이 걱정스러운 표정으로 물었다.

"그건 운명에 맡기자꾸나. 만약 저들을 막지 못한다면 하늘이 천통문을 버렸다고 생각해야지. 마공에 빠져 강호로 나간들 잠시 세상을 공포에 떨게 만들 수는 있지만 결국에는 멸망하고 말 테니까."

"왜 그 당연한 사실을 모르는 것이죠?"

"글쎄… 그래서 사람 아니겠느냐? 모두들 나는 다를 거란 환상에 빠져 살고 있으니까."

서유화가 우울한 표정으로 대답했다.

"그럼 한번 천 년의 비밀을 열어볼까?"

문득 전궁의 야심찬 목소리가 들렸다.

"천하를 지배할 힘을 얻으실 겁니다."

곁에서 귀령사 적안이 탐욕스러운 눈빛을 흘리며 전궁을 부추겼다.

"좋아. 본 문의 천 년 힘을 갖겠다. 천통문의 주인으로서."

전궁이 한순간 서유화에게서 받은 열쇠를 바위에 파인 열쇠 구멍에 밀어 넣었다.

열쇠치고는 꽤 큰 크기지만 열쇠는 막힘없이 구멍 안으로 사라졌다.

덜컹!

한순간 무엇인가가 떨어지는 듯한 소리가 바위 안에서 들렸다. 그러자 거짓말처럼 거대한 석문이 안쪽으로 밀려 들어가더니 미끄러지듯 우측으로 사라졌다.

그런데 문이 열리는 순간 문 앞에 서 있던 전궁과 귀령사 적안 등이 갑자기 다급한 소리를 내며 뒤로 물러났다.

"웃!"

"음……!"

천통문의 고수들 사이로 신음 소리가 이어졌다.

마치 검은 연기가 흘러나오듯 무천귀동 안에서 버티기 힘든 마기들이 검은빛을 내며 흘러나왔기 때문이다.

"정신들 차려라!"

천통문 고수들이 마기에 휩싸여 혼란에 빠지는 와중에도 전 궁이 호통을 쳤다. 그러자 그제야 천통문의 고수들이 정신을 차리고는 두려운 눈으로 무천귀동을 바라봤다.

"놀랍군요. 단지 마공의 비급들이 보관되어 있다는 것만으로 이런 마기를 만들어내다니."

귀령사 적안이 두려움과 기대가 뒤섞인 표정으로 말했다.

그러자 전궁이 갑자기 서유화를 돌아보며 물었다.

"무공비급 말고 다른 것이 있소?"

절대 무공비급만으로는 이런 마기를 만들어낼 수 없다고 생각하는 모양이었다.

"들어가 보세요."

전궁의 질문에 서유화가 싸늘하게 대답했다. 무천귀동을 연 것은 전궁이니 모든 것은 그 자신이 알아보라는 뜻이었다. 한편으로는 자신이 무천귀동의 문을 열어놓고도 그 안으로 들어가기를 두려워하는 듯한 전궁의 소심함을 비웃는 것 같기도 했다.

서유화의 차가운 반응에 전궁의 얼굴에 오기가 생겼다.

"내 손으로 문을 열었으니 당연히 들어갈 거요. 그런데 당신도 함께 들어가야겠소."

"끝까지 우릴 인질로 삼을 생각인가요?"

서유화가 냉소를 흘렸다.

"좀 걱정이 되어서 말이오. 당신이 무천귀동에 대해 모든 것을 알려준 것이 아닌 것 같단 생각이 드는구려. 그러면 밖에서 다른 일을 할 수도 있으니까."

"후우… 그렇군요. 우리 두 사람 사이에 믿음이란 것은 본래 존재하지 않으니까요. 좋아요. 들어가죠."

서유화가 순순히 승낙했다.

그러자 전궁이 미심쩍은 눈으로 서유화를 한 번 바라보고는 이내 고개를 돌려 천통문의 문도들을 보며 말했다.

"모두 함께 들어간다. 경고하는데 무천귀동에 들어가서는 그 누구도 내 허락 없이 어떤 물건에도 손대지 말라. 만약 누구라도 함부로 행동한다면 목숨으로 대가를 치러야 할 것이다."

"물론입니다. 무천귀동으로 들어가는 것 자체도 저희로서는 불경한 일이지요. 하지만 문주님의 안위를 생각지 않을 수 없으니 부득이 안으로는 들어가겠습니다."

한소륭이 대답했다.

그러자 적안도 뒤를 이어 입을 열었다.

"문주님의 말씀 명심하겠습니다."

"좋아. 일단 안으로 들어가 신공들을 살펴본 후 각자에게 알맞은 무공들을 내어주도록 하겠다. 물론… 영약들이나 보검들이 있다면 그 역시 아낌없이 나누어줄 테니 서둘지들 말라."

전궁이 다시 한번 경고했다.

"오직 문주님의 명에 따를 뿐입니다."

한소륭과 적안 두 사람이 동시에 대답했다.

"그럼 모두 들어간다."

전궁이 긴장한 듯 명을 내리고는 자신이 먼저 무천귀동의 어두운 입구로 들어가기 시작했다.

그 뒤를 따라 한소륭과 적안이 이끄는 이십여 명의 천통문 무사들이 움직였고, 가장 후미에 서유화를 업은 화명이 따라붙었다.

그런데 무천귀동 입구를 막 통과하려는 순간 화명에게 업혀 있던 서유화가 은밀히 화명의 손에 작은 환단을 한 알 쥐어주었다. 그러면서 화명의 귀에 대고 속삭였다.

"얼른 입에 넣어라. 무천귀동의 마기를 이겨내는 데 큰 도움이 될 거다."

"어머니는요?"

화명이 걱정스러운 표정으로 물었다.

"난 괜찮아. 우리 무천귀동의 문지기들에게만 내려오는 비법도 있고, 또 무천귀동의 마기는 무공을 수련하지 않은 사람에게는 큰 영향을 미치지 않는다고 하지 않았니."

"알겠어요. 그래도 조심하세요."

화명이 고개를 끄떡인 후 얼른 손에 든 환단을 입에 넣었다.

그르릉!

괴수가 울부짖듯 기괴한 소리를 내며 석문이 닫혔다.

쿵!

마지막으로 문이 닫히는 순간에는 무천귀동이 흔들릴 정도로 큰 충격이 일어났다.

"불을!"

어둠 속에서 귀령사 적안이 말했다.

그러자 천통문의 무사들이 미리 준비한 세 개의 유등을 밝혔다.

세 개의 유등이 빛을 만들었지만 무천귀동은 여전히 어두웠다. 유등에서 나오는 빛을 무천귀동의 마기가 모두 흡수하는 것 같았다.

그래도 빛은 빛인지라 시간이 지나 사람들의 눈이 어둠에 익숙해지면서 유등의 빛도 힘을 발휘했다.

오래된 돌계단, 그럼에도 불구하고 이끼가 끼지 않은 것은 무천귀동 내부가 건조하다는 의미일 터였다. 무공비급을 보관하기 위해서는 습기가 없어야 하는데 그런 면에서는 좋은 조건이었다.

"가지."

귀동의 초입은 돌계단으로 이어진 짧은 회랑, 그 회랑으로 걸음을 옮기며 전궁이 말했다.

그러자 전궁의 뒤를 따라 천통문의 고수들이 조심스럽게 무천귀동 안쪽으로 걸어 들어갔다.

"하하하!"

한순간 전궁이 호탕한 웃음을 터뜨렸다. 그리 길지 않은 회랑을 지나 하나의 거대한 석실에 들어섰을 때였다.

석실이라고는 하지만 그렇게 부르기에는 지나치게 넓은 공간, 그 안쪽에서 흘러나오는 마기는 사람들의 걸음을 멈추게 할 만큼 강렬했다.

그러나 그 마기 뒤에는 천하를 지배하게 해줄 수도 있는 마공들이 전궁을 기다리고 있었다. 그 앞에서 전궁은 웃음을 터뜨리지 않을 수 없었던 것이다.

석실 북쪽 벽면을 가득 채우고 있는 마공들, 아니, 마공들만 있는 것은 아니었다. 그곳에는 천통문의 조사였던 무천제 전위공이 남긴 천통문 무공의 원류들도 함께 보관되어 있었다.

전위공의 무공들과 전위공이 세상에 나가는 것을 금한 마공들은 뚜렷하게 구분되어 보관되어 있었다.

석실 북쪽 벽면의 구 할은 검은 흑석으로 만든 작은 석함들이 일정한 간격을 두고 벽 안쪽으로 박혀 있었는데, 무천귀동 밖까지 흘러나온 마기들은 바로 그 석함들이 만들어내는 것이었다.

그에 비해 전위공의 무공들은 대리석으로 만든 석함에 들어 있었는데, 마공들에 비하면 일 할도 되지 않았고, 절세적인 그의 무공들조차도 마공들이 흘려내는 마기에 압도당하는 듯했다.

"모두 여기서 한 발짝도 움직이지 마시오."

문득 전궁이 뒤를 돌아보며 경고했다.

석실에 있는 그 어떤 무공도 자신이 먼저 살펴보겠다는 의미였다.

"예, 문주!"

한소륭이 다른 사람들을 대신해 대답했다.

귀령사 적안 역시 고개를 숙여 대답을 대신했으나, 그의 눈에 흐르는 탐욕의 빛은 결코 숨길 수가 없었다.

그런 두 사람을 힐끗 본 전궁이 문득 가장 뒤쪽에서 화명의 등에 업혀 있는 서유화에게 물었다.

"무천귀동에 이 석실 말고 사람들이 머물 수 있는 곳이 있소?"

그러자 서유화가 그들이 지나온 어두운 회랑을 가리키며 물었다.

"지나면서 보지 못했나요?"

"아, 그 텅 비어 있는 세 개의 작은 석실 말이오?"

"맞아요."

"그곳밖에 없소?"

"설마 이런 곳에서 뭘 바라시는 거죠?"

서유화가 되물었다.

그러자 전궁이 고개를 끄떡였다.

"하긴 천 년 동안 사람의 출입이 금지된 곳이니, 사람이 지낼 준비가 되어 있지 않은 것은 당연하지. 안타까운 일이군. 이곳에서 이 무공들을 내 것으로 만들 시간이 충분하다면 좋을 텐데. 열쇠가 없으면 누구도 무천귀동의 문을 열 수 없으니 설혹 무령사가 온다 해도 안으로 들어와 날 방해할 수 없을 테니까."

전궁은 여전히 자신을 추격해 올 마누가 걱정스러운 모양이었다.

그러자 귀령사 적안이 말했다.

"일단은 무공들을 살펴보시고 나중 일을 생각하시지요. 이곳에 머물기 어려우면 비급의 내용을 머리에 넣은 후 따로 무공을 완성할 장소를 찾아도 되실 겁니다."

"하긴 그렇구려. 그럼 일단 회랑에 있는 세 석실에서 기다리시오. 이곳은… 천무위장."

"예, 문주!"

전궁의 부름에 한소릉이 얼른 대답했다.

"그대가 입구를 지켜주시오. 난 재미있는 일을 할 때는 다른 사람의 방해를 받는 것이 무척 싫소."

"알겠습니다."

"고맙소. 자, 그럼 편히 쉬고 있으라."

전궁이 기분이 좋은지 미소를 지으며 천통문의 고수들에게 말하고는 신형을 돌려 마공들이 보관되어 있는 석실 북쪽 벽을 향해 다가갔다.

"문주님 명이 있을 때까지 이곳의 출입을 금한다. 모두 물러가라."

한소릉이 천통문의 무사들을 보며 축객령을 내렸다.

그러자 천통문의 무사들이 석실 안쪽 마공에 대한 관심을 거두지 못하면서도 결국 석실에서 벗어났다.

가장 늦게까지 석실 입구에 남은 사람은 서유화를 업고 있는 화명과, 귀령사 적안이었다.

"세 분도 그만 물러가 주시지요?"

한소릉이 세 사람에게도 석실에서 물러나 줄 것을 요구했다.

그러자 적안이 불편한 표정으로 입을 열었다.

"알겠소이다. 문주님을 잘 도와주시기 바라오."

"뭐 도와드릴 일이 있겠소이까. 그저 문이나 지키는 거지."

"아무튼… 수고하시오."

적안이 못내 아쉬운 표정을 지으며 석실을 떠났다.

그러자 한소름의 시선이 화명의 등에 업혀 있는 서유화에게로 향했다. 본래 이곳의 주인이랄 수 있는 서유화에게 눈빛으로 물러나 줄 것을 요구하는 것이다.

그런 한소름을 보며 서유화가 나직하게 말했다.

"위장께서는… 각별히 조심하셔야 합니다."

"무슨 말씀이신지……?"

한소름이 서유화가 한 말의 의미를 이해하지 못하고 되물었다.

그러자 서유화가 굳은 표정으로 말했다.

"아시겠지만 이곳에는 무공비급만 있는 것이 아니에요. 절대마인들이 사용하던 병기며 또… 마물이라 불릴 수 있는 마단들도 있지요. 그런 것들은 사람을 한순간에 이성을 잃은 절대마인으로 변화시킬 수 있습니다. 물론… 지금도 마인이 된 것 같기는 하지만."

서유화가 이미 북쪽 벽에 이르러 마공들을 살피고 있는 전궁을 보며 말했다.

"무슨 말씀인지 알겠습니다. 하지만 문주께서 하시는 일을 제가 나서서 막기에는……."

"막으라는 말이 아니에요. 단지 천무위장님 스스로를 잘 지키시라는 말이지요. 이성을 잃은 마인은 살기를 터뜨릴 대상으로 적아를 구분하지 않지요."

서유화의 말은 전궁이 이성을 잃고 한소름을 공격할 수도 있다는 뜻이었다.

"설마 그렇게까지……."

한소륭이 그럴 리가 있겠냐는 듯 되물었다.

그러자 서유화가 어두운 표정으로 말했다.

"지금까지 우리에게 일어난 일들을 생각해 보세요. 설마 이런 일들이 일어날 거라 누가 상상이나 했겠어요? 그러니 조심하세요. 평아, 우리도 이제 그만 가자."

서유화의 말에 화명이 원망스러운 눈으로 마공을 살피는 전궁을 바라본 후 몸을 돌려 석실을 벗어났다.

그러자 그 모습을 보고 있던 한소륭이 나직하게 중얼거렸다.

"그렇군. 우린 정말 설마 하다 여기까지 오게 되었군. 그런들 어쩌겠는가. 결국 문주께서, 그리고 내가 선택한 운명인 것을!"

쿵!

한소륭이 검을 검집에서 **빼내** 석실 바닥에 거꾸로 세우고는 두 손으로 손잡이를 말아 쥔 채 태산 같은 기세로 우뚝 몸을 세웠다. 전궁의 명대로 그 누구도 석실에 들여보내지 않겠다는 듯.

*　　　　*　　　　*

한낮의 태양 아래서도 산은 어두웠다. 산 북쪽 사면을 이동하고 있기 때문인지도 모르지만 그것보다는 낮에는 더욱 검게 보이는 산의 색 때문인 것 같았다.

흙과 바위가 모두 검었다. 더군다나 바위들은 산을 지키는 신장처럼 거대한 몸집을 자랑해서 그 사이로 이동해야 하는 일행에게는 좀체 태양을 보여주지 않았다.

턱!

손을 잡아야 겨우 오를 수 있는 가파른 산길을 사송이 훌쩍 날아올랐다. 그러자 눈부신 태양이 잠깐 모습을 드러냈다.

"후우!"

사송이 길게 숨을 내쉬었다. 몸을 움직이는 데 있어서는 타의 추종을 불허하는 사송이지만, 이 검은 산은 그런 그조차도 힘겹게 만드는 구석이 있었다. 그나마 이렇게 잠깐이라도 해를 볼 수 있는 곳이 있다는 것이 다행이라면 다행이었다.

사송이 허리를 길게 펴며 주변을 살폈다. 그러다가 문득 그의 눈빛이 반짝였다.

"뭐지?"

사송이 가볍게 몸을 날려 조금 평탄한 바위 쪽으로 이동했다. 그러고는 허리를 숙여 바위 밑을 살피더니, 무지개색으로 장식된 작은 전낭을 집어 들었다.

"이런 곳에 아녀자들이나 가지고 다니는 전낭이라. 이상한 일이군."

사송이 붉은 줄로 묶인 전낭의 입구를 열며 중얼거렸다.

"열쇠네?"

전낭 안에는 보통의 열쇠보다 꽤 커 보이는 열쇠가 들어 있었다.

"흐음… 누가 이걸 여기에 흘렸을까? 아니, 바위 아래 들어가 있었던 것을 보면 흘린 것이 아니라 일부러 놓아둔 것 같은데……."

사송이 전낭 안에 든 열쇠의 정체에 대해 이런저런 생각을 하는 사이 뒤따라온 나왕과 적월, 그리고 무령사 마누가 이끄는 천통문의 추격대들이 속속 모습을 드러냈다.

"뭐예요?"

사송 앞으로 다가온 적월이 사송의 손에 들려 있는 전낭을 보며 물었다.

"음, 이 바위 밑에 떨어져 있더라고. 누군가 일부러 놓아둔 것 같은데……."

"뭐가 들었는데요?"

"열쇠."

"열쇠요?"

"응, 제법 커."

사송이 전낭에서 열쇠를 끄집어냈다.

"부잣집 곳간 열쇠 같네요."

"그렇지? 대체 누구 물건일까?"

사송이 고개를 갸웃하면서 중얼거리는데 문득 무령사 마누가 그의 앞으로 다가서면서 무거운 표정으로 말했다.

"그건 주모님의 물건이오."

"서 부인 말씀입니까?"

사송이 되물었다.

"그렇소. 아주 오래전부터 주모께서 가지고 계시던 전낭이오. 문주님과 혼인을 하기 전부터… 아마도 주모께서 일부러 이곳에 놓아두고 가신 모양이구려. 우연이라도 우리가 발견하기를 바라시고 말이오."

"왜요? 길을 알려주시려 한 건가요?"

적월이 물었다.

그러자 마누가 고개를 저었다.

"그건 아닐세. 이곳까지 추적해 왔다면 더 이상 길을 알려줄 필요는 없을 테니까."

"그럼 무엇 때문에 이걸 남기신 걸까요?"

"열쇠가 우리 손에 들어오길 바라신 거지."

마누가 사송의 손에 들린 열쇠를 가리키며 말했다.

"이 열쇠가 특별한 겁니까?"

사송이 물었다.

그러자 마누가 사송의 손에서 열쇠를 건네받아 잠시 살펴보다가 무겁게 입을 열었다.

"아마도 이 열쇠는 무천귀동의 문을 여는 열쇠인 것 같소."

제8장
파멸의 서막

　무천귀동에 들어온 지 하루, 귀령사와 그를 따르는 무사들, 혹
은 화명과 그녀의 어머니 서유화, 그리고 마공들이 보관된 석실
입구를 장승처럼 지키고 있는 천무위장 한소릉까지, 그 누구도
친통문주 진궁을 만나지 못했다.

　전궁은 무공이 보관된 석실에 홀로 들어간 후 잠시도 석실을
벗어나지 않았다.

　요기를 하러 나오지도 않았고, 누군가를 부르지도 않았다. 그
는 마치 죽은 사람처럼 석실에만 머물렀다.

　무천귀동에 들어온 모든 사람들이 석실 안의 사정을 궁금해
했다. 세 개의 작은 석실에 나누어 머물고 있는 그들은 가끔 자
신의 거처를 벗어나 한소릉이 지키는 석실 입구까지 다가오기도
했다.

그러나 누구도 한소릉에게 석실 안으로 들어가겠다는 요구를 하지는 못했다. 그 일은 한소릉을 죽여야 가능한 일이기 때문이었다.

하지만 한소릉에게 석실 안의 사정을 묻는 일은 가능했다. 물론 귀령사 적안 정도 되는 인물이어야 가능한 일이기는 했지만.

"여전하시오?"

세 번째 방문이다.

해가 뜨고 지는 것을 알 수 없지만, 시간의 흐름은 다른 방법으로도 얼마든 알아챌 수 있다.

전궁이 석실에 들어간 후 하루가 지난 것은 분명했고, 그 하루 동안 적안은 세 번 한소릉을 찾아왔다. 그리고 앞서 물었던 것과 다름없는 질문을 한소릉에게 던졌다.

"그렇소."

한소릉이 무뚝뚝하게 대답했다.

"혹… 무슨 일이 있는 것은 아니오?"

"그렇다면 문주께서 날 부르셨을 것이오."

"음… 그렇긴 하오만……."

적안이 슬쩍 한소릉의 어깨 너머 어두운 석실 안쪽을 바라봤다. 문은 없지만 입구에서 석실 안쪽까지 제법 거리가 있고 통로가 좁았다. 더군다나 무척 어두운 편이라 석실 안의 사정은 도저히 알아볼 수가 없었다.

"기운이… 좀 더 강해진 듯하구려."

석실 안쪽에서 흘러나오는 마기들을 두고 하는 말이다.

그 말에 한소릉도 시선을 돌려 석실 안쪽을 한 번 바라본 후 걱정스러운 표정으로 대꾸했다.

"맞소이다. 마기가 점점 강해지고 있소. 그래서 사실… 걱정이 되긴 하오."

"음… 보통 사람이라면 모를까. 문주께선 충분히 마공들의 마기를 견뎌내실 것이오. 그분이 누구시오. 이 무천귀동을 만든 무천제 조사의 정통 혈손이 아니오."

"글쎄… 무천제께서 무천귀동을 만들어 당신의 얻은 마공들을 세상과 격리시킨 것은 그 후손이라도 마공의 마기를 견디기 어렵다고 판단하셨기 때문 아니겠소?"

한소류은 적안과 생각이 다른 모양이었다.

"그럴 수도 있지만 난 그래도 문주님을 믿소. 사실 문주님은… 무공에 관한 자질로는 역대 문주님들 중에서도 손에 꼽힐 분이지 않소이까?"

"알고 있소. 그래서 그대가 천통음양대법을 권했던 것 아니오?"

한소류이 원망하는 눈빛으로 적안을 보며 말했다.

"한배를 탄 이후에도 여전히 천무위장은 날 적대시하는구려."

"……."

적안의 불만에 한소류은 아무런 대꾸를 하지 않았다. 그러나 무언이 곧 긍정임을 적안도 잘 알고 있었다.

한소류의 침묵에 적안이 씁쓸한 표정으로 다시 입을 열었다.

"나도 내가 천통문의 형제들에게 결코 존경받을 수 없는 존재란 건 알고 있소. 하지만… 내가 했던 모든 일들은 나 나름대로의 방식으로 천통문을 위해 선택한 것들이오."

"개인의 야망을 포함해서 말이오?"

"…부인하지는 않겠소. 하지만 내 야망 역시 천통문의 번영을 전제로 한 것이었소."

"그러나 아쉽게도 현실은 그렇지 못하구려."

한소룡이 차갑게 대답했다.

"그렇게 생각하시오? 난 다르오. 단지 중도에 약간의 문제가 생겼을 뿐이지 우린 여전히 천통문의 천하 군림을 위해 갈 길을 가고 있다고 생각하고 있소."

"후우… 귀령사는 여전하시구려. 이런 상황에서도……."

한소룡이 길게 한숨을 쉬며 고개를 저었다.

그런데 그때였다. 귀령사 적안이 다시 무슨 말을 하려는데 갑자기 석실 안쪽에서 광오한 웃음소리가 터져 나왔다.

"하하하하!"

무천귀동을 뒤흔드는 광소에 한소룡과 적안이 놀란 눈으로 석실 안쪽을 바라봤다.

뒤를 이어 거처에 머물던 사람들도 저마다 자신들의 거처를 벗어나 석실 입구 쪽으로 다가왔다.

"그만!"

석실 입구 쪽으로 다가오는 자들을 향해 한소룡의 손을 들어 멈출 것을 경고했다.

그러자 천통문의 문도들이 더 이상 다가오지 않고 그 자리에서 걸음을 멈췄다.

"무슨 일인가요?"

그런데 한소룡의 경고가 소용없는 사람도 있었다. 서유화가 한소룡과 적안 앞으로 다가서며 물었다.

발목을 다쳐 화명에게 업혀서 무천귀동에 들어왔던 서유화는 하룻밤 새 많이 회복이 되었는지 절뚝거리면서도 스스로 걷고 있었다. 그런 그녀 뒤에는 화명이 차가운 표정으로 서유화를 따르고 있었다.

"석실 안의 사정은 저도 모릅니다."

서유화의 질문에 한소룡이 고개를 저으며 대답했다.

"문제가 생긴 것 아닌가요?"

서유화가 다시 물었다.

"글쎄요. 그것 역시……."

한소룡이 고개를 저었다.

"들어가 봐야지 않겠어요?"

"그럴 수 없습니다. 문주님께서 부르시기 전에는……."

"답답하군요. 천무위장이란 분이 석실 안에서 문주께 어떤 일이 벌어졌는지 확인하지도 않겠다는 건가요?"

"그래두 들어갈 수 없습니다. 그 누구두! 그것이 문주님의 명이니까요."

한소룡이 고개를 다시 저었다.

"문주께서 일을 당하셔도요?"

"그래도… 어쩔 수 없습니다."

한소룡이 고집스럽게 대답했다.

"이런 완고함을 지닌 분이 어떻게 천통문 천 년 율법이 깨지는 것을 두고만 봤는지 알 수가 없군요."

서유화가 매섭게 추궁했다.

그러자 한소릉이 대답할 말이 없는지 난처한 표정으로 입을 닫았다.

그때였다.

석실 안에서 어두운 기운이 안개처럼 흘러나오더니 전궁의 굵은 목소리가 들려왔다.

"부인께서는 천무위장을 너무 비난하지 마시오. 그는 내 명을 따르는 것뿐이니까."

순간 장내의 사람들이 모두 당황한 표정을 지었다. 전궁이 침묵을 깨고 말을 했기 때문이 아니었다. 사람들을 당황시킨 것은 전궁의 목소리였다.

본래 전궁은 이십오 년 전 천통음양대법을 시전하기 위한 준비로 그 구결들을 수련하는 바람에 남녀의 구분이 모호한 음양인으로 변해가고 있었다.

그래서 그의 목소리 역시 중성적인 면을 가지고 있었는데, 지금 석실에 들려오는 목소리는 굵은 사내의 목소리였던 것이다.

단, 하루 사이의 변화, 그건 어떤 식으로든 전궁이 석실 안에 있던 마공을 취했다는 의미였다.

"결국… 귀동의 마공을 건드렸군요."

서유화가 실망한 표정으로 말했다.

그러자 다시 전궁의 목소리가 들렸다.

"후후후, 부인께서는 너무 실망하지 마시오. 나쁜 일만 있는 것은 아니니까. 이제 난 다시 부인의 남편으로 돌아갈 수 있게 되었소."

"그게 무슨 말씀이죠?"

서유화가 되물었다.

"내 목소리를 듣고도 내 말의 의미를 모르시겠소?"

순간 서유화 대신 귀령사 적안이 소리쳤다.

"전통음양대법의 부작용에서 벗어나셨군요?"

"하하하, 역시 귀령사 그대의 머리는 비상하군. 맞소. 난 이제 그 빌어먹을 대법의 굴레에서 벗어났소."

어둠 속에서 전궁의 자신감에 찬 목소리가 들려왔다.

"문주! 감축드립니다."

적안이 보이지 않는 전궁을 향해 고개를 숙이며 소리쳤다.

"하하하, 모두 그대 덕분이오. 그대가 이곳에 오면 전통음양대법의 굴레에서 벗어날 방법을 찾을 수 있을 거라 했는데 정말 그렇더이다."

애초에 적안이 무천귀동을 열자고 전궁을 설득한 이유 중 하나가 바로 이곳에 전통음양대법의 원본이 남아 있을 것이고, 그 안에 반드시 그 부작용을 없앨 방법이 있을 거라는 추측 때문이었다.

그런데 정말 적안의 말대로 전궁은 무천귀동에서 대법의 부작용을 없애는 방법을 찾았고, 단 하루 만에 그 굴레에서 벗어난 듯 보였다.

그러니 그로서는 이 길로 자신을 이끌어온 적안이 고마울 수밖에 없었다.

"모든 것이 문주님의 천운일 뿐입니다."

적안이 대답했다. 그런데 그런 적안의 표정이 그리 밝아 보이지 않았다.

어쩌면 그는 전궁이 천통음양대법의 굴레에서 영원히 벗어나지 않기를 바랐는지도 모른다. 전궁이 천통음양대법에서 벗어났다는 것은 그가 남성성을 회복했다는 뜻이고, 비록 그의 나이가 육십에 이르렀지만 그럼에도 불구하고 여전히 후손을 볼 수 있다는 의미였다.

그건 미래에 천통문의 주인이 되고자 하는 적안의 야망을 물거품으로 만들 수도 있는 일이었다.

하지만 장내의 그 누구도 당장은 그런 적안의 속마음에 관심을 기울이는 사람은 없었다.

"그 안에 얼마나 있을 생각이죠?"

전궁이 남성성을 회복했다는 것을 그리 기뻐하지 않은 또 한 명, 서유화가 물었다.

그러자 전궁이 대답했다.

"글쎄… 먹고사는 문제만 아니라면 일이 년 머물고 싶구려. 하지만 가지고 온 건량이 많지 않고 사람의 숫자는 많으니… 한 열흘 정도만 더 있다가 무천귀동을 나갑시다."

"그곳의 마공을 모두 취할 생각이란 뜻이군요."

서유화가 싸늘하게 말했다.

그녀도 무공에 대한 전궁의 자질을 잘 알고 있었다. 열흘이면 무천귀동에 있던 마공들 중 중요한 것들의 구결들이 모두 전궁의 머릿속에 기억되기에 충분한 시간이었다.

"후후후, 너무 타박하지 마시오. 한 가지 약속은 하리다. 이곳의 마공은 오직 내 머릿속에만 기억되어 있을 것이오."

"다른 사람들에게는 그 무공들을 전하지 않겠다는 건가요?"

"음… 아주 전하지 않겠다는 것은 아니오. 다만 필요한 만큼 만 전수하겠소. 본 문이 천하를 군림하는 데 필요한 고수들을 키워내는 정도에서 말이오."

"그래 봐야 마인들이겠죠."

서유화가 싸늘하게 말했다.

"정(正)이면 어떻고 마(魔)면 어떻소. 사람이란 결국 누구나 자신의 야망을 위해 살 뿐인 거요. 자, 모두들 열흘만 기다려 주시오. 열흘 후면… 천통문은 지금까지와 전혀 다른 문주를 만나게 될 것이오. 하하하!"

전궁의 말대로라면 전궁은 앞으로 열흘 동안 단지 무천귀동의 마공들을 머리에 기억하는 일만 하겠다는 것이 아니었다. 몇몇 마공은 아마도 열흘 뒤 그의 손에 시현될 것이 분명했다.

"후우… 당신은 절대 가지 말아야 할 길을 결국 가는군요."

서유화가 한숨을 쉬며 말했다.

"후후후, 걱정 마시오. 아주 화려하고 찬란한 길이 될 테니까."

전궁의 자신감 있는 대답이 들려왔다.

그런데 그 순간 갑자기 무천귀동의 입구 쪽에서 묵직한 진동과 함께 거대한 소음이 들려왔다.

그르릉!

마치 산이 우는 듯한 소리에 장내의 모든 사람이 입구 쪽으로 시선을 돌렸다.

"무슨 일이냐?"

어둠 속에서 전궁이 물었다.

그러자 한소릉이 대답했다.

"아마도… 무천귀동의 문이 다시 열린 모양입니다."

그르르릉!

산이 살아 있는 괴물처럼 묵직한 울음을 토해냈다.

"무천귀동……."

무령사 마누가 두려운 시선으로 동굴을 보며 중얼거렸다. 노련하며 강직한 이 노검객의 목소리가 나직하게 떨린다.

"들어갑시다."

사송이 말했다.

그러자 불사 나왕이 사송을 제지했다.

"서둘지 마시오. 기다리면 그들이 나올 것이오."

"하지만 그러다 도망이라도 가면……."

"어디로 도망가겠소. 출입구가 이곳 하나인데……."

"음, 생각해 보니 그렇구려. 하긴 동굴로 들어가는 것은 위험한 일이지. 밝은 곳에서 상대하는 것이 좋지."

사송이 고개를 끄떡였다.

그러자 나왕이 이번에는 노검객 마누를 보며 말했다.

"가장 중요한 것은 역시 서 부인과 화명 여협을 구하는 것일 거요."

"물론 그렇긴 하지만 마공이 무천귀동을 빠져나가는 것도 막아야 하오."

마누가 단호하게 말했다. 역시 그에게는 천통문 천 년 율법이 중요한 모양이었다.

"알겠소. 그럼 우린 화명 여협과 서 부인을 구하는 것에 주력하겠소. 다른 일은 무령사께서 준비해 주시오."

나왕이 말하자 무령사 마누가 잠시 곤혹스러운 표정을 짓다가 어렵게 입을 열었다.

"한 가지 어려운 부탁을 해도 되겠소이까?"

"무엇이오?"

"솔직히 말하겠소이다. 난 불사께서 문주님을 상대해 주셨으면 하오."

마누의 말에 나왕과 사송, 그리고 적월까지 모두 놀란 눈으로 마누를 바라봤다.

자신의 문파 수장을 다른 사람에게 맡기려 하다니. 천통문에 대해 강한 자부심을 가지고 있는 마누의 부탁이라고는 믿기지 않는 말이었다.

"그 일은 직접 하는 것이……."

나왕이 거절의 뜻을 보였다.

그러자 마누가 고개를 저었다.

"아니오. 나는 어렵소. 부탁드리오. 나로서는 차마… 내 손으로 문주를 상대할 수가 없구려. 그리고 내 무공 역시 문주님을 제압할 만큼 강하다고 말할 수도 없고……."

"나는 가능하다고 보시오?"

나왕이 물었다.

"불사께선… 나보다 나을 것이오. 무공도 무공이려니와 불사께선 문주님을 상대하는 데 꺼릴 것이 없지 않소이까?"

마누가 되물었다.

생각해 보면 그의 말이 맞았다. 아무리 서로 다른 길을 가고 있다 해도 천통문주 전궁을 향해 마누가 아무런 거리낌 없이 살검을 쓰는 것은 거의 불가능했다. 그리고 최선을 다할 수 없는 상황이라면 마누가 전궁에게 승리를 거둘 가능성은 거의 없었다.

반면 불사는 아무 망설임 없이 전궁을 상대할 수 있는 사람이었다.

"쉬운 일이 아니오."

나왕이 망설였다.

"부탁드리오. 불사 대협 말고는 부탁할 사람이 없소이다."

"후우… 자칫하다 문주가 죽을 수도 있소."

전궁 정도의 고수를 살려서 굴복시키는 것은 아무리 나왕이라도 결코 쉬운 일이 아니었다. 아니, 어쩌면 나왕이 패할 수도 있는 싸움이었다.

"어떤 결과가 나와도 불사 대협을 탓하는 일은 없을 것이오."

마누가 굳은 표정으로 말했다.

그러자 나왕이 잠시 생각에 잠겼다가 입을 열었다.

"좋소. 그럼 한번 해봅시다."

"고맙소이다, 대협!"

노검객 마누가 나왕에게 정중하게 포권을 해 보였다.

그러자 나왕이 고개를 저으며 말했다.

"그 말은 일이 끝나면 하시지요. 그런데, 누가 나오는구려."

나왕이 시선을 무천귀동 쪽으로 돌렸다. 그러자 설원에서 야수의 무리를 데리고 길을 막았던 귀령사 적안의 모습이 보였다.

귀령사 적안이 나타나자 마누가 이끌고 온 천통문의 고수들 수십 명이 무천귀동 입구를 단단하게 에워쌌다. 그 누구도 무천귀동을 벗어나지 못하게 하겠다는 의지가 고스란히 드러나는 행동이었다.

마누가 이끌고 온 천통문 문도들은 천 년의 율법을 통해 이어지는 구도 문파로서의 전통을 누구보다 자랑스럽게 생각하는 사람들이었다.

그래서 지금 천 년 율법을 깨고 사마의 길을 걸으려는 자들에 대한 분노 역시 다른 문도들보다 큰 사람들이었기에 귀령사가 나타나자 그에 대한 적의가 끓어오르는 듯 보였다.

그렇게 쏟아지는 분노의 기운들을 귀령사 적안은 덤덤히 받아 넘겼다. 그러면서 무령사 마누에게 말을 건넸다.

"결국 여기까지 오셨구려."

"문주님은 어디 계시오?"

마누가 적안은 상대하기 싫다는 듯 물었다.

"문주께선 귀동의 신공들을 습득하시느라 무령사를 만날 시간이 없으시오. 그런데… 어떻게 무천귀동의 문을 여셨소?"

적안이 의심스러운 눈으로 마누를 보며 물었다.

본래 무천귀동의 문은 오직 문주 부인 서유화가 가지고 있던 열쇠로만 열 수 있었다. 그리고 그 열쇠는 지금 문주 전궁에게 있었다. 그런데 마누와 추격대가 무천귀동의 문을 열었으니 귀령사 적안으로서는 지금 상황을 이해할 수 없었다.

하지만 마누는 적안의 궁금증을 풀어줄 이유가 없었다.

"문주님을 봬야겠소."

"지금은 어렵다고 하지 않았소."

적안이 고개를 저으며 말했다.

"길을 열지 않는다면 힘으로 열겠소. 그대에게는 선택의 여지가 없소. 그대를 따르는 자들로는 절대 우리를 막을 수 없을 테니까."

창!

마누가 경고를 하며 대검을 뽑아 들었다.

그러자 귀령사 적안이 눈살을 찌푸리더니 뒤를 보며 소리쳤다.

"모시고 오너라!"

적안의 명에 그를 따르는 귀령의 무사 몇몇이 화명과 수월을 앞세워 무천귀동의 입구로 다가왔다. 무천귀동 앞에 나타난 그녀들의 등 뒤에는 시퍼런 검이 겨누어져 있었다.

"귀령사……! 이게 대체 무슨 짓인가?"

화명과 수월의 목숨을 위협하는 귀령사의 행동에 마누가 크게 노해 소리쳤다.

"조용히! 조용히 하시오. 문주님의 무공 습득에 방해가 될까 걱정이오. 그대가 조용히 있으면 주모님과 아가씨 모두 무사할 것이오. 그러니 경거망동 마시오."

적안의 협박에 마누의 얼굴이 일그러졌다. 분노를 넘어선 비참함이 그의 얼굴에 드러났다.

"어쩌다 본 문이 이 지경까지 왔단 말인가? 감히 수하 된 자로 주모님과 아가씨의 목숨을 위협하다니. 적안 그대는 정말 천통문의 문도임을 포기했구나."

"그렇지 않소. 난 여전히 천통문의 사람이오. 단지 무령사 그
대와 생각이 다를 뿐이지. 그리고 이 일은… 문주께서도 용납하
신 일이오."

"하아… 한 번 어긴 천륜, 두 번은 못 어기겠냐는 말이군."

마누가 침통하게 중얼거렸다.

"아무튼 난 분명히 경고했소. 두 분의 목숨은 오직 그대의 결
정에 달려… 헛!"

말을 하던 적안의 입에서 다급한 음성이 터져 나왔다. 그와
동시에 당황하는 그의 얼굴 앞에 갑자기 한 자루 검이 나타났
다.

검의 주인은 불사 나왕이었다.

"뭐지?"

갑작스러운 나왕의 공격에 놀란 적안이 급히 옆으로 몸을 틀
며 소리쳤다. 그러나 나왕은 적안의 당황스러운 외침에도 아랑
곳하지 않고 계속 그를 공격했다.

"이놈!"

불문곡직하고 자신을 죽이려 드는 나왕의 행동에 적안이 분
노했다. 입에서 노성이 터져 나오며 그의 검이 빠르게 움직였다.

검이 구불거리는 생명처럼 움직이더니 자신의 앞에 촘촘한 검
기의 막을 형성했다. 천통문의 귀령사답게 괴이한 무공이 아닐
수 없었다.

그러나 그런 놀라운 무공조차도 불사 나왕이라는 이름 앞에
서는 크게 힘을 발휘하지 못했다.

찌적!

적안이 급히 만든 진기의 그물이 나왕의 강력한 일검에 균열이 가기 시작했다. 그리고 그 흩어지는 진기의 막을 뚫고 나왕이 다시 적안의 눈앞까지 다가왔다.

순간 적안이 검을 가슴 앞으로 끌어오며 갑자기 몸을 회전했다. 그러자 그의 몸을 따라 검은 흙들이 구름처럼 일어났다. 그리고 다음 순간 그의 신형이 사람들의 시야에서 사라졌다.

불사 나왕은 적안의 모습이 사라지는 순간 이미 허공으로 날아올라 빠르게 몸을 비튼 후 자신의 뒤쪽을 향해 벼락처럼 검을 떨쳐냈다.

캉!

날카로운 충돌음이 일어나며 어느새 나왕의 뒤를 공격하던 귀령사 적안이 빠르게 후퇴했다.

그런 그의 손에 들고 있던 검이 땅에 떨어질 것처럼 강하게 요동치고 있었다.

"대체 네놈은……?"

귀령사 적안이 나왕과의 거리를 충분히 벌린 후 분노와 놀람이 뒤섞인 눈으로 나왕을 바라보며 중얼거렸다.

그런데 이상하게도 나왕은 더 이상 적안을 공격하지 않고, 그를 바라보고 있지도 않았다. 대신 그의 시신은 동굴 입구 쪽에서 새로운 바람을 일으키고 있는 두 사람을 향해 있었다.

처음에는 적월과 사송 두 사람의 움직임을 눈치챈 사람이 거의 없었다.

워낙 급작스럽게 시작된 나왕의 공격이었고, 또한 천통문의 삼대령사라 불리며 최고의 환술을 자랑하는 적안을 삽시간에 궁지에 몰아넣는 나왕의 무공에 놀라 적월과 사송의 움직임에 관심을 기울일 상황이 아니었던 것이다.

그렇게 사람들의 무관심 속에 조금씩 무천귀동의 입구로 다가간 적월과 사송은 나왕과 적안이 마지막으로 충돌하던 그 순간 광풍처럼 몸을 날렸다.

그들은 천통문의 고수들이 단단히 방어막을 형성하고 있는 무천귀동의 입구를 뚫으려는 듯 무서운 속도로 그들을 향해 달렸다.

귀령의 무사들이 갑작스러운 두 사람의 공격에 놀라 급히 검을 빼 들고 두 사람을 막으려는 순간, 갑자기 두 사람이 두 방향으로 갈라졌다.

적월은 하늘을 향해 치솟았고, 사송은 땅에 엎드리듯이 자세를 낮춰 귀령 무사들 사이를 파고들었다.

두 사람은 당황하는 귀령 무사들 사이를 마치 숲을 지나는 바람처럼 빠르게 이동하더니 한순간 다시 한 몸처럼 모여들었다.

그리고 그들이 도달한 곳에는 화명과 그녀의 어머니 서유화가 있었다.

팟!

적월이 가볍게 검을 뻗었다. 그러자 그의 검이 서유화의 미간을 빠르게 찔러갔다. 그건 마치 서유화를 죽이려는 것 같았다.

그래서 그녀를 사로잡고 마누 등을 위협하던 유령문 귀령의 무사가 오히려 당황한 듯 보였다.

아무리 인질로 잡고 있다고 해도 서유화는 문주 전궁의 부인
이다. 비록 명이 떨어지면 그녀를 죽여야 하는 귀령의 무사지만,
다른 사람이 서유화의 목숨을 위협하자 본능적으로 그녀를 지
켜야 한다는 생각이 앞섰다.

"놈!"

귀령의 무사가 서유화의 몸을 옆으로 끌며 닥쳐오는 적월의
검을 향해 자신의 검을 휘둘렀다.

순간 적월의 입에서 나직한 기합성이 터져 나왔다.

"핫!"

힘을 모으는 순간 적월의 검이 거짓말처럼 반 장 가까이 늘어
났다. 쾌속함에 더해 강력한 힘을 지닌 검기가 일어난 것이다.

불파일맥의 일살검, 그 초식의 정수가 펼쳐지는 순간 검은 더
이상 사람들의 눈에 보이지 않았다. 대신 서유화를 인질로 잡고
있던 귀령 무사의 목을 거짓말처럼 베고 지나갔다.

"……."

귀령 무사는 자신에게 일어난 일을 제대로 눈치챌 수도 없었
다. 갑자기 흐려진 시야, 자신의 뜻대로 움직이지 않는 손과 발,
그리고 급기야 그의 의식조차 자신의 의지와 상관없이 사라졌
다.

스르륵!

서유화를 잡고 있던 귀령 무사의 손에 힘이 빠지면서 사내가
그 자리에 무너져 내렸다.

그러자 갑자기 자유를 찾은 서유화의 몸이 크게 흔들렸다. 가

뜩이나 발목이 좋지 않은 서유화였다.

그런 서유화를 적월이 재빨리 부축했다.

"잠시 무례를!"

적월이 빠르게 말을 하며 서유화의 허리를 감쌌다. 그러자 지난 이십오 년간 고목처럼 말라 버린 서유화의 몸이 종잇장처럼 가볍게 허공으로 떠올랐다.

그렇게 서유화를 감싼 적월이 허공에서 무서운 속도로 검을 휘둘렀다.

콰아아!

적월의 검에서 일어난 강력한 검기가 귀령 무사들을 향해 뻗어나갔다.

그러자 귀령의 무사들이 감히 적월의 검기를 맞상대하지 못하고 분분히 몸을 뒤로 물렀다. 그렇게 열린 공간을 향해 적월이 바람처럼 몸을 날려 천통문의 추격대들이 있는 곳까지 빠져나왔다.

그리고 그의 뒤를 따라 어느새 화명을 구한 사송도 화명과 함께 귀령 무사들의 틈을 벗어나 무사히 적월의 옆에 내려섰다.

한순간 장내가 침묵에 빠졌다.

적안에게 가해진 나왕의 기습적인 공격으로부터 시작된 한판의 광풍 같은 싸움이 끝나자 상황이 그 이전과 완전히 달라져 버렸다.

하지만 사람들이 침묵에 빠진 것은 상황이 달라진 것 때문이 아니라 나왕과 적월, 그리고 사송이 보여준 놀라운 무공 때문이었다.

적아를 떠나 천통문의 문도들은 천 년 전통의 자신들 무공에 대해 대단한 자부심을 가지고 있었다.

천 년 동안 무도 일도를 추구해 온 그들이기에, 비록 세상에 알려지지 않은 문파였지만 무공에 대한 자부심만은 천하제일문을 자처하고도 남음이 있는 그들이었던 것이다.

그런데 그런 그들을 나왕 등 삼 인은 한순간에 허수아비로 만들어 버렸다.

그들의 우두머리인 귀령사 적안은 무천귀동의 입구에서 멀어져 홀로 고립되어 있었고, 그들의 안전을 담보하는 인질이었던 서유화와 화명은 눈 깜짝할 사이에 그들의 손을 벗어나 있었다.

믿을 수 없는 일을 자신의 눈으로 직접 목격한 귀령의 무사들은 침묵에 빠질 수밖에 없었다.

이제 그들은 자신들이 뭘 어떻게 해야 할지도 갈피를 잡을 수 없었다. 그들에게 명을 내릴 사람은 오직 적안뿐인데, 그 적안조차도 지금은 잠깐 사이에 벌어진 일에 놀라 굳은 채로 서 있었기 때문이다.

하지만 침묵은 오래가지 않았다.

적어도 장내의 사람들 중 일부는 여전히 냉정한 이성을 가지고 있었다.

"이제부터는 무령사께서……."

침묵을 깨고 입을 연 사람은 불사 나왕이었다. 마치 서유화와 화명을 구해낸 것으로 자신들의 일은 끝났다는 듯한 태도였다.

"알겠소이다. 당연히 이젠 우리의 일이외다."

마누가 고개를 끄떡였다. 그러고는 나왕을 지나쳐 귀령사 적안 앞으로 다가갔다.

마누에게 귀령사를 맡긴 나왕이 훌쩍 몸을 날려 적월과 사송이 있는 곳으로 다가왔다.

"대협, 고맙습니다."

나왕이 다가오자 화명이 얼른 불사 나왕에게 고개를 숙이며 감사를 표했다.

"다친 곳은 없소?"

나왕이 평소의 그답지 않게 부드러운 목소리로 물었다. 아마도 귀령사 적안에게 잡혀 있는 동안 적지 않게 고생했을 화명에 대한 위로의 마음이 있는 듯 보였다.

"전 괜찮습니다."

화명이 씩씩하게 대답했다.

그러자 옆에서 사송이 거들었다.

"화명 여협은 워낙 강단이 있으니까."

사송은 화명을 무사히 구해낸 것이 못내 기쁜 모양이었다.

화명도 그런 자왕의 말에 미소를 지으며 대답했다.

"자왕께서 분명히 와주실 거라 생각했어요. 고마워요."

"고맙기는… 오히려 너무 늦게 와서 미안하오."

사송이 당황한 표정으로 대답했다.

그러자 적월이 나직하게 두 사람을 타박했다.

"두 분은 이쯤 하시죠? 지금 상황이 정담이나 주고받을 때가 아니에요."

"어허, 이 녀석이 정담이라니? 그냥 인사를 나눈 것을……!"

사송이 당황한 표정으로 변명했다.

"알았어요. 알았어. 아무튼 인사는 그쯤 해두세요."

적월이 놀리듯 말했다.

그러자 화명이 급히 화제를 돌렸다.

"그런데 수월은요?"

"수월 여협은 천통문에 남았습니다."

적월이 대답했다.

"듣자 하니 수월이 문주의 직을 대신한다고 하던데……?"

화명이 다시 물었다.

"어? 그걸 어찌 아세요?"

"천통문에서 저들에게 소식을 전하는 사람이 있어요."

화명이 대답했다.

그러자 그녀의 말을 듣고 있던 사송이 심각한 표정으로 말했다.

"음… 천통문에 주의를 줘야겠군. 그곳에 이쪽 사람들이 남아 있다면……."

"뭐, 이곳에서 일이 정리되면 아무 상관없는 일 아니겠소?"

불사 나왕이 말했다.

"하긴 그렇구려. 저 귀령사란 자와 문주만 제압하면 모든 일이 끝이긴 하오."

사송이 고개를 끄떡이며 마누에게로 시선을 돌렸다.

"귀령사, 이쯤에서 포기하시오."

마누가 적안을 보며 말했다. 검을 든 그의 손이 다른 때보다도 유난히 강해 보였다.

그런 마누를 보며 적안이 가볍게 한숨을 내쉬었다.

"후우… 이미 호랑이 등에 올라탄 형국이오."

여기서 포기할 수 없단 뜻이다.

"그럼 귀령사는 오늘 내 손에 죽게 될 거요."

마누가 경고했다. 단지 협박을 하고자 하는 말은 아니었다. 그의 말과 눈빛은 확신을 가지고 있었다.

"내가 죽은들 지금 벌여놓은 일을 되돌릴 수는 없소. 문주님의 뜻도 그럴 것이고… 그리고 난 내가 무령사에게 죽을 거라고는 생각지 않소. 사람들은 언제나 무령사를 천통문 제일고수라 하지만 난 적어도 그대에게 패하지 않을 자신이 있소."

적안이 자신이 처한 상황에 상관없이 마누에 대한 승부욕을 드러냈다.

그러자 마누가 덤덤하게 말했다.

"오래전, 우리가 서로를 알게 된 그 순간부터 언제라도 당신이 날 극복한 적이 있었소? 천무위장과 마찬가지로. 아마도… 그것이 당신들이 다른 생각을 품게 된 이유 중 하나겠지."

"무령사… 우릴 모욕하는 것이오?"

적안이 마누를 노려봤다.

그러자 마누가 검을 들어 적안을 겨누며 말했다.

"모욕은 이미 그대들이 했소. 본 문의 천 년 전통에 대해, 그리고 과거의 나에게. 이젠 그 대가를 치러야 할 때요. 물러나지 않겠다니 그대의 목숨을 거두겠소."

우우웅!

적안을 겨눈 마누의 검에서 무거운 검음이 흘러나왔다. 마누의 진기가 검에 실리고 있다는 증거다.

그러자 적안 역시 날렵한 모양의 검을 들어 올려 마누를 겨눴다. 그러면서 입으로는 무엇인가 나직한 읊조림을 흘리기 시작했다. 그러자 어디선가 다가온 검은 기운이 그의 검 주위로 모여들기 시작했다.

휘류륭!

검은 연기처럼 적안의 검을 휘감은 기운들이 무섭게 회전하기 시작했다. 적안은 마치 검은색 횃불을 들고 마누를 상대하려는 사람처럼 검은 기운에 휘감긴 검을 머리 위로 쳐들었다.

그런 적안을 향해 마누가 무겁게 걸음을 옮기기 시작했다.

저벅저벅!

느리지만 규칙적인 걸음으로 적안을 향해 걸어가는 마누의 표정은 단호했다. 어떻게든 오늘 천통문에 드리워졌던 수십 년의 어둠을 걷어내겠다는 의지가 보였다.

"귀령의 무공은 결코 약하지 않다!"

적안이 발악하듯 소리치며 검은 기운에 휩싸인 검으로 다가오는 마누를 내려쳤다.

콰와아!

적안의 검을 감고 있던 검은 기운들이 폭포수처럼 마누를 향해 떨어져 내렸다.

그럼에도 마누는 걸음을 멈추지 않았다. 그는 적안을 향해 계속 걸음을 옮기며 검을 사선으로 그어 올려 다가오는 검은 기운을 갈랐다.

쿠릉!

마누의 검이 검은 기운을 파고드는 순간 천둥 치는 소리가 터져 나왔다. 그리고 잠시 검은 기운과 마누의 검이 허공에서 팽팽한 균형을 이루는가 싶더니, 거짓말처럼 검은 기운이 반으로 갈리며 길이 열렸다.

쿵쿵!

자신의 검으로 길을 만들어낸 마누가 좀 더 강렬한 발소리를 남기며 적안에게 다가갔다.

"핫!"

적안의 입에서 재차 날카로운 기합성이 터져 나왔다. 그러자 다시금 한 무더기의 검은 기운이 모여들어 마누를 향해 떨어져 내렸다.

"파(破)!"

마누의 짧은 외침과 함께 그의 검이 열십자를 그렸다. 그러자 그를 향해 떨어져 내리던 검은 기운들이 조각조각 갈라지면서 사방으로 흩어졌다.

마누는 여전히 흩어지는 검은 기운 속으로 걸음을 옮겼다.

반면 자신의 모든 공격을 깨뜨리며 다가오는 마누를 보는 적안의 얼굴에는 절망감이 깃들었다. 그리고 드디어 마누와 적안의 거리가 반 장 안으로 좁혀졌다.

마누가 검을 눈높이로 들어 올렸다. 그러고는 적안의 미간을 향해 천천히 검을 뻗기 시작했다.

"누구도 날 죽일 수 없다!"

다가오는 검을 보며 적안이 소리쳤다. 그러고는 자신의 검을 몸 앞에 수직으로 세웠다. 그러면서 다시 맹렬하게 주문을 외우기 시작했다.

그 주문에 따라 다시금 사방에서 검은 기운이 몰려와 검과 적안의 몸을 휘감기 시작했다.

하지만 마누의 검은 멈추지 않았다. 그의 검은 적안의 사이로운 기운에 닿는 순간 잠깐 멈칫한 듯하다가 이내 다시 힘을 내 검은 기운을 뚫고 적안을 향해 전진했다.

그럴수록 주문을 외는 적안의 목소리가 커졌고, 급기야 발악하듯 주문을 외워대기 시작했다.

그러나 마누의 검은 결국 적안의 심장에 닿고야 말았다. 그리고 그 검이 조금씩 적안의 가슴을 뚫고 들어가기 시작했다.

그럼에도 불구하고 적안은 그 검을 피하지 못했다. 그저 마누의 검이 자신의 심장을 꿰뚫는 것을 지켜보며 주문만 외울 뿐이었다.

그리하여 마누의 검이 끝내 그의 가슴 깊숙이 심장을 찾아들어갔을 때, 갑자기 동굴 안쪽에서 굵은 목소리가 들렸다.

"무령사, 그쯤 하시게."

순간 마누의 검이 멈췄다. 더불어 적안의 몸을 휘감고 있던 검은 기운도 사라졌다.

제9장
깨뜨릴 수 없는

먼저 모습을 보인 것은 천무위장 한소릉이었다. 물론 마누의 검을 멈추게 한 것도 그였다.

그러나 사람들은 천무위장 한소릉보다 그의 뒤쪽에 드리운 묵색 기운에 더 눈길이 갔다. 묵색 기운 속에서 흐릿하게 보이는 사람의 인영은 자신의 진면목을 드러내지 않았지만, 누구나 그 정체를 짐작할 수 있었다.

천통문주 전궁, 그가 강렬한 마기와 함께 모습을 드러낸 것이다. 그러나 그는 여전히 무천귀동 입구 안쪽 깊은 곳에 머물러 있어서 마누의 검을 멈추게 한 자는 천무위장 한소릉이었다.

"컥!"

갑자기 귀령사 적안의 입에서 신음 소리가 흘러나왔다. 그리고 그의 입에서 검은 피가 살짝 내비쳤다.

"무령사! 그만하라 하지 않았는가?"

천무위장 한소륭이 노한 음성으로 소리쳤다. 자신의 제지에도 불구하고 무령사 마누가 귀령사 적안의 심장을 좀 더 깊이 찌른 듯했기 때문이었다.

그러자 마누가 한소륭의 경고에 수긍한 것처럼 적안의 가슴에 박혀 있던 검을 쑥 뺐다.

순간 적안의 가슴에서 피가 솟구쳤다.

"크헉!"

적안이 신음을 토해내며 재빨리 자신의 가슴을 두 손으로 막았다. 그런 적안을 보며 마누가 차갑게 말했다.

"귀령사, 그대는 귀계와 환술만큼이나 의술도 뛰어나니 지금 그대의 상태를 누구보다 잘 알 것이오. 당장 치료하면 목숨은 건질 수 있을 것이오. 그러나 더 이상 천통문의 일에 관여할 수는 없을 거요. 무공을 잃을 것이고, 살아난다 해도 검을 들 수 있는 힘이 없을 테니까. 물론 당신의 그 자랑스러운 두뇌 역시 더 이상 쓰일 일은 없을 거요. 무도의 가문 천통문에서 무공을 잃은 자는 아무리 뛰어난 두뇌를 가지고 있어도 더 이상 쓸모가 없으니까. 또한 이 일이 어떻게 결론 나든 문주께서도 그런 당신을 가까이하지는 않으실 것 같구려."

"이… 놈!"

적안이 분노를 참지 못하고 욕설을 흘렸다. 그러자 마누의 말투도 변했다.

"적안, 그대의 목숨을 살려둔 것도 너무 큰 용서를 한 것이다. 당신이 본 문에 저지른 그 사악한 짓거리들을 생각하면 지금 당장 머리가 땅에 떨어졌어야 했다. 하지만… 문주님 앞에서 차마 당신의 목을 벨 수는 없구나. 그래서… 나는 항상 문제지. 이런 나약한 마음이라니…….”

적안의 목을 베지 못하는 자신의 나약함을 탓하며 마누가 적안에게서 시선을 거뒀다. 더 이상 적안은 경계할 대상이 아니라는 뜻이었다.

그런 마누를 원한이 사무친 눈으로 노려보던 적안이 더 이상 견딜 수 없는지 두 손으로 가슴을 누른 채 무릎걸음으로 뒤로 물러나기 시작했다.

그런 적안의 모습은 시장통에서 밥을 빌어먹고 사는 비렁뱅이에 지나지 않아 보였다. 더불어 천통문의 누구도 더 이상 그에게 깊은 관심을 두지 않았다.

적안이 물러나자 마누가 무천귀동의 입구를 보며 입을 열었다.

“문주님과 직접 이야기하고 싶네만…….”

본래 마누와 천무위장 한소륭은 어려서부터 함께 무공을 수련하며 자란 친구 사이다. 둘 모두 천통문에서 손꼽히는 기재들이었고, 천통문 수뇌들의 바람대로 한 명의 무령사로, 또 한 명은 천무위장으로 성장했다.

그러나 그 와중에 한소륭은 무령사 마누에 대한 뿌리 깊은 열등감에 시달리고 있었다. 무공을 수련한 이후 단 한 번도 마누를 능가한 적이 없었기 때문이다.

그리고 그것이 오늘 그가 사도의 길을 가게 된 한 이유기도 했다. 하지만 어쨌든 친구는 친구여서 한소륭을 대하는 마누의 말투가 그리 어색하게 느껴지지 않았다.

"문주께서는 그대를 직접 상대하고 싶지 않다고 하시네."

한소룡이 대답했다.

"문주님! 이십오 년 만에 돌아온 마누입니다. 인사 정도는 드릴 자격이 있지 않습니까?"

한소룡의 거절에도 불구하고 마누가 한소룡 뒤쪽의 어둠을 보며 소리쳤다.

"감히 문주께 무례를 범하겠다는 것인가?"

한소룡이 서늘한 음성으로 호통쳤다.

그런데 갑자기 그의 뒤쪽 어둠 속에서 전궁의 목소리가 들렸다.

"천무위장, 그만하게. 무령사라면 나와 이야기할 자격은 충분하지."

"알겠습니다."

전궁이 나서자 한소룡이 순순히 한 걸음 뒤로 물러났다.

그러자 검은 기운을 흘려내며 전궁이 사람들 앞에 모습을 드러냈다.

"오랜만이구려, 무령사!"

전궁의 모습은 수시로 변하는 것 같았다. 어느 순간에는 마기가 걷혀 본래의 모습을 보일 때도 있었고, 또 한순간 마기가 그를 완전히 휘감아 전혀 그 모습을 알아볼 수 없을 때도 있었다.

"문주! 마누가 인사드립니다."

무령사 마누가 정중하게 전궁을 향해 포권을 해 보였다.

그러자 다시 마기를 걷은 전궁이 살짝 얼굴을 찌푸렸다. 그러면서 불만스러운 표정으로 말했다.

"그대는 여전히 정중하군. 그런데 왜 항상 내 뜻을 거스르는 거지?"

"지금이라도 천통문 천 년 율법을 지키시겠다면 목숨을 바칠 각오가 되어 있습니다."

"곤륜에 처박혀 도(道)나 닦으란 말이지?"

전궁이 물었다.

"그것이 가장 천통문도다운 삶입니다."

"후후후, 그렇군. 역시 그대와 난 같은 길을 갈 수 없어. 그럼 이제 어쩔 건가? 날 죽일 건가?"

전궁이 물었다.

그러자 마누가 고통스러운 표정으로 말했다.

"어찌 감히 문주님께 살의를 품을 수 있겠습니까? 다만……."

"다만?"

"다만… 더 이상 천통문을 문주님께 맡길 수는 없습니다. 그 것이 법령사와 저의 생각입니다."

"후우… 좋아. 그대들 두 사람은 언제나 옳은 길에 서 있는 사람들이니까. 그런데 말이오. 무령사."

"말씀하십시오."

마누가 대답했다.

"그런데 과연 당신들에게 그럴 힘이 있겠소?"

전궁이 허리를 펴며 말했다. 그러고는 지옥에서 올라온 마왕처럼 묵빛 마기를 흘리며 좌중을 압박하기 시작했다.

그 기세에 밀려 천통문의 고수들이 주춤거리며 뒤로 물러날 정도였다.

"이미… 돌이킬 수 없이 마기에 물드셨군요. 그러나 겨우 하루 이틀… 마기에 물들 시간으로는 충분해도 마공을 극성으로 성취하기에는 부족한 시간이지요."

전궁이 흘려내는 기세와 달리 무공은 크게 변하지 않았을 거라고 확신하는 마누였다.

그러자 전궁이 갑자기 웃음을 터뜨렸다.

"하하하, 그 말은 내가 무천귀동에 들기 전이라면 그대의 무공이 날 능가한단 뜻이오?"

"그런 말이 아니오라……"

이때만큼은 마누도 당황한 듯 말꼬리를 흐렸다.

그러자 전궁이 천천히 고개를 저으며 말했다.

"그대들은 항상 오해를 하지. 천통문의 제일고수가 무령사라고 말이야. 그러나 사실 지난 천 년 동안 어떤 무령사도 문주의 무공을 능가한 적은 없소. 어린 나이에 문주가 되어 문주의 무공을 수련해야 했던 사람을 제외하고는 말이오. 그러니 당신들은 절대 날 거역할 수 없어."

전궁의 눈에서 붉은 기운이 흘러나왔다. 마기가 승하고 있다는 증거다. 일단 마기가 끓어오르기 시작하자 전궁은 무척 패도적인 기운을 함께 뿜어냈다.

"제가 어찌 감히 문주님을 능가할 수 있겠습니까. 다만 저로선 천통문 천 년 전통을 지키기 위해 목숨을 걸 뿐입니다."

강렬한 전궁의 마기에도 마누는 전혀 물러날 기색을 보이지 않았다.

그러자 한쪽에서 가슴을 부여잡고 고통스럽게 숨을 쉬고 있던 귀령사 적안이 전궁에게 소리쳤다.

"문주님! 무령사, 그자를 죽이십시오. 그자만 죽으면 모든 일은 해결됩니다. 그는 감히 문주님을 모욕하고… 악!"

마누를 죽일 것을 권하던 적안이 갑자기 입에서 피를 토하며 비명을 질렀다.

그런 그의 머리에는 어느새 다가왔는지 전궁의 손이 얹혀 있었다.

"귀령사… 그대가 오해하는 게 있어. 그대는 그동안 자신이 날 움직이고 있다고 생각했겠지만 내 생각은 좀 달라. 난 그냥… 조금 귀찮았을 뿐이야. 그래서 나 대신 귀찮고 더러운 일을 해줄 사람이 필요했던 거지. 그런 의미에서 그동안 수고했어. 하지만 이젠 쓸모없는 몸이 되었군. 그렇다면 그동안 간혹 나에게 무례하게 행동했던 것에 대한 벌을 받아야겠지? 고통은 없을 거야. 그간 수고해 준 대가일세."

"큭!"

전궁의 말이 끝나는 순간 적안이 신음을 토하더니 그의 머리가 전궁의 손에서 벗어났다. 그러고는 그대로 땅바닥에 무너져 내렸다.

장내가 순식간에 공포에 물들었다. 얼마 전까지 해도 자신의 가장 충실한 수하였던 적안을 아무렇지도 않게 죽여 버리는 전궁의 마성에 천통문의 고수들은 공포에 사로잡혔다.

적안이 죽을 수 있다면 장내의 사람들 중 전궁의 손에 죽지 않을 사람은 없었다.

"문주… 정말 마인이 되신 겁니까?"

그나마 온전한 정신을 유지하고 있는 사람은 마누가 유일했다.

"마인? 마인이라… 그렇지. 난 마인이라고 할 수 있지. 하지만 무천귀동에 들어가서 마인이 된 것은 아니오. 애초에 태어날 때부터 마인이었던 게지. 그러니 자식을 야망의 제물로 삼으려 했던 것이고……"

전궁이 순순히 자신이 마인임을 인정했다. 그 덤덤한 인정이 오히려 사람들을 더 공포스럽게 만들었다.

"애초부터 마인인 사람은 없습니다. 지금이라도."

"됐소!"

전궁이 손을 들어 마누의 말을 막았다. 그러고는 좌중을 돌아보며 말했다.

"모두 들어라. 이제 과거의 천통문은 없다. 이제부터 본 문의 무공은 구도의 도구가 아닌 군림의 도구로 쓰일 것이다. 과거에 얽매이는 자는 나와 함께할 수 없다. 그리고 함께할 수 없는 자의 운명은… 이런 것이다."

전궁이 땅에 쓰러져 죽어 있는 적안을 가리켰다.

"물론 과거의 천통문을 더 좋아하는 사람도 있을 것이다. 그러나 이미 내가 그 길을 버리기로 결심했으니 너희들은 내 뜻을 따라야 한다. 천무위장!"

"예, 문주!"

한소룡이 얼른 대답했다.

"난 시간이 조금 더 필요해."

"알겠습니다."

"누구도 무천귀동에 들어오지 못하게 하라. 만약… 누군가 다시 나의 연공을 방해하는 자가 있다면, 그래서 다시 내가 이곳에 나오게 된다면 그때는… 결코 용서하지 않을 것이다. 그게 누구라 해도."

전궁의 시선이 마누를 지나 서유화와 화명에게 이르렀다. 그세 사람 역시 예외가 아니라는 뜻이었다.

한편으로는 세 사람에게 이런 경고를 한다는 것은 여전히 그가 이 세 사람에게 미련을 갖고 있다는 의미이기도 했다.

"문주, 죄송합니다. 저는 절대 문주께서 천통문을 사마의 길로 이끌어가는 것을 두고 볼 수 없습니다."

창!

마누가 무천귀동으로 들어가려는 전궁을 보며 소리쳤다. 동시에 그의 손에 들린 대검이 맹렬한 울음을 토해냈다.

그러자 무천귀동으로 들어가려던 전궁의 걸음이 멈췄다. 그러고는 천천히 마누를 돌아봤다.

"결국 나로 하여금 그대를 죽이게 만들겠다는 건가?"

"죄송합니다."

마누가 검을 겨눈 채 고개를 숙여 보였다.

그러자 전궁의 눈에서 은은한 분노가 일어났다.

"난… 적어도 그대에겐 최선을 다했어. 그렇지 않았다면 그대를 보는 순간 그대를 죽였을 거야. 아니, 어쩌면 강호에 나가 있는 그대를 죽이기 위해 추살대를 보냈을 수도 있었지. 하지만 난 그러지 않았다. 그 이유는 그대가 더 잘 알 것이다."

"문주……."

마누가 감정을 억누르듯 말꼬리를 흐렸다.

"다른 자들은 자신의 야망을 위해 날 이용하려 하지. 그러나 그대는 오직 천통문에 대한 충성심으로 내게 반대를 했다. 그래서 난 그대를 좋아한다. 그리고 아이들을 데리고 떠난 것 역시 그대를 원망하지는 않는다. 그로 인해 적어도 난 천륜을 깨는 사악한 운명에서는 벗어났으니까. 하지만 이번에는 달라. 다시 한번 내 길을 막는다면… 그땐 나도 더 이상 그대를 살려둘 수 없다."

전궁이 단호하게 말했다.

언제부터인가 서로 추구하는 바가 달라 반목한 사이지만, 그럼에도 불구하고 전궁이 천통문에서 가장 좋아하는 사람이 바로 무령사 마누였던 것이다.

전궁의 진심을 들은 마누의 눈빛이 급격하게 흔들렸다. 그의 얼굴에 수많은 갈등의 감정들이 떠올랐다 사라졌다.

그러다가 그가 갑자기 검을 땅에 꽂고 전궁에게 큰절을 했다. 그러고는 자리에서 일어나 다시 검을 뽑아 들고는 호랑이처럼 말했다.

"문주님의 은혜에 감사드립니다. 하지만 역시 전 문주님을 막아야겠습니다. 그것이 천통문과 문주님에 대한 나의 충성심입니다!"

순간 전궁의 얼굴이 일그러졌다.

"젠장……! 제발 한 번만 그 빌어먹을 고집을 꺾을 수는 없는 건가?"

전궁이 소리쳤다.

"죄송합니다."

마누가 전궁을 향해 검을 들어 올리며 말했다.

그러자 전궁이 갑자기 등 뒤에서 검은색 검을 뽑아 들며 말했다.

"좋아. 그렇게 원한다면 죽여주지. 이게 무슨 검인 줄 아나? 천 년 전 전설의 살인마로 불리던 사왕 구잔의 검, 혈룡이다. 그대의 말처럼 무공은 하루아침에 변하는 것이 아니지만, 내가 취한 마기와 이 죽음의 검 혈룡이면 그대에게는 승산이 없다."

"나에겐 천 년 천통문의 힘이 있습니다."

마누가 지지 않고 대답했다.

"제길, 내가 바로 그 천통문의 문주라고!"

전궁이 소리치며 마누를 향해 날아올랐다.

그는 지옥에서 나온 죽음의 새 같았다. 검은 날개를 펄럭이며 날카로운 죽음의 검 혈룡을 새의 발톱처럼 곧추세운 전궁이 그대로 마누를 덮쳤다.

"하앗!"

한 발을 앞으로 내민 상태로 약간 무릎을 굽히고 있던 마누의 입에서 격렬한 기합성이 터져 나왔다.

그러자 그의 검에서 일어난 밝은 검기가 그대로 전궁을 향해 날아갔다.

쩌정!

한순간 허공에서 마누의 검과 전궁이 휘두른 죽음의 검 혈룡이 격돌했다.

두 사람 사이의 공기가 바위처럼 깨져 나갔다. 전궁을 휘감고 있던 검은 기운이 옅어지고, 마누의 발은 땅속으로 반 자나 파고들어 갔다.

두 사람 모두 놀라운 무공을 지니고 있었다. 두 사람이 일으키는 진기의 파장이 검은 산을 뒤흔들 정도였다.

"죽여주겠다."

일단 싸움이 시작되자 전궁의 마기는 더욱 강렬해졌다. 이제 그에게 마누는 그가 가장 좋아하는 천통문의 고수가 아니었다. 단지 죽음의 검 혈룡으로 죽여야 할 적일 뿐이었다.

콰릉!

맞닿아 있던 두 개의 검 사이에서 다시 한번 강력한 파열음이 일어났다.

마누의 검기가 급격하게 줄어들었다. 그리고 그 공간만큼 전궁의 검이 전진했다.

"후욱!"

마누가 깊게 숨을 들이쉬었다.

그러고는 다시 힘을 모아 자신의 검을 앞으로 밀어냈다. 그러자 다시금 두 개의 검이 팽팽하게 균형을 이루기 시작했다.

하지만 눈 밝은 고수들은 알고 있었다. 전세가 마누에게 급격하게 불리해져 간다는 것을. 마누의 발은 이미 한 자 이상 땅속으로 들어가 있었고, 붉게 상기되었던 그의 얼굴은 이제 백지장처럼 하얗게 변해 있었다.

과도한 진기의 사용으로 얼마나 더 마누가 버틸 수 있을지 모르겠다는 불안감이 드는 순간, 갑자기 마누의 몸이 허깨비처럼 사라졌다.

쾅!

마누가 사라지자 죽음의 검 혈룡이 마누가 서 있던 곳에 벼락처럼 떨어지며 커다란 웅덩이를 만들었다.

"무령사답지 않다."

정면 대결을 포기하고 몸을 빼낸 마누를 향해 전궁이 소리쳤다.

"유능제강의 이치를 따를 뿐입니다."

어느새 전궁의 오른쪽 옆에 나타난 마누가 전궁의 어깨를 검으로 내려치며 대꾸했다.

"나약한 자들의 자기변명일 뿐이지."

쾅!

전궁이 벼락처럼 검을 올려쳐 자신의 어깨를 노리는 마누의 검을 막았다.

검의 충돌로 일어난 불꽃들이 사방으로 튀어나갔다. 그사이 전궁의 검이 붉은 기운을 뿜어내며 뒤로 물러나는 마누를 따라갔다.

그러자 마누의 몸이 다시 사람들의 시야에서 사라졌다. 그렇게 힘의 부족함을 신묘한 신법으로 보충하며 마누가 싸움을 장기전으로 끌고 가기 시작했다.

"후우!"

마누와 전궁의 싸움을 보고 있던 불사 나왕이 길게 한숨을 내쉬었다.

"위험한가요?"

적월이 물었다.

"넌 어떻게 보느냐?"

나왕이 되물었다.

"싸움을 오래 끌 수는 있겠지만 결국에는……."

"무령사가 질 것이다?"

"그렇지 않을까요?"

"음, 한 가지 경우에는 그렇지. 그의 마기가 끝없이 이어진다면."

"아! 그렇군요. 마기도 결국 내공으로 만들어내는 것, 문주의 내공이 소진되면 마기도 자연스레 약해지겠군요?"

적월이 마누에게도 승산이 있다는 생각에 기쁜 듯 말했다.

"하지만 한 가지 절대적인 변수가 있구나."

"어떤 변수요?"

"혈룡이라는 검."

불사 나왕이 전궁의 손에 들린 채 검붉은 기운을 끊임없이 만들어내는 검 혈룡을 보며 말했다.

"그렇게 대단한 검인가요? 고수들 싸움의 승패를 결정할 만큼?"

"검의 날카로움이 문제가 아니라 검 자체가 가지고 있는 살기의 문제다. 문주의 마기는 저 혈룡이란 검이 가진 살기에 크게 도움을 받고 있어."

"그런가요? 정말 마검은 마검인가 보네요."

"저 검이 없다면 무령사도 승부를 노려볼 수 있는 싸움인데……."

불사 나왕이 아쉬운 표정으로 말했다.

그러자 사송이 조심스럽게 물었다.

"어쩌실 생각이신지?"

"음… 본래 내가 부탁받은 싸움인데. 내가 나서기도 전에 무령사 스스로 싸우기 시작했으니 나도 난감하구려."

애초에 마누는 천통문주 전궁과의 싸움을 나왕에게 부탁했다. 그 자신이 문주인 전궁에게 검을 겨누는 것이 난감하기도 하고, 그런 마음으로는 전력으로 전궁을 상대할 수 없기 때문이었다.

그런데 나왕이 나서기도 전에 두 사람이 싸움을 시작하는 바람에 애초의 계획이 어그러진 것이다.

"그래도 결국에는 불사께서 도와주셔야 할 것 같소이다."

사송의 눈에도 결국 마누가 전궁의 공세를 견디지 못할 것으로 보이는 모양이었다.

"필요하다면 물러나 있지는 않을 생각이오. 만약 그렇게 되면 다른 자들이 싸움을 방해하지 못하게 해주시오."

"알겠소이다. 그 일은 나와 소요가 맡지요."

사송이 고개를 끄떡였다.

그러는 사이 마누와 전궁의 싸움은 점점 치열해져 가고 있다.

마누의 움직임이 조금씩 느려지기 시작했다. 그럴수록 전궁과 그의 검 혈룡이 뿜어내는 마기는 강렬해졌다.

팟!

급기야 마누의 팔뚝이 길게 베이면서 피가 터져 나왔다. 그럼에도 마누는 두려움 없이 전궁과 맞섰다.

승기를 잡아가고는 있었지만 전궁의 얼굴에는 짜증과 불쾌함이 가득했다.

고래 힘줄처럼 질긴 마누의 인내심과 무천귀동의 힘을 얻고도 마누를 쉽게 제압하지 못하는 자기 자신에 대해 화가 나는 모양이었다.

"마누, 결국 나로 하여금 그대를 죽이게 만드는구나!"

한순간 전궁이 마누를 향해 원망의 말을 쏟아냈다. 그러고는 마검 혈룡을 자신의 머리 위로 들어 올렸다.

쿠우우!

혈룡이 하늘을 향해 바로 서자 검 주위로 혈룡이 흘려내는 적색의 기운과 전궁이 만들어내는 검은색의 마기가 뒤섞이기 시작했다.

그리고 한순간 그 기운들이 거대한 검 모양으로 변하더니 무서운 속도로 마누를 향해 떨어지기 시작했다.

"아!"

싸움을 지켜보고 있던 사람들 입에서 적아를 불문하고 탄식이 흘러나왔다. 누가 봐도 이번 공격을 마누가 막아낼 것 같지 않았다.

마누가 검을 들어 거대한 검기 앞에 맞서려 하고 있었지만, 그건 태풍 앞에 촛불을 들고 선 것과 다름없어 보였다.

그리고 마누 역시 그 순간 자신의 죽음을 예상한 듯 전궁을 향해 소리쳤다.

"문주, 문주의 검에 죽게 되어 영광입니다. 부디 나의 죽음으로 사(邪)를 버리고 정(正)으로 돌아서시길 바랍니다!"

마지막으로 전궁을 향해 충언을 던진 마누가 검을 자신의 눈앞에 세우고 자세를 바로 했다.

그런데 그런 마누의 검에서 전혀 힘이 느껴지지 않았다. 마지막 순간 저항을 포기하고 자신의 죽음을 받아들이려는 것이었다.

"이 망할 작자야!"

마누가 반항을 포기한 것을 눈치챈 전궁이 마누를 향해 소리쳤다. 그러나 그로서도 일단 시작된 공격을 멈출 수는 없었다.

쿠오오!

마검 혈룡이 전궁의 통제에서 벗어난 것처럼 마누를 덮쳐갔다.

그런데 마침내 혈룡이 마누의 머리를 반으로 가르려는 순간 갑자기 우측에서 강력한 빛이 뻗어와 마검 혈룡을 마누의 머리 바로 위에서 튕겨냈다.

콰앙!

지진이라도 일어난 것처럼 검은 산이 뒤흔들렸다. 그 충격 속에서 전궁이 옆으로 밀려나는 것이 보였다. 마누는 여전히 그 자리에 서 있었고, 멀어지는 전궁과 마누 사이로 뛰어든 키 작은 사내가 보였다.

천하에서 제일 못생긴 고수라는 불사 나왕이었다.

"그렇게 쉽게 죽을 거면 우릴 이곳으로 데려오지 말았어야 했소."

죽음에서 벗어나 조금은 허망한 표정을 짓고 서 있는 마누를 보며 불사 나왕이 말했다.

"불사……."

"무령사께서 죽으면 난 청부의 대가를 누구에게 받고, 또 남겨진 화명과 수월 두 사람은 누굴 의지해 천통문을 이끌겠소?"

불사 나왕이 무심하게 말했다.

"하아… 그렇구려. 아직은 살아야 할 이유가 있구려."

다행이 마누는 불사 나왕의 말에 다시 삶의 의욕을 일으켰다. 그러자 불사 나왕이 다시 말했다.

"처음 약속대로 이제 그는 내가 맡겠소."

나왕이 오 장 정도 물러난 후 묘한 눈으로 자신을 바라보고 있는 전궁을 보며 말했다.

"괜찮겠소? 문주는……."

마누가 걱정스럽게 물었다. 그가 상대했던 전궁은 불사 나왕조차도 감당할 수 없을 만큼 강했기 때문이다.

"뭐… 그런대로……."

마누의 걱정과 달리 불사 나왕은 여유가 있는 모습이었다.

"무서운 검을 가지셨소."

마누는 전궁이 들고 있는 마검 혈룡이 걱정스러운 모양이었다.

그러자 나왕이 다시 대답했다.

"걱정 마시구려. 적어도 죽지는 않을 것이오."

"알겠소. 그럼 부탁하리다."

마누가 완고한 나왕의 태도를 보고는 결국 싸움을 나왕에게 맡기고 뒤로 물러났다.

마누가 물러나자 지금껏 침묵을 지키고 있던 전궁이 모호한 눈빛으로 나왕에게 물었다.

"그대가… 불사 나왕인가?"

"그렇소."

불사 나왕이 대답했다.

"생각보다 젊군. 뭐, 소문대로 못생기기는 했지만……."

이 상황에서도 전궁은 불사 나왕의 외모에 관심이 가는 모양이었다.

"문주도 생각보다 젊으시구려. 물론 소문대로 사악한 듯도 하고……."

나왕의 말에 전궁의 눈썹이 꿈틀거렸다.

"감히 날 조롱하는가? 천하에 그럴 자격이 있는 사람은 없다."

"그렇소? 그렇게 따지자면 감히 내 면전에서 내 외모를 조롱한 사람도 천하에 없소."

나왕의 대답에 전궁이 멀뚱한 표정을 짓다가 갑자기 웃음을 터뜨렸다.

"하하하! 내가 오늘 정말 재미있는 자를 만났군. 좋아. 널 제압해서 나의 노예로 삼겠다."

전궁이 마검 혈룡으로 나왕을 가리키며 말했다.

그러자 나왕이 대답했다.

"칠마 십육마문의 난(亂)때부터 내 특기가 마인들을 죽이는 거였소. 그동안 그 실력이 녹슬지 않았는지 한번 시험해 봅시다."

"후후후, 오만한 놈. 내가 겨우 칠마 따위와 같은 줄 아느냐?"

전궁이 나왕에게 다가들며 말했다.

"그대가 칠마 중 한 명이라도 상대할 수 있을 거라 생각지 않소."

나왕이 차갑게 대꾸했다. 그럴수록 전궁의 분노가 끓어오르고 그에 따라 그와 마검 혈룡이 뿜어내는 마기도 강렬해졌다.

"일검! 단 한 초식의 검이라도 견딜 수 있기를 바란다."

전궁이 마검 혈룡을 한 자 정도 들어 올리더니 그대로 나왕을 향해 내리그었다. 그러자 검이 움직인 검로를 따라 검붉은 검기가 마기와 합쳐져 나왕을 덮쳤다.

그런데 그 순간 나왕의 행동이 장내의 모든 사람들을 당황시켰다.

탁!

나왕의 검이 검집으로 들어갔다. 태산이라도 무너뜨릴 듯한 기세로 닥쳐오는 마검 혈룡 앞에서 검을 거둔 것이다. 그건 마치 싸움을 포기하고 자신의 목숨을 마검 앞에 내놓는 행동과 같았다.

그런데 사람들이 나왕의 몸이 마검 혈룡에 의해 산산조각 날 것이라고 예상하는 순간 그의 두 손이 빠르게 허공을 휘젓기 시작했다.

그러자 그의 손이 움직이는 대로 수십 개, 아니, 일백여 개의 손 그림자가 허공에 생겨나더니 그를 향해 폭사하는 마검 혈룡의 기운과 충돌하기 시작했다.

파파팡!

폭죽이 터지듯 나왕의 수영(手影)들이 마검 혈룡의 힘을 견디지 못하고 터져 나갔다. 그럼에도 불구하고 나왕의 선택은 예상 외의 결과를 가져왔다.

벼락처럼 닥쳐들던 마검 혈룡의 기운들이 나왕이 만들어낸 일백여 개의 수영과 충돌하면서 그 기세가 크게 약해진 것이다.

그로 인해 나왕은 전궁의 공격을 제법 여유 있게 피해낼 시간을 벌 수 있었다. 불파일맥이 자랑하는 백화수가 의외로 전궁의 파멸적인 공세를 피해낼 유용한 방편으로 쓰인 것이다.

상대의 검을 검이 아닌 적수공권의 백화수로 막아낸다는 이 기발한 착상은 오직 수많은 실전을 통해 싸움의 원리를 터득한 불사 나왕만이 생각해 낼 수 있는 수법이었다.

"놈!"

전궁의 얼굴이 분노로 가득 찼다.

자신의 공격을 맨손으로 막아내는 불사 나왕의 무공에 놀라기도 했고, 또한 검을 거둔 나왕의 행동에 불쾌함을 느끼는 것도 같았다.

그래서 그의 검이 더욱 거칠어졌다.

검붉은 마기가 완전히 그의 신형을 감쌌고, 그 안에서 쉬지 않고 마검 혈룡이 만들어내는 검기들이 뻗어 나와 창으로 찌르듯 나왕을 공격했다.

그러나 그럴 때마다 나왕은 백화수를 이용해 상대 초식의 예기를 무뎌지게 만들었고, 그 틈을 이용해 전궁의 공세를 피해내고 있었다.

그런 기이한 대결이 한동안 이어졌다. 형세로만 보자면 여전히 공격을 가하는 전궁이 우위에 선 듯 보였지만, 장내의 고수 일부는 서서히 전궁의 마기가 옅어지고 있음을 눈치채고 있었다.

"나쁘지 않아."

사송이 입술에 침을 바르며 말했다. 그가 보기에도 나왕이 전궁을 상대하는 방법이 무척 효율적으로 보였다.

"그가 약해지고 있어요."

적월도 기대에 부푼 표정으로 대답했다.

"참 대단한 사람이야. 어떻게 저런 방식으로 그를 상대할 생각을 해냈을까?"

"그러게요. 하여간 싸움에 있어서는 도가 트신 분인 것 같아요."

적월이 사부 나왕이 자랑스러운지 미소를 지으며 말했다.

"불사 나왕, 불사 나왕 하면서 사십 대의 나이에 천하십대고수의 반열에 이름이 오르내리더니 과연 그 명성이 헛된 것이 아니었구나. 넌 정말 대단한 사부를 두었다."

사송이 충분히 나왕을 자랑스러워할 만하다는 듯 말했다.

"오늘 보니 전 아직 많이 부족한 것 같아요. 사부님에 비하면……."

"아니. 너도 충분히 강하다. 단지… 저런 임기응변에 아직 익숙지 못할 뿐이지. 그러니 한 수, 한 수 고수들의 움직임을 놓치지 말고 살피거라."

"예, 숙부님."

"음… 그런데 이렇게 되면 싸움이 너무 길어지는데……."

"제 생각에는 곧 사부께서 검을 뽑으실 것 같아요."

"검은 위험하지 않을까?"

사송은 나왕이 싸움의 방식을 바꾸는 것이 걱정되는 모양이었다.

"사부님의 검이 뽑히는 순간 싸움은 끝나요. 사부께서 일살검을 펼친다면 그건 곧 천통문주를 제압할 자신이 섰다는 말이니까요. 더군다나 천통문주는 사부께서 검을 뽑아 기습을 할 거란 생각은 아예 하고 있지 않을걸요?"

"음, 그렇긴 하지. 그래도 도박은 도박인데……."

"불사(不死)시잖아요."

"하긴……."

사송이 고개를 끄떡였다.

그리고 그즈음 전궁의 모습이 조금씩 변하기 시작했다.

"정말 특별한 자로구나. 그렇다면 특별한 대접을 할 수밖에……."

끊임없는 공격에도 자신의 공격을 모두 막아내는 불사 나왕을 보며 전궁이 무겁게 중얼거리더니 갑자기 공격을 멈추고 서너 걸음 뒤로 물러났다.

그러고는 마검 혈룡을 가슴 앞에 모으고 나직하게 중얼거렸다.

"무천마공을 쓰게 되는군."

후욱후욱!

전궁의 호흡이 거칠어졌다. 그러자 그의 몸에서 좀 더 짙은 묵색 기운이 일어나기 시작했다.

그 순간 갑자기 서유화의 분노에 찬 목소리가 들려왔다.

"그만둬요! 무천마공이라니!"

그러자 이미 마기에 휩싸인 전궁이 대답했다.

"후후후… 무천신공이나 무천마공이나. 모두 무천제께서 남기신 무공, 천통문의 문주로서 그 무공을 쓰는 것은 당연한 권리, 아무도 날 막을 수는 없소."

전궁의 말이 끝날 즈음 그는 이미 사람의 형체를 가지고 있지 않았다. 검붉은 마기 속에서 오직 깊고 붉은 눈만이 나왕을 노려보고 있었다.

"불사라 했나? 후후, 네가 가진 무공이 얼마나 보잘것없는 것인지 알게 될 것이다."

쿠오오!

전궁의 몸을 휘감고 있던 검붉은 마기들이 혈룡에 휩싸여 다시금 나왕에게 밀려들기 시작했다. 이번 공격은 백화수로도 막을 수 없을 만큼 광범위한 공간을 장악한 채 밀려왔다.

그럼에도 나왕은 여전히 백화수를 펼쳐 자신에게 밀려드는 전궁의 공격을 막고 있었다.

파파팡!

곳곳에서 백화수가 전궁의 진기와 충돌하며 요란한 소리를 만들어냈다. 그러나 나왕의 백화수조차 이제는 파도에 쓸리는 모래처럼 무지막지한 전궁의 마기 앞에서 더 이상 힘을 쓰지 못했다. 급기야 그의 몸은 완전히 전궁의 마기에 휘감겼다.

"아!"

"불사!"

화명은 화명대로, 사송은 사송대로 갑작스러운 나왕의 위기에 놀라 자신도 모르게 큰 소리로 탄식을 토해냈다.

그러나 그 와중에 적월은 두 손을 꼭 말아 쥐고 눈을 부릅뜬 채 전궁의 마기에 휩싸인 불사 나왕의 형체를 찾고 있었다.

"흔적도 찾을 수 없으리라!"

단번에 불사 나왕을 자신의 마기로 감싸 버린 전궁의 입에서 득의한 목소리가 흘러나왔다.

그런데 그 순간 갑자기 한줄기 빛이 전궁의 묵빛 마기를 뚫고 허공으로 솟구쳤다.

쩌저적!

눈부신 빛이 뻗어 나오는 순간 소름 끼치는 파열음이 함께 터져 나왔다. 그리고 뒤를 이어 누군가의 비명 소리가 들렸다.

"악!"

짧지만 강렬한 비명 소리, 그 날카로운 소리에 사람들은 자신들의 혼이 흔들리는 듯한 느낌을 받았다.

그리고 한순간에 전궁이 만들어냈던 검은 기운이 갑자기 무천귀동 안으로 빨려 들어가기 시작했다. 뒤를 이어 어딘지 억눌린 듯한 전궁의 목소리가 들렸다.

"천무위장은 귀동의 문을 절대 포기 말라!"

전궁의 명이 떨어지는 순간, 천무위장과 그를 따르는 천통문의 무사들이 켜켜이 무천귀동의 입구를 막아섰다.

"후우!"

불사 나왕이 길게 숨을 내쉬었다. 그의 손에는 한 자루 검이 들려 있었고, 그 검 끝에 붉은 핏방울이 맺혀 있었다.

"사부님!"

가장 먼저 움직인 사람은 적월이었다. 전궁이 무천귀동 안으로 사라지는 순간 이미 적월은 몸을 날려 나왕에게 다가서고 있었다.

"괜찮다."

걱정스러운 표정으로 다가서는 적월을 보며 나왕이 손을 들어 보였다.

"어떻게 된 거예요?"

"글쎄… 나도 모르겠다."

나왕이 모호한 대답을 했다.

"모르다니요?"

적월이 다시 물었다.

"그를 벤 것은 분명한데. 분명 그의 사혈을 깊이 베었는데 즉사하지 않고 살아서 귀동으로 들어갔구나."

"그럼 어쨌든 사부님이 이긴 거네요?"

적월이 반가운 표정으로 물었다.

그러자 나왕이 적월을 보며 빙그레 미소를 지었다.

"우리가 누구냐? 절대 부서지지 않는, 불파일맥이 아니더냐."

제10장
파국, 그리고 하나의 비밀

"천무위장, 결국 형제들이 피를 봐야겠는가?"

마누가 천무위장 한소룡을 보며 물었다.

그러자 천무위장 한소룡의 얼굴에 갈등의 빛이 보였다. 그럼에도 불구하고 그는 무천귀동으로 들어가는 길을 열지 않았다.

"날 넘어서야 할 걸세."

한소룡이 고통스러운 표정으로 대답했다.

"이미… 형제들의 고통은 충분하네. 이들은 지쳤네."

마누가 다시 설득했다.

그의 말처럼 한소룡의 뒤에 서 있는 이십여 명의 천통문 고수들 얼굴에는 생기가 없었다. 문주 전궁을 향한 충성심도, 천통문에 대한 자부심도, 혹은 세상을 향한 야망조차도 보이지 않았다.

그들은 지쳐 있었고, 어떻게 결론이 나든 오늘 이 시간이 빨리 끝나기만을 기다리고 있었다. 오랜 내분과 문도들 간의 싸움에 지친 영혼은 이제 더 이상 싸울 의욕을 내지 못했다.

그런 상황은 한소룡도 잘 알고 있었다. 문주 전궁이 불사 나왕에게 밀려 무천귀동 안으로 몸을 피한 이상, 이 싸움은 끝이 난 것이나 마찬가지였다.

억지로 자신의 뒤에 서 있는 귀령과 천무위의 무사들에게 싸움을 강요한다 해도 결국 그들의 전멸을 부를 뿐이었다.

"후우……."

한소룡이 길게 숨을 내쉬었다. 그러면서도 자신의 검을 잡은 손에 힘을 가했다.

우웅!

진기가 주입되자 그의 검이 무겁게 검음을 토해냈다. 그건 곧 상대와 맞서 싸우겠다는 의미였다.

한소룡의 결심을 눈으로 확인한 마누의 입에서 마찬가지로 한숨이 새어 나왔다.

"결국 이래야 하는 것인가?"

마누가 불만스러운 표정으로 물었다.

그러자 한소룡이 마누의 말에 대꾸를 하는 대신 고개를 돌려 자신의 뒤에 서 있는 귀령과 천무위의 무사들을 보며 말했다.

"너희들의 싸움은 끝났다. 남은 것은 내 싸움뿐이다. 그러니 너희들은 이제 검을 거두고 천통문으로 돌아가라. 돌아가면 누구도 너희들에게 책임을 묻지 않을 것이다. 이 일은 결국 문주님과 귀령사, 그리고 나의 문제였으니까."

"위장님!"

천무위의 고수 중 한 명이 한소릉의 말에 놀라 그를 불렀다.

"됐다. 이 일로 더 이상 같은 형제들 간에 피를 볼 필요는 없어. 다만······."

한소릉이 다시 시선을 돌려 마누를 바라봤다.

"난 한 번 더 승부를 원하네. 들어주시겠나? 이건··· 천무위장으로서가 아니라 함께 자란 옛 친구로서 하는 부탁일세."

한소릉의 말에 마누의 얼굴이 일그러졌다. 한소릉이 죽음을 각오하고 있다는 것을 알기 때문이었다.

"뭣 때문에?"

마누가 신경질적으로 물었다.

"그냥··· 그러고 싶네. 최선을 다해주게. 나도 그럴 걸세."

한소릉이 검을 들어 마누를 겨눴다. 그러고는 한 치의 망설임도 없이 마누를 향해 도약했다.

콰아아!

강력한 검이었다. 무천거동이 있는 검은 산의 무게를 검에 얹은 듯한 힘이 느껴졌다. 한소릉은 정말 최선을 다해 마누를 공격하고 있었다.

마누는 감히 한소릉의 공격을 가볍게 생각할 수 없었다. 그의 일검에 자신의 모든 것, 혹은 목숨까지 걸고 있다는 걸 알기 때문이었다.

"원한다면, 친구!"

마누가 땅을 훑듯이 검을 그어 올렸다.

그의 검이 검은 산을 아래에서 위로 가르듯 무서운 속도로 허공을 갈랐다.

그런데 그 순간 벼락처럼 격돌해야 할 한소릉의 검이 한순간 허공에서 사라졌다.

서걱!

상대할 적을 잃은 마누의 검이 멈출 사이도 없이 한소릉의 가슴을 베었다. 아니, 마누의 검이 한소릉의 가슴을 벤 것이 아니라 한소릉이 자신의 가슴을 마누의 검에 들이대었다는 것이 정확한 표현이었다.

팟!

깊게 베인 한소릉의 가슴에서 뒤늦게 선혈이 터져 나왔다.

한소릉을 베고 지나간 마누는 너무 당황한 나머지 자신의 검을 떨어뜨렸다.

쩡그렁!

검사가 손에서 검을 떨어뜨린다는 것은 오직 목숨이 끊어졌을 때의 일이다. 그러나 마누는 떨어진 검에 관심이 없었다. 마누가 몸을 날려 쓰러지는 한소릉을 받아 안았다.

"대체 이게 무슨!"

마누가 경악한 표정으로 죽어가는 한소릉에게 소리쳤다.

"괜찮네."

"뭐가 괜찮다는 건가? 왜 이런 짓을 했나?"

"죽을 거면 천통문 최고의 검객에게 죽고 싶었네, 다른 사람의 검에 죽는 것은 너무 불쾌한 일이지. 하지만 자네에게 죽는다면 그 죽음조차 영광일세."

"소릉, 이 사람!"

"후후, 오랜만이군. 누군가 내 이름을 불러주는 것은. 하지만 오래전에는 꽤나 자주 서로의 이름을 불렀었지. 그 시절이 그리웠네. 정말 좋았는데. 그때는, 자네에 대한 경쟁심도 열등감이 아니었는데. 그저 좋은 자극제였지. 사람은 왜 나이가 들면 편협하게 변하는 걸까?"

한소룡이 뜬금없이 물었다.

그러나 마누는 그에게 해줄 말이 없었다. 그는 그저 늙은 눈에서 눈물을 흘리고 있을 뿐이었다.

"날 위해 울어주는 것은 사양하겠네. 솔직히 말해서 나나 귀령사나 슬퍼할 죽음은 아닐세. 받아야 할 벌을 받은 것이지."

"그렇지 않아. 자넨 그 누구보다 위대한 천통문의 무인일세."

마누가 고개를 저으며 말했다.

"후후, 위대하다는 것은 근저에 선(善)이 내포되어야 한다고 배운 우리가 아닌가? 아무리 대단한 일을 했다 해도 그 의도가 선하지 않다면 그건 위대한 것이 아니지. 그런 면에서 현 천통문에서 위대한 사람은 오직 자네뿐일세. 친구… 부탁 하나 하세."

"……."

마누는 차마 대답을 하지 못했다.

"나의 가족들… 돌봐주겠지?"

"물론."

마누가 짧게 대답했다.

"아… 그래. 그런 것은 처음부터 부탁할 일도 아니었지. 내가 자네를 모를까. 말하지 않아도 잘 돌봐주었을 거야. 그런데 이번 부탁은 좀 어렵네."

"말하게. 뭐든!"

마누가 말했다.

그러자 한소릉이 한 손을 들어 올려 마누를 자신의 눈앞으로 끌어왔다. 그리고 다른 사람이 듣지 못하는 낮은 목소리로 말했다.

"그를… 반드시 죽여주게."

"……?"

"문주를……."

"자네… 그게 무슨?"

마누가 너무 놀라 한소릉을 안은 팔을 풀어버릴 뻔했다.

한소릉이 누군가. 평생 문주 전궁을 위해 살아온 사람이었다. 그런 사람의 마지막 유언이 전궁을 죽여달라는 것이라니 도저히 믿을 수 없는 유언이었다.

그러자 한소릉이 생기가 사라진 목소리로 말을 이어갔다.

"난 평생 문주의 굴레에서 살았지. 자네는 도망이라도 갈 수 있었지만 난 그럴 수도 없었네. 문주를 지켜야 하는 업(業)을 받은 사람으로서 문주를 떠날 수 없었네. 그 대가로 나는 해서는 안 될 일들을 많이 했네. 난, 그런 세계로 날 끌어들인 문주를 용서할 수 없어."

"소릉, 이 사람……!"

마누는 한소릉의 말이 진심임을 깨달았다. 죽어가는 그의 눈빛에서 문주 전궁에 대한 강렬한 분노가 느껴졌기 때문이다. 한소릉은 정말로 전궁이 죽기를 바라고 있었다.

"저승에서 문주를 다시 만나면 그땐… 정말 제대로 문주를 지킬 생각이네. 문주의 몸이 아니라 문주의 정신을 말이야. 귀령사 같은 간악한 자의 술책에 유혹당하지 않는, 자랑스러운 나의 주군으로 말일세. 그러니, 그를 반드시 내 곁으로 보내주시게……."

"소류……."

마누는 전궁에 대한 한소류의 감정이 단순한 원망이 아닌 애증임을 깨달았다. 그는 전궁을 통해 비틀어진 자신의 인생을 죽어서라도 바로잡고 싶은 듯 보였다.

그사이 한소류의 생기는 급격하게 사라졌다. 그는 더 이상 입을 열 힘도 없어 보였다. 그런 그가 마지막 힘을 모아 다시 입을 열었다.

"그리고… 주모님을 잘 돌봐… 주게. 그분은… 그분……."

한소류이 미처 자신의 말을 끝내지 못하고 숨을 거뒀다.

"소류!"

마누가 한소류을 흔들어보았지만 이미 죽은 사람을 살릴 방법은 없었다.

"소류……."

마누가 명한 시선으로 한소류을 품에 안은 채 그의 이름을 되뇌었다.

한소류의 죽음으로 장내는 뭔가 맥이 빠진 듯한 분위기로 변했다. 이제 더 이상 강렬해야 할 그 무엇도 남아 있지 않은 것 같았다. 적아를 떠나 천통문 문도들은 쓸쓸해 보였고, 서로를 향해 검을 겨눌 의욕이 없어 보였다.

"소류… 자네의 소원 들어주지."

마누가 나직하게 중얼거리고는 한소룡의 시신을 땅에 뉘였다. 그러고는 자리에서 일어나 무천귀동의 입구에 서 있는 천통문의 문도들을 보며 말했다.

"모든 것이 끝났다. 귀령사와 천무위장은 죽었다. 이제 더 이상 그대들이 따를 그 누구도 없다. 그러니 이젠 그만 천통문의 충실한 문도로 돌아오라."

마누의 말에 귀동 앞 천통문 문도들이 서로를 바라보다가 그중 한 명이 물었다.

"우리의 죄는 어찌하오리까?"

"죄? 무슨 죄? 문주를 따르고 귀령사를 따르고, 천무위장의 명에 따랐을 뿐이다. 그런 너희들에게 무슨 죄가 있겠느냐? 단지… 이 지경까지 너희들을 이끌고 우리가 미안할 뿐이지."

"무령사!"

마누의 말에 천통문의 문도들이 감격한 듯 고개를 숙였다.

"자, 이제 그만 길을 열어라. 문주를 뵈어야겠다."

마누가 힘없이 말했다.

하지만 그의 힘없는 말투에도 무천귀동의 문은 활짝 열렸다. 전궁을 따라 무천귀동에 왔던 천통문의 문도들은 귀동에서 멀어져 그들을 추격해 온 천통문의 형제들과 어색하게 섞여들기 시작했다.

마누는 한동안 활짝 열린 무천귀동의 입구를 바라보고 있었다. 여전히 무천귀동 안에서는 강렬한 마기가 흘러나오고 있었다.

"후우……!"

마누가 깊게 호흡했다.

그러고는 천천히 무천귀동으로 들어가려는데 문득 서유화가 그를 따라붙었다.

"같이 가죠."

"주모님!"

마누가 놀란 눈으로 서유화를 돌아봤다.

"같이 가요."

서유화가 다시 말했다.

"하지만……."

"그가 죽든 살든 그를 보긴 해야지 않겠어요?"

서유화가 마누를 보며 말했다. 그러자 마누가 잠시 서유화를 바라보다가 고개를 끄떡였다.

"알겠습니다. 하지만 위험할 수도 있으니 조금 뒤에서 오십시오."

"그러죠."

서유화가 순순히 승낙했다.

두 사람이 서너 걸음 거리를 두고 무천귀동 안으로 들어갔다.

그러자 자왕 사송이 불사 나왕에게 물었다.

"우리도 들어가 봐야 하는 것 아니오?"

"음… 그게 필요할지 모르겠소."

"그래도 상대는 천통문의 문주 전궁이오. 비록 부상을 입었다고 해도 마지막 발악을 하면……."

사송은 마누 혼자 전궁을 상대하는 것이 불안한 모양이었다.

그러자 나왕이 잠시 생각에 잠겼다가 대답했다.

"그럼 그럽시다. 다만 조금 뒤에 머뭅시다. 천통문의 일은 그들끼리 해결하는 것이 가장 좋으니까."

"그야 그렇지요. 어쨌든 들어가 봅시다."

사송이 마치 전궁의 최후를 보지 못하면 크게 후회할 것처럼 서둘러 무천귀동으로 걸음을 옮겼다.

슈우욱 슈우욱!

마기가 뱀의 혀처럼 움직였다. 그 움직임에 따라 바람 소리가 끊임없이 일어났다. 공포스러운 기운이 무천귀동을 완전히 장악하고 있었다.

애초에 전궁과 함께 천통문의 문도들이 머물던 때와는 확연히 다른 모습이었다.

그런 음습하고 두려운 공간을 마누가 앞장서고 그 뒤에서 서유화가 따라갔다. 그리고 다시 뒤를 이어 불사 나왕과 적월, 그리고 사송이 조심해서 걸음을 옮겼다.

그리고 그들은 드디어 무천귀동의 심장부라고 할 수 있는 석실에 도착했다. 그즈음에 와서는 일행의 간격이 처음보다 많이 좁혀져 있었다.

"문주님!"

마누가 문주 전궁을 부르는 소리가 들렸다. 그러나 적월 등의 시야에는 전궁의 모습이 보이지 않았다. 석실을 가득 메운 검은 마기들로 인해 가장 앞에 있는 마누만이 전궁을 볼 수 있었다.

"문주님!"

다시 마누의 목소리가 흘러나왔다.

그러나 석실 안에서는 여전히 어떤 대답도 들리지 않았다. 대신 마치 미개한 족종의 주술사가 주문을 외우는 듯한 의미를 알 수 없는 말들의 중얼거림만이 들릴 뿐이었다.

적월 등이 좀 더 앞으로 다가갔다. 그러자 어둑한 마기 속에서 두 무릎을 꿇은 채 고개를 숙이고 무엇인가를 중얼거리고 있는 전궁의 모습이 보였다.

바닥을 보니 그가 걸어간 길을 따라 검은 핏자국이 보였다. 그가 나왕과의 격돌에서 적지 않은 부상을 입었음을 증명하는 핏자국이었다.

"문주님!"

다시 마누가 전궁을 불렀다.

그러자 괴인처럼 웅크리고 있던 전궁이 그제야 웅얼거림을 멈추고 느리게 뒤를 돌아봤다.

"무령사 그대인가?"

"그렇습니다."

마누가 대답했다.

"천무위장은?"

"죽었습니다."

마누가 끓어오르는 감정을 억누르며 말했다.

"그래? 그렇군. 그가 죽었군. 자네가 죽였나?"

전궁이 물었다.

"제 검에 죽기는 했지만 그 스스로 죽음을 택했습니다."

마누가 대답했다.

"음… 매정한 사람. 자기 아니면 날 지켜줄 자가 아무도 없음을 알면서도 먼저 갔군. 하긴… 참 고생 많이 했지. 그 심약한 사람이 나와 귀령사의 독한 심성을 감당해 내느라 말이야. 진즉에 날 떠날 줄 알았는데 그 망할 놈의 율법을 끝끝내 지켜 내 옆에 있더라고. 결국… 죽음밖에는 날 벗어날 방법이 없었던 거지."

전궁이 모든 의욕을 잃은 사람처럼 시무룩하게 말했다.

"그는… 문주님께 정말 진심이었습니다."

"알아."

"사심 없이 말이지요."

"그것도 아네. 그의 마음속에 단 하나의 사심이 있었다면 그건 무령사 그대에 대한 열등감이랄까."

"……"

이번에는 마누가 대답하지 않았다. 그러자 전궁이 갑자기 한숨을 쉬더니 조금 커진 목소리로 말했다.

"조금 전에 조사님을 비롯한 역대 문주들께 사죄의 말씀을 드렸네."

의문을 알 수 없는 중얼거림이 바로 그가 조상들을 향해 올린 사죄의 말인 듯했다.

"우리 전씨 일족의 조상은 서역에서 왔다고도 하고, 본래부터 곤륜에 살았다고도 하고, 또 가끔은 해동에서 왔다고도 하네. 그런데 문주인 나조차 정확히 무천제께서 어디서 왔는지는 모른다네. 하지만 어쨌든 사람들이 쓰지 않는 언어들을 약간씩 사용하는 것을 보면 중원 사람은 아닌 것 같고… 후, 이런 쓸데없는 소리를 하는 것은 평이나 안이 전씨 일족의 뿌리에 대해 궁금해할까 봐 말해주는 걸세."

"그게 무슨 뜻입니까?"

"후후, 몰라서 묻나? 내가 곧 죽는다는 뜻이네. 그럼 결국 평이나 안이 천통문의 새로운 문주가 되겠지. 그럼 천통문의 뿌리를 알려고 할 거고……."

"문주!"

마누가 더 듣기 싫다는 듯 고함을 쳤다.

"너무 흥분하지 말게. 정해진 운명은 바꿀 수 없으니까."

"문주께서는 함부로 죽을 수도 없는 분입니다."

"후후, 자네도 참 잔인하군. 이 정도 되었으면 날 놓아줄 때도 되지 않았나. 무공도 없는 초라한 늙은이로 살아달라고 하고 싶은 건가?"

"그게 무슨……?"

"난 무공을 잃었네."

전궁이 담담하게 말했다.

그러나 마누는 전궁의 말을 이해할 수 없었다. 물론 전궁이 불사 나왕의 검에 큰 부상을 입은 것을 모르지는 않았다. 하지만 절정고수인 전궁이 그 정도 부상을 입었다고 무공을 상실한다는 것은 있을 수 없는 일이다.

"마지막 시도를 했어. 이곳에 보관된 마환(魔丸)들을 복용하고 무천신공을 극성으로 끌어 올려 몸을 회복해 보려고 했네. 그런데… 후후, 마환은 마환이더군. 한순간에 공력이 사라지지 뭔가."

"문주……."

마누가 허탈한 표정으로 중얼거렸다.

"뿌린 대로 거둔다… 맞는 말이야. 내가 한 일이니 누굴 원망할 필요도 없겠지. 그래서 불사에게 입은 검상이나 마환을 먹고 잃어버린 내공도 결국 내가 만든 일이라네. 그리고 그 결과 난 죽어가고 있네."

"문주, 어서 치료를!"

마누가 본능적으로 말했다. 전궁이 죽여야 할 사람임도 잊은 듯했다.

"그만, 더 이상 살 생각은 없네. 내가 살아 있게 되면 천통문도 곤란해져. 깨끗하게 죽어줘야 새롭게 태어나지. 큭."

말을 하던 전궁이 갑자기 신음 소리를 냈다.

"문주님!"

마누가 고통스러워하는 전궁에게 다가가려는 순간 전궁이 급히 손을 들어 마누를 막았다.

"오지 말게."

"하지만……."

"됐네. 자넨 아니야. 자네에게 내 마지막을 맡기고 싶지는 않아. 후우… 부인!"

전궁이 서유화를 불렀다.

"제가 필요한가요?"

서유화가 냉랭한 음성으로 물었다.

"해주시겠소? 고통스럽구려."

"그러죠."

서유화는 망설이지 않았다.

그러자 마누가 놀란 얼굴로 서유화를 바라봤다. 아무렇지도 않게 전궁을 죽여주겠다고 말하는 서유화가 자신이 알고 있던 그 서유화가 맞는지 의심스러운 표정이었다.

"본 문의 율법 중에 이런 것이 있지요. 강제로 무천귀동에 들어오는 자는 그 누구를 막론하고 귀동의 수호자가 죽일 수 있다. 그러니 나만이 그를 보내줄 수 있어요. 정당한 이유로."

단호하게 말한 서유화가 마누가 말릴 사이도 없이 걸음을 옮겨 전궁에게 다가갔다.

"고맙소."

서유화가 등 뒤로 다가서자 전궁이 나직하게 말했다.

"고맙긴요. 할 일을 하는 것뿐이지요."

"후우, 끝까지 매정하게 구는구려."

"우리 모두를 위한 길이에요. 그나마 당신이 이런 선택을 해준 게 고맙군요."

"마치 처음으로 남편 노릇, 아비 노릇을 한다는 말로 들리는구려."

"아뇨. 처음으로 사람 노릇을 한다는 거죠."

서유화가 싸늘하게 말했다.

평소 그녀가 보였던 모습을 생각하자면 너무나 생경한 말투였다. 전궁도 그런 서유화에게 놀랐는지 등 뒤의 서유화를 돌아봤다.

"당신······?"

"잘 가세요."

"컥!"

한순간 서유화의 검이 전궁의 급소를 깊이 찔렀다.

전궁은 예상보다 빠른 서유화의 손속에 놀란 표정을 지으면서 신음을 토해냈다.

그러면서 서유화에게 무슨 말인가를 하려 했지만, 서유화가 너무 정확하게 그의 사혈을 찔러 이미 말을 할 수 없는 상태가 되어버린 전궁이었다.

그런 전궁를 부여안은 서유화가 아무도 듣지 못하는 작은 목소리로 전궁의 귀에 무슨 말인가를 속삭였다.

순간 전궁의 입에서 강렬한 비명 소리가 터져 나왔다.

"악!"

그것으로 끝이었다.

한 사람의 생명이, 그것도 천하의 패자를 꿈꾸던 야심가의 생명이 그렇게 허무하게 사라졌다.

서유화는 죽은 전궁을 품에 안고 마치 세상을 잃은 사람처럼 침묵 속에 웅크려 앉아 있었다. 사람들은 아주 미세하게 그녀의 등이 흔들리는 것을 보았다.

그래서 사람들은 비록 애증으로 점철된 관계지만, 그래도 남편이었던 전궁의 죽음을 서유화가 슬퍼하고 있다고 생각했다.

그래서 그녀에게 이 비극적인 전궁의 죽음을 충분히 슬퍼할 시간을 주려고 아무도 두 사람 곁으로 다가가지 않았다.

그런데 그 와중에 별스러운 행동을 하는 사람이 있었다. 자왕 사송이었다.

"나갑시다."

자왕 사송이 불쑥 불사 나왕에게 말했다.

갑작스러운 사송의 행동에 불사 나왕이 사송을 바라봤다.

"더 볼 것도 없지 않소?"

사송은 뭔가 무척 불쾌한 듯한 모습이었다.

"그럽시다. 모든 일이 끝났으니."

분명 무슨 이유가 있을 거라 생각한 나왕이 순순히 사송의 말에 동의했다. 나왕과 사송, 그리고 적월은 서유화와 마누를 남겨두고 서둘러 무천귀동을 벗어났다.

그르릉!

거대한 바위가 산을 구르는 듯한 소리가 흘러나오고 무천귀동의 문이 닫혔다.

그 앞에서 수십 명의 천통문 고수들이 침통한 표정으로 서 있었다. 그들은 아직도 문주 전궁의 죽음을 믿을 수 없는 듯 보였다.

하긴 아무리 악업을 쌓았다 해도 천통문에서 전궁은 절대적인 존재였다. 그건 그를 추격해 온 추격대의 사람들에게도 마찬가지였다. 그래서 전궁이 스스로 죽음을 택했다는 사실을 쉽게 받아들일 수 없었던 것이다.

하지만 그의 죽음은 분명한 사실이었다. 그의 시신은 모두에게 공개되었고, 이후 마공들이 모여 있는 무천귀동 깊은 곳에 잠들었다. 서유화와 무령사 마누는 죽은 전궁의 시신을 천통문으로 가져가지 않고 무천귀동에 남겨두기로 결정했던 것이다.

결국 무천귀동은 문주 전궁의 거대한 묘지로 변했다.

콰직!

무천귀동의 문이 닫히자 서유화가 손에 들고 있던 두 개의 열쇠를 으스러뜨렸다.

"무천귀동의 문은 다시는 열리지 않을 거예요. 열쇠가 사라졌으니 강제로 문을 열려고 하면 무천귀동 자체가 무너지겠죠. 이제 무천귀동은 영원한 금역이 되었어요. 더불어 오늘 이곳에 왔던 사람들은 자신의 기억 속에서 무천귀동의 위치를 잊어야 할 겁니다."

"예, 주모!"

천통문의 무사들이 일제히 대답했다.

전궁이 죽어 깊은 상실감에 빠졌지만, 그 와중에도 사마외도를 추구해 온 전궁이 사라지고 천통문 천 년 전통이 지켜질 것이라는 기대감이 그나마 힘을 낼 수 있게 해주고 있었다.

"모두 고마워요. 그럼 이제부터는 무령사님의 지시에 따라 본문으로 복귀하도록 하세요."

"예, 주모!"

천통문의 무사들이 일제히 대답했다.

그러자 무령사 마누가 서유화에게 가볍게 고개를 숙여 보인 후 천통문 무사들을 지휘하기 시작했다.

"온 길을 되짚어 간다. 삼 일 동안은 밤낮을 구분 없이 달린다. 모두 출발하라."

무령사 마누의 명이 떨어지자 천통문의 고수들이 마치 지옥에서 탈출하듯 검은 산 아래로 달려 내려가기 시작했다.

"기분 더럽군."

문득 사송이 중얼거렸다. 그의 표정은 전궁이 죽은 이후부터 내내 밝지 않았다.

불사 나왕과 적월도 사송의 심기가 불편하다는 것을 알고 있었지만, 지금까지 그 이유를 묻지는 않고 있었다. 그러나 이제는 묻지 않을 수 없었다.

"우리가 모르는 것이 있소?"

나왕이 사송에게 물었다.

그러자 사송이 잠시 뜸을 들이다가 나왕에게 되물었다.

"불사께서는 무천귀동이 닫힐 때 한 가지 이상한 점을 발견하지 못하셨소?"

"이상한 점이라… 글쎄올시다. 나로서는 특별히. 본래 있던 모양 그대로 닫힌 것 같소만."

나왕이 고개를 갸웃하며 대답했다.

"석문이 아니라 사람에 대해서 말이오."

사송이 질문을 다시 했다.

"사람이라… 아쉽게도 난 자왕만큼 눈이 밝지 않은 모양이오."

나왕이 이제는 그만 궁금증을 풀어달라는 듯 사송에게 말했다. 그러자 사송이 나직한 목소리로 대답했다.

"무공을 모른다는 사람이 무공을 쓴다면 그걸 어찌 생각해야 하오?"

사송의 물음에 나왕이 잠시 사송을 바라보다 이내 문주 부인 서유화에게로 시선을 돌렸다.

서유화는 산 아래로 이동하는 천통문의 문도들을 무심한 눈으로 바라보고 있었다.

"그녀가… 무공을 썼소?"

나왕이 물었다.

"그녀가 가지고 있던 열쇠들은 무척 단단한 쇠로 만든 것이오."

"아!"

사송의 말을 듣고 있던 적월이 나직하게 탄식을 흘렸다. 그제야 사송이 무슨 말을 하는지 깨달은 것이다.

"정말이구려. 무공을 알고 있었구려. 그것도 제법 고강한."

나왕도 이내 고개를 끄떡였다.

"그런데 어떻게 모두 지금까지 그 사실을 알아채지 못했을까요?"

적월이 의아한 얼굴로 물었다. 이들 삼 인은 절정을 넘나드는 무공을 지닌 사람들이라서 상대에게 잠재된 무공의 깊이를 알아챌 수 있는 능력이 있었다.

그런데 적월 등은 지금까지 서유화에게서 전혀 무공의 흔적을 느끼지 못했던 것이다.

"아주 특별한 무공이겠지. 자신을 철저히 숨길 수 있는……."

나왕이 대답했다.

"혹, 무천귀동을 지키는 문주 부인들에게만 은밀히 전해지는 무공일까요?"

적월이 다시 물었다.

그러자 사송이 의심 어린 시선으로 서유화를 보며 말했다.

"글쎄. 그야 모르는 일이지. 워낙… 비밀이 많은 사람이니까."

"비밀이라뇨?"

무공을 가지고 있는 것 말고 또 다른 비밀을 가지고 있다는 듯 말하는 사송을 보며 적월이 물었다.

"그런 것이 있다. 나중에 말해주마."

사송이 말을 아꼈다.

아마도 이곳에서 말하기 힘든 일인 듯 보였다. 하지만 무척 심각한 일인 것은 분명해 보였다.

그런 사송을 보며 나왕이 말했다.

"돌아가면 서둘러 천통문을 떠나야겠구려."

"아무래도 그래야 할 것 같소."

사송도 동의했다.

"갑자기 왜요?"

적월이 나왕과 사송을 보며 물었다.

"본래 비밀이 많은 곳에 오래 머무는 것은 무척 위험한 일이다. 특히 우리 같은 외인에게는."

불사 나왕이 굳은 얼굴로 대답했다.

*   *   *

설산 아래 푸른 숲, 투명한 햇살이 내리는 숲은 어느 때보다도 아름다웠다. 그 숲에서 한 여인이 천통문의 주인이 되었다.

서유화, 알려지기로는 무공 한 절기 모르는 여인이었다. 그런 그녀가 천 년 역사를 가진 무도의 가문 천통문의 주인이 된 것은 참으로 이상한 일이었다.

그러나 그녀가 전대 문주 전궁의 아내이면, 무천제 전위공의 유일한 혈손인 전평, 전안 두 쌍둥이 여인들의 어머니라면 천통문의 임시 문주가 되기에 충분했다.

서유화는 화명과 수월 두 사람이 천통문의 문규를 익히고, 천통문에 전해지는 문주의 무공을 습득하는 시간 동안 그녀들을 대신해 이 천 년 무가를 통치하도록 추대되었다.

그 모든 일들은 마치 애초에 예정되어 있던 것처럼 빠르고 자연스럽게 이루어졌다. 그러자 천통문 역시 과연 내분이 있었나 의심스러울 정도로 빠르게 안정을 되찾았다.

천통문 무인들은 다시 무공으로서 도(道)에 이르기 위한 수련에 열중했고, 그 이외의 일에는 전혀 관심을 두지 않았다.

그럼에도 불구하고 적월 일행은 뭔가 불안한 기운을 떨쳐 버리지 못했다. 화명과 수월의 간청에 닷새 동안 천통문에 머물기는 했지만, 그동안 알 수 없는 불안감에 밤잠을 설칠 정도였다.

그래서 닷새 아침이 되던 날 그들은 더 이상 견디지 못하고 즉시 떠날 것을 결정했다.

지난 닷새 동안 수월과 화명으로부터 일곱 개의 불꽃이 수놓인 천 조각을 얻은 장소와 그녀들이 북화문에서 마지막으로 수행했던 청부에 대해 자세히 들었기에 더 이상 이곳에 머물 이유가 없었다.

"오늘은 떠나겠소."

지난 닷새와 마찬가지로 오늘도 세 사람을 만나러 온 화명과 수월을 보며 자왕 사송이 말했다.

그러자 두 사람의 표정이 살짝 변했다.

"벌써… 말인가요?"

묻는 것은 수월이었다.

그러자 자왕 사송이 담담한 목소리로 대답했다.

"이곳에 너무 오래 머물렀소. 아마 설향에서 기다리고 있는 서리 동생이 우리의 안부를 걱정하고 있을 거요. 그리고 강호에 나가 해야 할 일도 있고……."

"그렇군요."

수월이 고개를 끄떡였다.

떠날 이유는 충분했다. 일곱 개의 문양이 새겨진 천 조각의 주인을 추격하는 일이 이들 세 사람에게 무엇보다 중요하다는 것을 그녀도 알고 있었다.

그럼에도 불구하고 두 여인, 아니, 정확히 화명의 얼굴에는 서운한 기색이 역력했다. 그녀의 눈에는 눈물마저 그렁거렸다. 그리고 그건 단지 사송이 오늘 이곳을 떠나겠다고 말한 것 때문만은 아니었다.

천통문으로 돌아온 이후 이상하게도 자왕 사송은 화명을 멀리했다. 그는 화명과 단둘이 있게 되는 상황을 철저히 피했다. 누가 보면 마치 그가 그녀를 몹시 싫어하는 것처럼 보일 정도였다.

물론 대부분의 사람들은 사송이 화명과 동행할 수 없음을 짐작하고는 그녀에게 정을 떼려는 행동으로 생각했다. 아마도 화명 자신도 그렇게 생각하고 있을 것이다.

그럼에도 불구하고 하루아침에 돌변한 사송의 태도는 화명을 서럽게 만들기에 충분했다.

"이제 모든 것이 제자리로 돌아왔으니 모두들 평안하시길 바라겠소."

사송과 화명의 사이가 어색한 듯 보이자 불사 나왕이 입을 열었다.

"십이천문이 하는 일도 모두 잘되길 바라겠어요. 말씀드린 대로 그 천 조각을 얻은 곳으로 가는 일에는 북화문주님의 도움이 필요할 겁니다. 그동안 변화가 있었을 수도 있고……."

수월이 말했다.

"그건 우리가 알아서 하겠소."

"그럼… 서둘러 식사 준비를 할게요. 식사는 하고 가시겠지요?"

수월이 물었다.

"뭐… 그렇게 합시다."

나왕이 고개를 끄떡였다.

"그럼 식사 준비가 끝나면 다시 뵙지요."

수월이 자리에서 일어나 화가 난 듯한 화명을 데리고 자리를 벗어났다.

"젠장……."

수월과 화명이 물러가자 사송이 나직하게 욕설을 해댔다.

나왕과 적월은 그런 사송을 물끄러미 바라볼 뿐 어떤 말도 하지 않았다.

이별은 짧고 간결했다.

무령사 마누와 문주 부인 서유화, 그리고 화명과 수월이 전송을 나온 사람의 전부였다.

사송과 화명은 끝까지 서로에게 그 어떤 말도 하지 않았다. 두 사람은 시선도 마주치지 않았다.

일행과의 헤어짐을 가장 아쉬워하는 사람은 마누였다. 곤륜으로 돌아오는 길 위에서 일행을 만난 마누는 진심으로 십이천문 일행과의 헤어짐을 아쉬워했다.

단지 자신의 일을 도와줬기 때문만은 아니었다. 그는 무인으로서 불사 나왕과 자왕 사송, 그리고 젊은 고수 적월을 진심으로 존경하는 듯 보였다.

아무튼 그렇게 네 사람의 전송 속에 천통문을 떠난 세 사람은 마치 뒤에서 누가 따라오기라도 하는 듯 무서운 속도로 말을 몰았다.

설원에서 말을 타는 것은 어려운 일이나, 천주밀도만은 예외였다. 천통문의 문주를 위해 만들어진 길은 언제든 말을 타고 이동할 수 있는 길이었다.

그 길을 따라 세 사람은 이틀 동안 쉬지 않고 달렸다. 잠도 자지 않은 세 사람이었다.

그렇게 이틀을 달려 일행은 천주밀도의 끝, 귀령사 적안이 부리는 야수의 무리들과 한바탕 싸움을 벌였던 장소에 도착했다.

그리고 그때가 되자 불사 나왕이 정색을 한 표정으로 사송에게 물었다.

"자왕, 이젠 말해줄 때가 되지 않았소?"

자왕 사송도 당연히 그 질문을 받을 줄 알고 있었다는 듯 고개를 끄떡였다.

"이젠… 더 이상 추격하지 않겠지요?"

사송이 대답을 하는 대신 뒤를 돌아보며 말했다.

"한 시진 전에 돌아갔소."

나왕이 대답했다.

"천주밀도 끝까지 우릴 보호하려는 것이 아니라 추격하는 거였나요?"

적월이 놀란 표정으로 물었다.

그 역시 천주밀도를 따라 이동하는 동안 자신들을 은밀히 따라오는 자들이 있다는 걸 알고 있었다. 다만 적월은 그들이 천통문에서 자신들이 천주밀도를 무사히 벗어날 때까지 보호하기 위해 보낸 사람들이라고 생각했다.

"그들은 살수들이었다."

자왕 사송이 무거운 표정으로 말했다.

"살수요? 대체 왜……?"

"천통문의 존재와 그들의 패륜적인 역사가 세상에 알려지는 것을 막고 싶었겠지. 가능하다면… 하지만 우리가 쉬지 않고 달려대니 우릴 공격할 기회를 잡지 못했던 것이다. 그리고 이젠 천주밀도를 벗어났으니 더 이상 기습을 할 기회가 없다고 생각하고 돌아간 것이다. 마침 마중 나온 사람들도 있고……."

자왕 사송이 길 앞쪽을 바라봤다. 그러자 멀리 말을 탄 세 사람의 모습이 보였다.

"어? 유왕 고모시네요?"

적월이 한눈에 설원 끝에 나타난 사람을 알아봤다.

그곳에는 유왕 서리와 공예, 그리고 돌아간 줄 알았던 운하촌의 길 안내자 이평이 일행을 보며 손을 흔들고 있었다.

"자, 이제 말해주시오. 대체 무천귀동에서 알게 된 비밀이 뭐요?"

나왕이 자왕 사송을 재촉했다.

사실 사송이 변한 것은 그때부터였다.

그는 그때부터 불안해했고, 이후 화명을 멀리했으며, 빨리 천통문을 벗어나고 싶어 했다.

나왕의 재촉에 사송이 잠시 숨을 고른 후 우울한 표정으로 대답했다.

"참으로 놀랍고도 추악한 일이오. 서유화, 그녀가 문주 전궁의 사혈에 검을 꽂았을 때 말이오. 그때 다른 사람들이 듣지 못하게 전궁에게 속삭인 말이 있소. 물론 그녀는 아무도 그 말을 듣지 못했다고 생각했겠지만 나 자왕 사송의 청력은 그녀의 말을 듣고 말았소. 후우… 안 들었어도 좋을 말인데……."

"대체 그녀가 무슨 말을 했는데요?"

적월이 사송의 말을 재촉했다. 그러자 사송이 대답했다.

"그녀가 전궁에게 이렇게 속삭이더군. 당신이 아셔야 하는 일이 있어요. 이건 당신에 대한 나의 복수예요. 당신의 그 모든 의심은 사실이었어요. 평과 안은 당신의 핏줄이 아니에요. 그 아이들은… 마누 님과 나의 아이들이죠. 그래서, 그 아이들을 떠나보내야 했어요. 천통음양대법이 시전되면 그 아이들이 당신의 아이들이 아니라는 사실이 드러날 테니까요. 마누 님과 난 이십오 년의 약속을 했지요. 이십오 년… 참으로 긴 세월이었어요. 하지만 결국 그 오랜 세월 당신의 핍박을 받으며 살아온 날들에 대한 보상을 받게 되는군요. 고마워요. 천통문을 제게 주서서. 그리고 걱정 마세요. 그 아이들은 영원히 당신의 딸들로 살아갈 테니까요, 라고 말이다."

사송의 말이 끝난 이후에도 불사 나왕과 적월은 아무 말도 할 수 없었다. 그 침묵은 유왕 서리와 공예가 십여 장 앞에 다가왔을 때까지도 지속됐다.

그러다가 문득 불사 나왕이 말했다.

"정말 호굴(虎窟)에서 살아나왔구려."

그러자 자왕 사송이 대답했다.

"맞소이다. 참으로 참혹한 문파요, 사람들 아니오? 그러니 내가 어찌 그 지독한 여인의 딸인 화명 소저와 함께할 수 있었겠소."

사송이 길게 한숨을 내쉬었다.

『십이천문』 6권에 계속…

초대형 24시 만화방

신간 100%, 샤워실, 흡연실, 수면실(침대석), 커플석, 세탁기 완비

■ 광명 광명사거리역점 ■

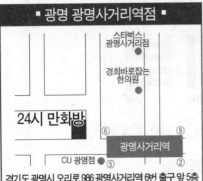

경기도 광명시 오리로 986 광명사거리역 6번 출구 앞 5층
02) 2625-9940 (솔목타워 5층)

■ 강북 노원역점 ■

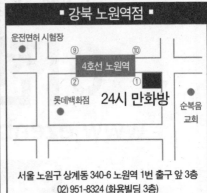

서울 노원구 상계동 340-6 노원역 1번 출구 앞 3층
02) 951-8324 (화용빌딩 3층)

■ 일산 정발산역점 ■

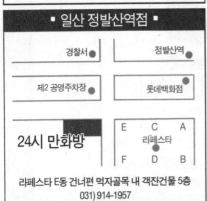

라페스타 E동 건너편 먹자골목 내 객잔건물 5층
031) 914-1957

■ 일산 화정역점 ■

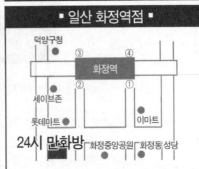

경기도 고양시 덕양구 화정동 984번지 서일빌딩 7층
031) 979-4874 (서일사우나 건물 7층)

■ 부천 역곡역점 ■

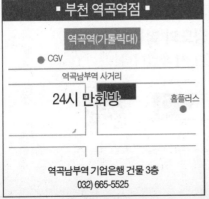

역곡남부역 기업은행 건물 3층
032) 665-5525

■ 부평역점 ■

(구) 진선미 예식장 뒤 한신포차 건물 10층
032) 522-2871

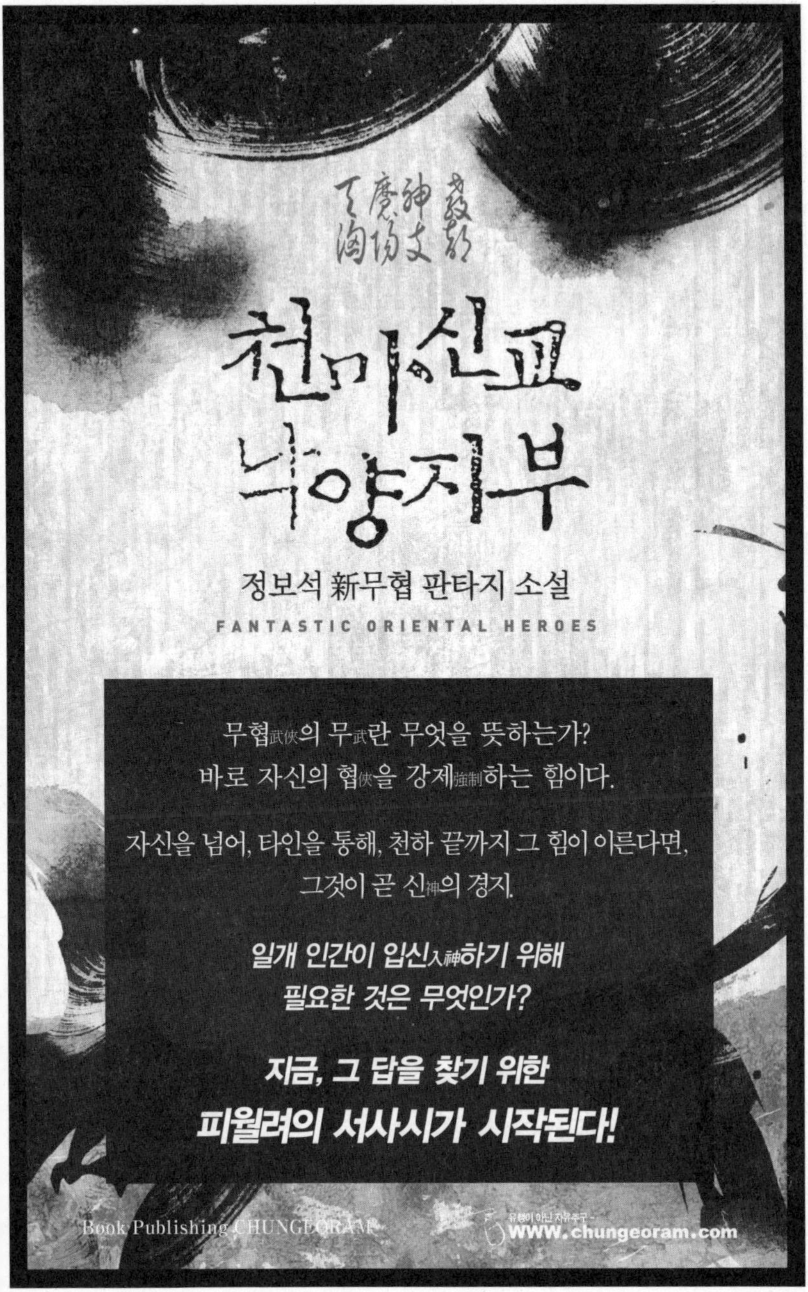
천마신교
낙양지부
정보석 新무협 판타지 소설
FANTASTIC ORIENTAL HEROES
무협武俠의 무武란 무엇을 뜻하는가?
바로 자신의 협俠을 강제強制하는 힘이다.
자신을 넘어, 타인을 통해, 천하 끝까지 그 힘이 이른다면,
그것이 곧 신神의 경지.
일개 인간이 입신入神하기 위해
필요한 것은 무엇인가?
지금, 그 답을 찾기 위한
피월려의 서사시가 시작된다!
Book Publishing CHUNGEORAM
www.chungeoram.com

만학검전 종남마검 편

FANTASTIC ORIENTAL HEROES

한성수 新무협 판타지 소설

천하제일인 운검진인과의 대결을 앞두고 사라신

종남파 사상 최고의 제일고수 이현.

그가 나타난 곳은 학문으로 유명한 숭인학관?!

환골탈태 후 절세의 경지에 도달한
이현의 무림기행기!

기적의 환생
MIRACLE LIFE

박선우 장편소설

FUSION FANTASTIC STORY

"한 사람의 영웅은 국가를 발전시키기도,
타락시키기도 한다."

믿었던 가족들의 배신으로 모든 것을 잃은 최강철.
삶의 의미를 잃은 그는 결국 죽음을 선택하는데…….

삶의 끝자락에서 만난 악마 루시퍼!
그와의 거래로 기억을 가진 채 고등학생 시절로 되돌아간다.

다시 얻은 삶.
나는 이전의 비참했던 삶을 뒤로하고 황제가 되어
세상을 질주할 것이다!

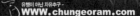